LA

De la même autrice

Le Museum, Québec Amérique, 2013.

Le Phénix

Projet dirigé par Marie-Noëlle Gagnon, éditrice

Conception graphique et mise en pages : Nathalie Caron
Révision linguistique : Sabrina Raymond
Œuvre en couverture : agnes cecile, *All my art is on you but you still don't hear me*

Québec Amérique
7240, rue Saint-Hubert
Montréal (Québec) Canada H2R 2N1
Téléphone : 514 499-3000

Nous reconnaissons l'aide financière du gouvernement du Canada.

Nous remercions le Conseil des arts du Canada de son soutien.
We acknowledge the support of the Canada Council for the Arts.

Nous tenons également à remercier la SODEC pour son appui financier. Gouvernement du Québec – Programme de crédit d'impôt pour l'édition de livres – Gestion SODEC.

Canada | Conseil des arts du Canada | Canada Council for the Arts | SODEC Québec

editionsqa.fr

Imprimé en France

MARIE-ANNE LEGAULT

Le Phénix

Québec Amérique

À mes parents, qui ont transmis
à leurs enfants cet esprit de curiosité.
Celle-ci, dans son sens noble,
n'écoute pas aux portes,
mais les ouvre toutes grandes
et pousse à l'exploration.

Prologue

Le jour se lève avec cet air maussade qui colle bien au premier lundi de novembre. Une grisaille froide pèse sur le centre-ville de Montréal, alors que deux éboueurs balancent dans la gueule d'un camion-benne les derniers vestiges d'octobre. Leur mine de chien basset s'allonge à mesure que se multiplient les déchets générés par les fêtards costumés de l'avant-veille, le trop-plein des bacs à ordures s'est déversé sur l'asphalte, çà et là, des sacs éventrés par les rats. Sale journée.

À 8 h 04, la benne fait halte sur la rue Drummond, à l'angle d'une ruelle desservant un hôtel de luxe. Y git un copieux amoncellement. Les éboueurs s'attèlent aussitôt à la tâche, pressés d'en finir. Ils remarquent à peine cette valise pullman dissimulée parmi les détritus. On peut difficilement deviner qu'elle renferme la clé d'un eldorado. Que voilà expédiée dans le broyeur, comme tout le reste. Non loin de là, le propriétaire du bagage assiste à cette scène sans ciller, tapi dans l'ombre d'une sortie de secours. Les yeux rougis par une nuit de délire, l'homme observe le gargantua d'acier engouffrer son identité, son capital, sa pierre philosophale. Ne lui reste que son pyjama de soie et, dans une main tremblotante, un gobelet de café.

8 h 12. Quand le poids lourd reprend sa route, ventre repu, un des ripeurs suspendus à son arrière-train

aperçoit le guignol qui se terre dans l'ombre de la sortie de secours. Il croit même entrevoir, dans son regard hagard, les étincelles d'un cerveau fraîchement disjoncté.

Voyant le camion disparaître avec l'œuvre de son existence, le quidam au pyjama de soie se gratte nerveusement la nuque, tandis que de l'autre main, celle au tremblement indomptable, il prend une dernière gorgée de café. Puis se met à pianoter une bagatelle sur son gobelet vide. Jolie bagatelle, à vrai dire. Les doigts battent parfaitement la mesure, cabriolent à merveille sur le carton, *mi*, *ré*#, *mi*, *ré*#, *mi*, *si*, *ré*, *do*, *la*… Le doigté d'un pianiste de génie.

Saint-Henri, Montréal, juin 2016

Sarah Dutoit attend tranquillement l'amie Régine en fredonnant l'air jazzy qui résonne dans son troquet préféré, rue Notre-Dame. Ses doigts accompagnent la mélodie, improvisent une chorégraphie sur son bol rempli du plus onctueux latté.

Ce tableau en dit long sur la personnalité de Sarah, douce Sarah. Une douceur qu'exhale tout son être tel un délicieux parfum : sourire béat, regard ingénu, robe bain-de-soleil. Laquelle s'harmonise avec ce ravissant teint café au lait qu'elle doit aux amours éphémères de sa mère pour un sax baryton de La Nouvelle-Orléans, en tournée à Montréal à la fin des années 1960. Il souffla son velours dans quelques boîtes de nuit et dans le cœur d'une barmaid de Saint-Henri, avant de s'éclipser, abandonnant une ville qui, hélas, n'était plus la mecque du jazz. Le musicien anonyme regagna son bayou sans se douter d'avoir semé dans la métropole, outre le murmure de ses notes feutrées, son chœur de gènes. Jamais la barmaid ne se lamenta sur son sort, au contraire, « un don du ciel cette enfant », à qui elle voulut donner le nom d'une reine. Elle hésita… Billie, Ella, Nina ou Sarah ? Le choix se fit spontanément au vibrato unique que poussa le poupon à sa naissance, en digne émule de Sarah Vaughan. Quatre décennies et demie plus tard, celle qui n'a jamais connu son père peut fredonner avec un naturel désarmant les airs jazzy diffusés par les haut-parleurs de son troquet préféré.

13 h 17. Régine tarde, à son habitude. Mais qui s'en formaliserait, en présence du plus onctueux latté ? Par ailleurs Sarah est un ange de patience comme de profession. Travailleuse sociale dans les refuges montréalais, elle fait de la réinsertion des sans-abris son cheval de bataille – bien qu'en pratique elle ait l'esprit pacifique et une bicyclette pour monture.

Elle retrouve le premier dimanche de chaque mois son amie Régine Lagacé, neuropsychologue, originaire comme elle de Saint-Henri. L'une est une femme de terrain, l'autre de laboratoire, leurs entretiens donnent lieu à des causeries intarissables dans lesquelles se glissent inévitablement des sujets de préoccupation professionnelle : alcoolisme, toxicomanie, schizophrénie… On aime à débattre des cas particuliers, des approches à adopter. Les cafés servent de points de rencontre, que les meilleures adresses en ville, ces édens dont les effluves de grains torréfiés vous enivrent à distance, vous poussent à rendre grâces au barista.

— Philippe, ton latté est du satin pour les papilles !

— Merci Sarah, c'est toi la soie.

Puis battement de porte et claquements de talons, Régine arrive en pompe.

— Trafic de merde ! Des bouchons un dimanche, on aura tout vu !

Sarah glisse un sourire à Philippe et se tourne vers l'amie, endimanchée comme elle l'est tous les jours, même un dimanche.

— Bonjour Régine !

— Bonjour… Philippe, fais-moi un café au piston, bien acidulé.

Ce qui convient à son caractère irascible, bien trempé. Professeure et chercheuse à l'Université de Montréal, experte en imagerie cérébrale, la D^re^ Lagacé figure parmi les membres éminents du Centre de recherche en neuropsychologie. Elle fait dans la IRM, ou ce qu'elle appelle affectueusement « le show-business de la matière grise », sur écran couleur s'il vous plaît. Ses rencontres mensuelles avec la travailleuse de rue apportent de l'eau au moulin ; les troubles neurologiques, dit-on, sont monnaie courante chez les sans-logis – la seule monnaie dont ils se passeraient bien.

Pour en revenir à notre troquet douillet, 13 h 23, le maestro s'exécute derrière le comptoir, prépare son nectar avec minutie. Il ne se permet qu'un commentaire :

— L'acidulé au piston est de circonstance. La Formule 1 est en ville.

— Le tintamarre, d'ajouter Sarah.

— C'est à cause de ÇA la congestion ! conclut Régine, toujours mordante.

Elle aurait assassiné ladite Formule si elle s'était personnifiée devant elle.

— En fin de compte, vive le vélo, glisse sa vis-à-vis avec philosophie.

Ce qui n'apaise en rien la nouvelle venue.

— Sainte Teresa qui parle. Tout le monde ne peut pas être parfait comme toi, rouler en bécane en se fatiguant pour les autres. Et pour un salaire de trois fois rien, tant qu'à se donner !

La flèche décochée, il convient de se questionner sur l'origine de cette amitié liant deux êtres si dépareillés. Car à la simplicité et à l'angélisme de Sarah s'opposeront toujours le faste et le fiel de Régine, la combativité de l'une bravant l'innocence de l'autre. Au-delà des rapprochements professionnels, comment une sommité scientifique ayant élu domicile dans les chics élévations de Westmount peut-elle vouer une affection des plus sincères à une travailleuse de rue qui se démène pour les clochards des bas quartiers ?

Il faut, pour comprendre, reculer dans le temps. Jusqu'au tournant des années 1980.

À l'époque, la famille Lagacé logeait rue du Couvent, enclave huppée du quartier ouvrier de Saint-Henri. Le salaire confortable du père, conseiller publicitaire à l'usine Imperial Tobacco, permettait de payer l'hypothèque d'une belle demeure à étage, avec briques immaculées, porche à colonnes et jardinet gorgé de fleurs. Un confort bourgeois peu commun dans le secteur, qui disparaissait au bout de la rue. Il suffisait de bifurquer un peu vers l'ouest, par exemple jusqu'à la rue Beaudoin, pour constater la prolifération des immeubles en rangée destinés aux familles à revenu modeste. Là, dans un logement exigu, habitaient la barmaid Hélène Dutoit et sa fille. Le samedi soir, pendant que Régine dans son boudoir apprenait Chopin au piano, Sarah se tenait tranquille derrière le comptoir où sa mère servait les chopes, s'imprégnant de la musique déversée par un haut-parleur grésillant ou de celle improvisée par un musicien de passage. À l'âge de 10 ans, les deux gamines avaient l'oreille musicale et fréquentaient la même école, mais ne se côtoyaient guère. Le *standing* de l'une lui faisait regarder l'autre de haut. Et lorsqu'on est de bonne famille on ne se frotte pas à une fille illégitime, cela, même lorsque la bâtarde est première de classe.

Cependant...

Le destin se mêle parfois de bousculer l'ordre établi, de souffler les châteaux de cartes. Les années 1980 s'amorcèrent avec la montée des taxes sur le tabac, le décuplement des campagnes contre la nicotine, l'affaiblissement des lobbys des cigarettiers et, goutte d'eau qui fit déborder le vase, l'apparition de la gomme Nicorette. Pour la première fois dans son histoire, la cigarette subit une décote. L'usine de la rue Saint-Antoine dut licencier quelques publicitaires, dont Normand Lagacé. Le père de Régine, ambitieux autant qu'orgueilleux, s'obstina à retrouver un boulot digne de son rang. Longues et infructueuses recherches où se multiplièrent les déconvenues. Criblé de dettes, il fut contraint de vendre la coquette demeure, puis la voiture, le piano. Et, comble de l'humiliation, de déménager dans un logement exigu de la rue Beaudoin. Monsieur Lagacé chercha encore et encore un travail décent, finit par pousser sa quête, et son désespoir, sous une rame de métro. Dernier acte d'une tragédie qui allait faire tache dans la lignée Lagacé et dans la station Place-Saint-Henri, alors toute neuve.

Madame Lagacé, une femme cultivée mais ne sachant faire que des petits-fours, se trouva veuve et sans le sou, anéantie, une enfant sur les bras. Qui pour lui porter secours, sinon la voisine Hélène Dutoit, dotée d'une force de caractère inébranlable et habituée derrière son comptoir à soigner toutes les détresses ? La barmaid exhorta la malheureuse à recouvrer sa liberté et son nom de jeune fille, « Verlinskaya, c'est si joli ! », l'aida à se reprendre en main, l'aiguilla presto vers un cours de secrétariat. Sa fille Sarah, aussi débordante de bienveillance, prit candidement sous son aile Régine. Cette dernière, déjà commotionnée par le naufrage familial, le fut davantage lorsqu'elle vit celle qu'elle méprisait naguère lui lancer une bouée. Une leçon d'humanité qui lui fit tout ravaler : son arrogance, sa suffisance, ses médisances. Le temps de remonter lentement la pente.

Et elle la remonta, cette pente, avec l'acharnement d'une furie. Régine traversa les enfers pour atteindre son Olympe, sans un regard en arrière. À l'école polyvalente Saint-Henri où elle fut admise en même temps que sa mère, elle talonna Sarah au tableau d'honneur, gravit tous les échelons avec mentions d'excellence. Si bien qu'au bout de trois décennies, cinq diplômes et un heureux ménage avec un psychiatre de Westmount, elle a retrouvé sa superbe. En prime, un fils qui joue brillamment Chopin. De sorte qu'elle fait maintenant mine d'avoir effacé les vilaines taches de son passé. Tout juste se permet-elle, en conduisant sa rutilante Audi, de griller une cigarette ou un cigarillo, pied de nez aux forces vertueuses qu'elle croit responsables de l'épisode le plus pathétique de sa vie. Si elle accepte aujourd'hui de revenir à Saint-Henri sans trop rechigner, c'est à la fois pour honorer le café de Philippe et cette amitié impérissable pour celle qu'elle considère encore comme son ange gardien. Outre ce faubourg d'origine, qu'elle tend à renier, Régine partage avec Sarah d'autres attributs, tels qu'un esprit vif, l'ardeur au travail, ainsi qu'une passion pour la musique et les arts (toujours salvateurs). Elle passera par contre sous silence leurs faiblesses communes, comme une forte dépendance à la caféine et une tendance à l'insomnie, sans oublier les crises d'asthme, déclenchées d'ordinaire par les débordements émotionnels. Ou la fumée de cigarette.

Sarah, elle, ne niera jamais ses racines ni ses imperfections. Elle est attachée à la rue et à sa contre-culture, trop, sans doute, pour se caser avec qui que ce soit. Âme crédule et cœur volage, elle est à voile et à vapeur, pousse la prodigalité jusque dans l'œuvre de la chair. Elle reste pourtant fidèle à Régine qu'elle chérit autant qu'une sœur, lui témoigne une tendresse durable malgré son caractère, parfois, franchement détestable. Elle s'émerveille par ailleurs devant l'infatigable détermination de la neuropsychologue et, surtout, devant l'ingéniosité de ses recherches universitaires. Quel bonheur d'être invitée dans son laboratoire pour observer, grâce à l'IRM, les cogitations en temps réel d'un cerveau. Une symphonie de milliards de neurones qui communiquent dans tous les sens en brossant, sur l'écran d'ordinateur, autant de feux d'artifice. Sarah y voit un chef-d'œuvre expressionniste dans une boîte crânienne, un Kandinsky aux couleurs vives qui, à tous coups, la laisse pantoise.

Pour en revenir au troquet de la rue Notre-Dame, 13 h 27. Les rôles s'inversent pour une fois, la douce colombe s'apprête à méduser le lion. Faisant fi des railleries au sujet de son salaire ou de sa bécane, la travailleuse sociale lance une grenade :

— Assois-toi Régine, je dois te parler d'un cas. Je te préviens, ça va t'en boucher un coin.

Régine s'assied, esquissant son rictus incrédule. C'est qu'il en faut beaucoup pour désarçonner la D^re^ Lagacé. Elle en a vu d'autres. Néanmoins, ses yeux de jais se fixent sur son interlocutrice, pétillant de curiosité.

— Vraiment ?

— À en perdre ton latin.

La phrase fait mouche, l'anticipation active les glandes salivaires de l'universitaire comme celles d'un chien de Pavlov. À moins que ce ne soit l'odeur de la cafetière à piston déposée à l'instant sur la table. Qu'importe, le *scoop*, tel l'arabica fraîchement infusé, dégage un irrésistible parfum. Sarah étire l'instant, prend soin de verser le nectar dans la tasse de sa confidente, doucement. Le délice se trouve aussi dans l'expectative, le léger clapotis du café qui s'écoule en exhalant des arômes suaves qui vous caressent les narines et vous transportent sur les hauts plateaux d'Abyssinie. Chaque fois que les lèvres de la scientifique frôlent le fin liquide, elle en oublie tous ses soucis, c'est la communion. Les paupières se ferment. La goûteuse savoure l'élixir chaleureux, subtilement chocolaté, agrémenté de cette délicate touche de limonade rose. Dans un tintement de porcelaine, la tasse reprend sa place dans la soucoupe. Régine soupire d'aise.

— C'est Bach qui avait raison, le café est plus agréable que mille baisers. Maintenant dis-moi tout Sarah.

Sarah se penche vers l'avant en prenant la posture de la révélation, son visage s'éclaire comme une Sainte-Chapelle.

— J'ai un cas qui va confondre ta science.

— Tu l'as déjà dit.

— Un gars d'âge mûr, je dirais la cinquantaine avancée.

L'assistante sociale amorce alors le plus improbable des récits mettant en vedette un sans-logis. L'homme qu'on ne connaît ni d'Ève ni d'Adam est apparu pour la première fois pendant l'hiver à l'Accueil Bonneau. Cheveux et barbe ébouriffés, teint plutôt foncé. Comme bien d'autres il est venu pour la soupe et pour se réchauffer un peu. Sarah ne lui a pas prêté attention, pas immédiatement, absorbée ailleurs. «J'avais trois grosses rechutes à gérer, tu te souviens? Les pauvres avaient échappé leur sevrage...» Régine tapote gentiment la table comme chaque fois que sa copine s'égare, *c'est chronique chez elle*. La conteuse comprend le message.

— Bon. Tout ça pour dire que sa bette m'a pas frappée, au début.

Poursuivant l'exposé, elle mentionne que l'individu visite sporadiquement l'Accueil. Il avale une maigre ration et repart, sans qu'on sache trop où il dort. Toujours il se garde un bout de pain, on dit que c'est pour nourrir les pigeons. Il témoigne à ces oiseaux une véritable affection, qu'il ne paraît pas éprouver pour le genre humain. Car il est difficile de communiquer avec lui. Le gars n'est pas mutique, il est juste incapable d'une conversation sensée. Lorsqu'il s'adresse à un tel, c'est souvent pour demander l'heure, « s'il vous plaît, quelle heure est-il ? », comme dans la hantise permanente de rater quelque chose. Encore, si au moins il se souciait de la réponse, 13 h 37 ou 13 h 40 ; il s'en balance. L'heure donnée, il est déjà ailleurs. Il soliloque, débite des incohérences en citant de temps en temps les grands poètes. On soupçonne une schizophrénie, ou une forme d'aphasie.

— Probablement l'aphasie de Wernicke, avance Sarah, c'est-à-dire que les paroles sont fluides, mais vides de sens.

— Je sais ce qu'est une aphasie de Wernicke.

L'agacement de Régine redevient palpable, l'amie allonge trop la sauce. Elle la soupçonne de se délecter du trépignement de son auditoire autant que de son café. Patience ! riposte celle qui relate l'histoire, chaque détail a son importance.

Elle répète qu'on peut difficilement communiquer avec lui. Le bonhomme reste constamment sur le qui-vive, pris par moments de démangeaisons, de tics, il se gratte furieusement l'épiderme ou chasse des mouches invisibles en battant l'air de ses bras. Lorsqu'on le questionne, il n'est pas fichu de dire son nom ni d'où il vient, ne fait que ressasser les mêmes vers ou quelque discours irrationnel, par exemple sur les horreurs qu'il aurait endurées pendant la Deuxième Guerre, et même pendant la Première Guerre, dans les tranchées de Gallipoli. L'affaire, souligne Sarah, c'est qu'un bon siècle nous sépare de cette guerre.

— C'est bon, je sais compter.

Sarah continue sans broncher. Elle liste les multiples délires de l'halluciné, lequel évoque Pérouse, Gallipoli, Londres ou Babylone, sans distinction. Il peut monologuer sur la chasse à la girafe dans le désert du Kalahari, puis déraper soudain et parler des Vietcongs, insistant sur l'infinie tristesse des pluies de mousson après la chute de Saigon. Il semble réellement traumatisé par ce qu'il dit avoir vécu, on croirait une bête traquée. L'homme sursaute chaque fois qu'une porte claque, ou au moindre martèlement de bottes, il en tremble de la tête aux pieds. À l'entendre, il a souffert sur plusieurs fronts, toutes époques confondues.

— OK, ton gars divague. Mais pour le moment, pas de quoi fouetter un chat.

L'autre sourit, l'œil espiègle.

— Vrai. Jusqu'à la semaine dernière.

— Enfin, le cœur du sujet !

Sarah retrace les événements remontant à ce mardi matin. À son habitude, la travailleuse de rue quitte Saint-Henri à vélo, emprunte la piste cyclable longeant le canal pour se rendre dans le Vieux-Montréal, à l'Accueil Bonneau. Ce jour-là, en passant devant le musée Pointe-à-Callière, elle entend un déferlement de notes. La cycliste s'arrête, prête l'oreille. La musique provient du piano public installé sur le parvis du musée, un de ces instruments qui font le bonheur des badauds pendant la saison estivale. Sarah est saisie par la richesse mélodique, par la complexité des enchaînements. Ce n'est certainement pas le pianotage approximatif d'un croque-notes.

— Je me suis approchée, complètement fascinée.

— Laisse-moi deviner, le pianiste était ton anonyme.

— Exact !

Et parmi les nombreux passants qui se sont arrêtés, époustouflés, il y avait Francis, un bénévole de Bonneau.

— Francis s'y connaît en musique classique, pas autant que toi mais quand même, il en croyait pas ses oreilles. Il a dit que c'était le troisième concerto de... de... Rach-machin.

— Le troisième concerto de Rachmaninov ?

— Oui, et sans fausse note !

Un court silence s'ensuit. Un indigent qui joue le Rach 3 – l'Everest du pianiste – a de quoi épater la galerie. Particulièrement une neuropsychologue mélomane.

Le sang-froid revient cependant au galop.

— On a là un autiste surdoué, un syndrome d'Asperger peut-être. Certains cas sont vraiment impressionnants. Il a joué d'autres pièces ?

— Oui, Francis les nommait au fur et à mesure, excité comme une puce. Mais tu me connais, j'ai oublié les noms.

Régine esquisse une moue contrariée, que ne relève aucunement l'amie, trop galvanisée par son récit.

— Il était tellement doué que les spectateurs déposaient des gros billets sur le couvercle du piano. Et il y a plus incroyable encore !

Ah oui ?

Ce mardi, en arrivant à l'Accueil, Sarah se dépêche de raconter le haut fait aux collègues. Le barbu devient le sujet de l'heure. Aussitôt, Brigitte expose un autre exploit. « Tu replaces Brigitte ? » Une animatrice, elle favorise l'art comme outil de réinsertion. Quelques jours avant l'ahurissant solo de piano, Brigitte anime un atelier de création destiné aux sans-abris. L'énigmatique gaillard s'y trouve par hasard, occupé à chasser des mouches invisibles. L'animatrice lui tend des pastels, lui dit : « Mon loup, dessine-moi ton Kalahari. » Et l'homme de s'emparer des couleurs, de s'exécuter sur-le-champ. Il peint le désert africain au soleil couchant, à traits convulsifs, obsédé comme Monet par les jeux de lumière, l'instabilité des couleurs. L'artiste multiplie les couches, les superpositions de pigments, reflète une palette riche de nuances à mesure que l'astre du jour s'allonge sur le sable orangé. L'impression d'une scène grandiose mais fugitive, un dessin cinématographique. Brigitte n'a pas prononcé un seul mot, trop éblouie, que la main du peintre se met à trembloter. Bientôt, le mal gagne tout son être, il se cabre et déchire l'œuvre, le Kalahari réduit en lambeaux, laissant l'admiratrice sans voix et sans preuve. C'est en ces termes que Brigitte relate les événements à Sarah, qui les retransmet à Régine en ce dimanche après-midi, à plus ou moins 14 h. Celle-ci est intriguée. *Eh ben !*

— T'imagines, ça faisait deux tours de force. Ça s'est mis à chuchoter dans les coulisses.

Qui sait, ce virtuose pourrait avoir d'autres dons ? Le lendemain, il réapparaît à l'Accueil. Un des cuisiniers bénévoles, Jérôme, décide de le tester en mathématiques. Calculatrice en main, il soumet le phénomène à des épreuves d'arithmétique, commence par des opérations élémentaires telles que l'addition ou la soustraction de nombres composés de 10, 12, 15 chiffres. L'homme peut répondre instantanément, avec une rigoureuse exactitude. Jérôme entreprend alors de compliquer davantage les calculs : multiplication, division, racine énième de nombres toujours plus gros. Dans le mille, à tous coups.

Résultat, c'est l'attroupement en cuisine, on s'agglutine autour de lui comme des moucherons sur une lampe, chacun pressé de lui asséner une colle. Puis quelqu'un a l'idée de donner à l'inconnu un surnom à la mesure de ses prouesses d'enfer. Le Phénix.

— De mon côté, confesse Sarah, j'ai commencé à éprouver un certain malaise. On lui faisait faire des numéros comme à une bête de cirque ou un petit chien savant !

Lui n'a pourtant pas l'air fâché. Il semble même préférer ce genre de jeu à toutes autres formes de communication. D'autant que pendant la diversion il arrête de trembler ou de se gratter, le voilà soudain qui rayonne, lui qui est habituellement effacé.

Lorsqu'on lui demande d'où lui viennent ces aptitudes, il se perd en divagations poétiques. Il dit voir apparaître les solutions mathématiques tel un paysage coloré ou tel un repas délicieux, aux ingrédients on ne peut mieux dosés.

Pour une fois, Régine boit les paroles de Sarah sans l'interrompre. Elle est si absorbée qu'elle en oublie son café, c'est tout dire. Au fond de ses prunelles, on devine les méninges qui triment dur.

— Ton chien savant est un synesthète, glisse-t-elle.

— Un quoi ?

Régine s'explique. On rencontre la synesthésie chez certains prodiges. Par une sorte de câblage croisé des neurones, les sens se confondent. Les synesthètes peuvent voir les chiffres en couleurs, par exemple le 5 est toujours bleu, le 7 rouge. Ou ils peuvent percevoir ces mêmes chiffres comme les éléments d'un décor. Ces connexions cérébrales insolites sont involontaires et pourraient être d'origine génétique. Une belle anomalie, puisqu'elle multiplie les sensations, ce qui renforce la capacité de mémorisation et facilite les calculs. Néanmoins, Régine n'a jamais entendu parler d'une synesthésie aussi polyvalente, jusqu'à associer les nombres aux saveurs d'un plat.

Et si ce n'était que ça.

Cette histoire de repas délicieux a donné une deuxième idée à Jérôme. Le surlendemain, alors que le phénomène rapplique, le cuisinier lui pose un nouveau défi. « Hé, le Phénix ! Comme tu t'y connais dans le dosage des ingrédients, tu pourrais m'aider à préparer le ragoût. » Le prodige ne répond pas, mais reste la matinée avec Jérôme, tel un brave soldat. Il ne disparaît qu'une petite heure pour aller trouver des assaisonnements de son cru. Régine est tout ouïe, « et puis ? ».

— Tout le monde est catégorique, le ragoût du midi était divin.

— C'était quoi, ces assaisonnements ?

— Aucune idée. Probablement des herbes cueillies dans un terrain vague.

Hum. 14 h 29, un tic nerveux tire la joue droite de la chercheuse. Lorsque son minois se crispe, c'est qu'une épine lui taraude la matière grise. Un truc cloche. D'ordinaire, les autistes se jettent à corps perdu dans quelques champs d'intérêt spécifiques, c'est dans la nature même de leur trouble. De collectionner ainsi les dons, sans discrimination, n'est pas sans dérouter une spécialiste du neurone.

— Il doit avoir une famille quelque part, avez-vous fait votre enquête ?

— Bien entendu !

Dès qu'une psychose est soupçonnée, les services de santé sont informés. Un avis a été diffusé l'hiver dernier, avec une photo de l'anonyme.

— Et?

Rien. Aucun dossier médical ou criminel, aucun parent à sa recherche. On a donc cessé de fouiller, inutile de lancer une alerte générale si le gars n'est pas dangereux. Sauf peut-être pour ses dessins.

Régine tourne et retourne l'affaire dans son esprit, sa jugeote roule à pleine vapeur. Le Phénix vient possiblement de l'étranger. «As-tu noté des traits particuliers?»

Des traits particuliers? Sarah revoit la tête broussailleuse de l'homme, son teint basané, ses yeux. Oui, elle revoit ses yeux surtout. D'un gris-vert troublant, comme si les couleurs s'y étaient engouffrées pêle-mêle, le fruit de divers métissages. Il pourrait venir de n'importe où, souffle Sarah, d'ici ou du bout du monde.

— C'est sa voix qui m'intéresse. As-tu noté un accent qui pourrait le trahir?

— Son français est impeccable, on le croirait tout droit sorti de l'Académie. Le plus bizarre, c'est qu'en s'attardant sur son cas, on a réalisé qu'il maîtrisait plusieurs langues.

— Plusieurs langues?

— Et parfaitement.

La cerise sur le gâteau.

Ainsi le Phénix évolue tel un caméléon dans le creuset multiculturel de l'Accueil Bonneau. Lorsqu'il partage sa soupe avec des anglophones, il se met à soliloquer dans la langue de Shakespeare. Il dit par exemple,

«Excuse me, Sir, what time is it?», puis récite Dickinson ou radote ses inepties sur la Première Guerre, Pérouse, Babylone ou le Kalahari, mais dans un anglais irréprochable. Certes, on peut être parfaitement bilingue. Seulement, lorsque le même diable se trouve en présence de Latinos, son espagnol est également sans accent distinctif. Les hispanophones affirment qu'ils ne perçoivent aucune distorsion imputable à un apprentissage tardif de la langue. Encore, s'exalte Sarah, le vieux Wang dit qu'il parle le cantonais comme s'il était né sur les rives de la mer de Chine. Et Tuan confirme qu'il manie le vietnamien sans l'écorcher, donne l'impression d'avoir passé son enfance dans les ruelles de Saigon.

— C'est impossible, tranche Régine, de maîtriser toutes ces langues à la perfection.

— Je te jure, cet homme, c'est Babylone !

— C'est impossible, répète Régine, c'est physiologiquement impossible…

Journal d'un savant babylonien

janvier 1999

L'impossibilité n'est pas scientifique. Notre cerveau est d'une souplesse telle que personne n'en mesure encore l'ampleur.

Considérons que l'intelligence humaine se compose de 100 milliards de neurones interconnectés, que chacune de ces cellules est un processeur pouvant traiter et communiquer un signal à d'autres neurones via quelque 10 000 zones de contacts, ce qui fait 1 million de milliards de points de mémoire. Dans ces conditions, les permutations possibles du cheminement de l'influx nerveux sont illimitées, la puissance de notre cerveau dépasse largement celle de n'importe quel ordinateur.

Ce câblage touffu est façonné essentiellement lors des premières années de vie. Le cerveau du nourrisson est la pâte la plus malléable qui soit, chaque seconde voit se constituer des dizaines de milliers de points de mémoire. Le bambin possède une intelligence brute lui permettant d'apprendre, par exemple, la phonétique de n'importe quelle langue. Le développement de nouvelles connexions neuronales ralentit en vieillissant, mais il ne faut pas en conclure que notre cervelle peut uniquement dépérir.

À l'University College, des recherches portent sur le cerveau des chauffeurs de taxi londoniens. Ces derniers doivent galérer dans une ville au plan anarchique, mémoriser un dédale de dizaines de milliers de rues et autant de destinations. Un défi mnésique digne d'Hercule, que peut relever le commun des mortels. C'est dire la puissance de notre machinerie. L'imagerie cérébrale montre que la région de l'hippocampe spécialisée dans la mémorisation spatiale augmente de volume chez ces chauffeurs. Preuve que notre matière grise peut se développer et se remodeler la vie durant. Le cerveau est plus vaste que le ciel, disait Dickinson.

Ne nous méprenons pas. Il restera toujours plus facile d'apprendre des choses qui ressemblent, de près ou de loin, aux acquis de notre prime jeunesse. De sorte que le plus grand génie de tous les temps sera celui qui saura, dans la force de l'âge, retrouver l'extrême souplesse cérébrale du bambin.

Quelle heure est-il ? Je dois regagner le centre de recherche.

Goethe n'avait pas tort. Lorsque nous voyons le difficile s'exécuter facilement, nous concevons l'idée de la possibilité de l'impossible.

Londres, Grande-Bretagne, avril 2000

18 h 41. Sous un crachin typique au climat britannique, la jeune Lin Li-Mei quitte son deux-pièces sis près de la gare de Paddington, grimpe dans le taxi qui la mènera au prestigieux Royal Albert Hall. Boursière en musique, l'étudiante participe à la finale d'une compétition pianistique, de celles qui propulsent les carrières et ouvrent grand les portes. En ce début de millénaire, les organisateurs ont voulu pimenter le concours en mettant à l'honneur l'œuvre techniquement périlleuse du compositeur Sergueï Rachmaninov. Un défi à la hauteur d'une pianiste de la trempe de Lin Li-Mei, débordante de talent comme d'assurance. Aucune nervosité ne se reflète sur son joli visage, sculpté dans le marbre de tombeau.

Née à Guangzhou et formée au Conservatoire central de Beijing, puis à la Royal Academy of Music de Londres, la surdouée manie sans encombre le cantonais, le mandarin, l'anglais et le solfège. Son bagage est chargé de partitions ainsi que des espoirs de toute une parenté de musiciens muselés par la Révolution culturelle. C'est qu'au temps de Mao, les gardes rouges fermaient les conservatoires et brûlaient les pianos pour envoyer piocher dans les champs les interprètes de classique. Un violent traumatisme pour la famille Lin. C'est pourquoi en mars 1978, alors que fleurissaient les pruniers et que rouvraient enfin les Académies, on prénomma

Li-Mei «éblouissante fleur de prune», celle qui par sa naissance incarnait tous les printemps. Sitôt qu'on découvrit chez la fillette un génie musical hors du commun, on se cotisa dans la famille, jusqu'aux cousins et arrière-grands-tantes, pour entretenir ce don à coup de sacrifices, de Guangzhou à Beijing et de Beijing à Londres. Et la voici à 22 ans dans un taxi, complètement absorbée, occupée dans sa solitude studieuse à visualiser ses notes sur le chemin de la gloire. Du moins l'espère-t-on. Li-Mei est un as de la concentration, n'a cessé toute sa vie de canaliser son énergie dans la caisse d'un piano. Elle déteste se faire extirper de sa bulle. Particulièrement par un chauffeur de taxi et pour des bavardages aussi futiles que l'affreux temps qu'il fait, «a hell of a day». La jeune prodige abandonne le conducteur à son verbiage.

Le *cab* tourne sur Carriage Drive pour traverser Hyde Park, Li-Mei focalise son regard sur un marchand de ballons, dont l'ombre se détache sur le rideau de bruine. «Ça fait des semaines que je croise ce type, dit le chauffeur. Beau temps mauvais temps, il vend ses ballons en forme de zeppelin, paraît qu'il se prépare aux 60 ans de la bataille d'Angleterre.» Aucune réaction de la passagère. Le conducteur continue, ressasse ses souvenirs d'enfance. «Je n'avais que 5 ans à l'époque, mais je n'ai pas oublié ces immenses éléphants qui flottaient par centaines dans le ciel de Londres. Ils servaient de barrage contre les avions des Fritz. Pour un marmot comme moi, ça donnait à la guerre un drôle d'air de fête. C'est fou ce qu'on peut retenir!»

L'anecdote n'arrache pas un rictus à l'étudiante qu'il doit conduire à la gloire. Du moins l'espère-t-on. Ce qui ne freine ni ne décourage l'homme qui tente d'entamer une discussion intelligente avec la ravissante passagère. Aussi, plutôt que de parler de grisaille ou de guerre, il décide d'aborder un sujet plus respectable. «Savez-vous qu'on étudie mon cerveau à l'University College ? J'ai, paraît-il, une mémoire spatiale digne d'Hercule ! »

Il surveille dans le rétroviseur la réaction de la nymphe, toujours de glace. Décide de rajouter du sel. « Vraiment, les chercheurs nous scannent la cervelle pour surveiller la croissance de notre hippocampe. Parce que nous avons une sorte de cheval de mer dans le crâne, le saviez-vous ? Notre mémoire est là-dedans. Je le nourris chaque jour, mon cheval, il se muscle à galoper dans les rues de la capitale. Et ça épate les scientifiques, eh eh ! »

A-t-il dégelé sa passagère ? Li-Mei a bel et bien levé un sourcil, pas tant à la mention des performances mnésiques qu'à celle des recherches universitaires. Le chauffeur a réussi à détourner l'attention de la belle, voire à l'extirper de sa bulle. Ce qui en soi est un exploit plus remarquable encore que de naviguer dans le dédale de Londres. Or, la possibilité d'une conversation est tuée dans l'œuf lorsque l'amphithéâtre apparaît à la sortie du parc. Et un laconique « combien je vous dois ? » est lancé, des paroles chiches à bien y penser. La course réglée, la musicienne regagne illico sa bulle, descend du *cab* en rouvrant tranquillement son parapluie.

Le chauffeur demeure un moment sur place, son regard attaché à ce papillon de nuit à l'aura de mystère. Jusqu'à ce que la silhouette gracile disparaisse derrière le rideau de bruine, scintillante sous l'éclairage doré du Royal Albert Hall. La capitale britannique devient soudain, à 19 h 02, l'exotique Canton lors d'une pluie de mousson. Du moins est-ce ainsi que la scène est gravée dans l'hippocampe hypertrophié d'un chauffeur de taxi londonien. Une carte postale destinée à ses vieux jours.

À l'intérieur du monument, Li-Mei emprunte le corridor courbe entourant l'arène, se dirige d'un pas sûr vers les loges où s'agitent condisciples et professeurs.

Malgré son invariable flegme, le poids des fantômes familiaux se met à lester ses frêles épaules. Leurs ombres imposantes poursuivent la sienne jusque dans les coulisses. Pour dompter cette présence importune, elle répète son mantra, *je suis plus forte qu'eux, ils ne m'arrivent pas à la cheville*, elle avance résolument, *je vaux plus que mes aînés*, encore, *je vaux plus que mes professeurs*. Peut-être vaut-elle plus que Rachmaninov. Sur ce crédo, elle pénètre dans les loges. Là, devant un miroir, elle replace une ou deux mèches, les plis de sa robe, sa concentration.

À 20 h 44, Li-Mei descend dans l'arène où se dresse la scène. L'y attend son arme de combat, clavier majestueux sous les feux du vaste dôme. L'y attendent aussi le regard impitoyable des juges et celui d'un public connaisseur. En s'asseyant au piano, la concurrente prend une minute de recueillement. Autour d'elle, des gradins au silence écrasant. Paupières closes, elle récite son mantra *je suis plus forte qu'eux, ils ne m'arrivent pas à la cheville*... Puis, sans rouvrir les paupières, ses doigts graciles s'en vont rejoindre les touches, doucement, tout doucement, des fleurs de prune emportées par la brise. Une note résonne dans le Hall, grave, bien pesée, suivie d'une pause. Une seconde note retentit, elle s'étire. On dirait les gouttes lourdes annonçant une pluie diluvienne. Ce qui se confirme sans tarder, au cœur de l'arène les mains soudain s'agitent, gambillent sur le clavier en déversant un torrent de notes, à la manière du maestro russe. Sans pour autant l'imiter. La compétitrice prendrait-elle des libertés ? Oui. Ce qui déconcerte quelque peu les jurés, lesquels affichent un air perplexe.

À mesure que progresse la pièce, l'interprète s'éloigne du légendaire Rach, insérant plusieurs thèmes de son cru. Des inclinations orientales. Et pourquoi pas ? Rachmaninov lui-même considérait l'imagination comme la plus précieuse alliée du compositeur. Li-Mei tient à émailler la musique de ses propres couleurs. Devant la témérité de la jeune artiste, la perplexité des juges se mue en confusion. La foule traverse également une large gamme d'émotions, l'embarras initial faisant place à la curiosité, puis à l'envoûtement, alors que se dévoile la créativité inouïe de la pianiste. Dans les gradins, on se regarde, on regarde le jury et la virtuose tour à tour, avec ce sentiment d'assister à la naissance d'un Mozart. Un spectateur jurera avoir vu, dans le faisceau des projecteurs, le souffle flamboyant des notes, pareilles à des nuées de papillons tropicaux. Rachmaninov disait : « La musique est Amour, sa sœur est Poésie, sa mère Tristesse ».

Tristesse...

Tandis que la fébrilité est à son comble au Royal Albert Hall, tandis qu'étincelle le vaste dôme, un étrange malaise s'insinue dans le crâne de la soliste, dans son système nerveux pourtant bétonné. D'abord cette odeur désagréable de caoutchouc brûlé, sortie d'on ne sait où, qui lui donne une légère nausée, lui laisse un drôle de goût en bouche. Stoïque, elle poursuit sa prestation, avec brio, ne laissant rien paraître au public ébloui.

Vient ensuite ce bourdonnement d'oreilles, d'abord lointain, puis toujours plus intense. La sensation que sa musique s'éloigne d'elle, que sa fugue la fuit. Le visage de la compétitrice se crispe, quelques perles de sueur sourdent aux tempes et au front, rien à voir avec la difficulté d'exécution de l'œuvre. Sans arrêter son jeu d'une virtuosité sans égale, Li-Mei entrouvre les yeux, constate que la foule admirative ne s'est aperçue de rien, constate que cette même foule est un peu floue. La musicienne tient bon, cependant que des lucioles envahissent son champ de vision. Elles sont suivies d'horribles palpitations, de picotements dans les orteils, les doigts. L'artiste commence à panteler, ses paupières papillotent.

Elle blêmit, jusqu'à devenir exsangue. Les spasmes provoquent une première fausse note. Une deuxième. Un murmure se répand dans les gradins. Pour la première fois de sa vie, Li-Mei cède à la panique. La voilà agitée de tremblements, ainsi que d'un sinistre pressentiment.

De fait. Jamais auditoire n'aura assisté à finale aussi tragique.

Après une série d'accords dissonants, la pianiste laisse échapper une plainte rauque. Et elle s'effondre au seuil de la gloire, sa tête percute le clavier dans une cacophonie effroyable de notes. Les spectateurs, les jurés, les professeurs, les rivaux, tous bondissent en poussant des cris de stupeur. Lorsque les spasmes de l'interprète cessent enfin, ne reste qu'un corps inerte, les prunelles révulsées, les lèvres noyées d'écume.

Au moment où Big Ben sonne neuf fois, Lin Li-Mei s'éteint, foudroyée par un violent orage cérébral. Un cas rare de crise épileptique fatale, concluront les médecins.

Entrée du canal de Lachine, Montréal, juin 2016

3 h 35 du matin. Le ciel est redevenu serein après avoir déversé son fiel sur le Vieux-Port, lors d'un orage monstre. Dans un secteur qui a vu naître et mourir maintes usines git la carcasse humide d'un pont ferroviaire pivotant. Témoignage rouillé d'un passé industriel prospère, l'ouvrage ne pivote plus depuis un demi-siècle, envahi par les herbes folles et à jamais détaché de ses rives. Il végète là, sur son îlot au milieu du canal. Il n'est accessible qu'au téméraire qui arrive à gagner l'îlot en empruntant en catimini la voie ferrée du nouveau pont, en contre-haut. À la faveur de la nuit ou de l'aube précoce d'été, le délinquant escaladera alors la vieille structure pour s'introduire dans la cabine de pilotage. Une baraque croulante dont on a condamné l'accès, mais que les voyous ont enfoncée.

Le casse-cou qui y pénètre trouve une cabine souillée par le temps et les graffitis. Côté ouest, une fenêtre aux carreaux crevés. Elle offre une échappée sur le canal, ses écluses, ses rives sillonnées de pistes cyclables et parsemées de manufactures, reconverties en lofts de luxe. Au loin veille la tour-horloge du marché Atwater. Sa blancheur perce la pénombre tel un fantôme, personnage immuable dans un paysage étrangement instable. Au sens propre. Puisqu'à mesure que le casse-cou s'approche de la fenêtre, la vue s'assombrit. L'air se charge de particules. L'eau, le sol, les bâtiments se couvrent d'un manteau noir, comme si venait de s'abattre une pluie de cendre, comme si venait de dérailler le temps, ramenant la ville un siècle en arrière à cette époque où, jeune émule d'une Londres industrielle, Montréal puisait sa splendeur dans la suie. En décalant le point de vue, légèrement, on voit toutefois ressurgir la ville actuelle, dans son costume soigné.

Voici un canal tantôt bourgeois, tantôt crasseux, selon la perspective. Seul élément inaltérable du paysage, cette tour-horloge qui s'élève immaculée parmi les restes de l'Amérique manufacturière, témoin de ses gloires et déchéances.

Le casse-cou apprécie le truquage d'optique, il n'en demandait pas tant en grimpant jusqu'ici. Attendu que cette lucarne n'est pas l'œuvre d'un bâtisseur, mais d'un graffiteur. Toc. Toc. Du trompe-l'œil. Et quel trompe-l'œil, du grand art ! Dans ce galetas difficile d'accès, un maître de l'illusion a bouché la fenêtre pour y enchâsser la représentation parfaite de la même fenêtre, de ses vitres fracassées et de sa vue sur le canal, au passé comme au présent. Il faut avoir l'œil d'un philatéliste pour s'intéresser aux infimes détails de la toile et ainsi mesurer l'immense savoir-faire d'un artiste de la miniature. Un transparent recouvre la composition, il crée à la fois l'effet de mirage et l'illusion du verre, lequel renvoie, à 3 h 59 du matin, le reflet d'un regard ébahi.

Au fait, le regard de qui ?

Du jeune Ángel Escobar, explorateur urbain et artiste voyou. Qui, bien que graffeur de talent, n'est pas le créateur de ce trompe-l'œil, juste son découvreur fortuit. Il l'a déniché en se livrant à son passe-temps favori, toujours en fin de nuit et en début de semaine, à l'heure où la ville plonge en léthargie et où les autorités baissent la garde. *Drop-out* de l'École des beaux-arts, Ángel sait reconnaître un joyau. Et jamais, dans l'univers des bombeurs, il n'était tombé sur un ouvrage aussi énigmatique, aussi volontairement discret, dissimulé dans les ruines d'un pont inaccessible. Un chef-d'œuvre que ne peut admirer personne, sauf d'aventure un rôdeur, comme lui.

Un graffiti saute normalement aux yeux, se dit Ángel, lui-même ne cesse de mettre sa signature en évidence. Par *addiction*, non par vanité. Il a ce besoin viscéral de multiplier les «Ángel», partout, surtout en hauteur, dans les lieux impossibles, au pinacle des mastodontes industriels qui subsistent le long du canal. On le surnomme «le tagueur funambule». Il n'a jamais peur d'affronter l'altitude et la corrosion, peut gravir des échelles chancelantes, les parois décrépites des silos au ventre vide, il peut s'insinuer dans les bâtisses abandonnées où l'on flaire encore des relents toxiques, qu'importe, du moment qu'il en atteint le faîte. C'est plus fort que lui, il doit réveiller l'âme de ces fabriques qui ne produisent plus d'étoffes, mais de la toile de graffiteurs. Lui ne fait pas dans la subtilité, oh non, sa signature est visible à des lieues, colossale: d'abord un «Á» aérien, avec ses ailes et son auréole, puis des lettres qui s'abattent peu à peu. Le «L» final est particulièrement rabat-joie, avec cette queue fourchue, repliée, qui donne à l'ensemble un air d'ange déchu. La griffe d'Ángel suscite l'admiration dans la vieille zone usinière, à la fois sombre et éclatante, criant d'une rage silencieuse – *pour s'élever si haut dans la nuit, il faut avoir touché le fond.*

Le jeune Escobar est une star dans son domaine, bien que sans prétention. Voire timide. Il bombe pour exorciser les démons qui l'oppressent, il en a fait sa religion, en quelque sorte. Précisément pour fuir celle de ses parents. Car il est le fruit d'une décennie de prières d'un couple infertile, profondément catholique, qui voit dans la naissance de leur fils un miracle accompli. Originaire du Salvador, le père a enduré le calvaire au siècle dernier, dans la prison de Mariona. Comme tant de guérilléros, il a eu les orteils et les testicules brûlés au chalumeau, au plus fort des campagnes de terreur au pays des assassins de Monseigneur Romero. Le couple Escobar a fini par se réfugier à Montréal, là où, après des années de tentatives infructueuses, Ángel a vu le jour, malgré les couilles roussies. Un prodige dont il faut tous les jours rendre grâces à Dios, Jesús, María et tous les saints du calendrier, une dette lourde à acquitter pour un garçon né à l'orée du 21e siècle dans une ville qui n'a plus cure du bon Dieu et où on convertit les églises en condos. Ajoutons qu'Ángel n'a aucune raison de révérer la Vierge ou les saints martyrs, n'a connu ni les escadrons de la mort ni la guerre civile. Il n'a subi aucune torture hormis l'obligation familiale de pratiquer l'intégralité des rites catholiques, lui qui n'est doué ni pour la piété ni pour la vertu. N'est-il pas, de l'avis des siens, un voyou, un cancre sans ambition, un monstre d'ingratitude qui n'honore ni parents ni Seigneur? En somme, un tas d'espoirs déçus. Un ange déchu. Sans dessein louable, le fils s'est donc réfugié dans le dessin illicite. Jusqu'à cette nuit où, avant le lever du jour, il reçoit l'illumination, son épiphanie de l'art. Devant une fenêtre aux illusions.

Qui? se répète-t-il. Quel fin truquiste a créé ce diptyque?

Aucune signature, si ce n'est qu'un court texte près du châssis. Une écriture arabe en apparence, admirablement calligraphiée. Chaque caractère y est une chorégraphie, d'une délicatesse telle que l'inscription semble empreinte du même génie que l'image qu'elle accompagne. De la poésie orientale? Et si on décale le point de vue? La calligraphie se superpose à une seconde, plus estompée. Ainsi l'illusionniste persiste et signe. Ángel s'approche. À bien y regarder, le pâle sous-texte est d'un alphabet distinct, aussi indéchiffrable que volatile. Le genre d'inscription que des archéologues dévoilent à la brosse à dents, délicatement, sur des amphores millénaires. Ángel devine que l'artiste derrière l'œuvre est féru d'histoire, mais aussi de décalages, d'embrouillements.

Le délinquant poursuit l'investigation, scrute les autres graffitis tapissant cette paroi devenue mine d'or. Rien pour le frapper, sauf peut-être ce brusque courant d'air, un grincement de porte. L'intuition soudaine qu'on l'observe par-derrière, depuis l'unique issue de cette bauge. Le sentiment d'un regard braqué sur sa nuque comme le canon d'un pistolet.

Craquement du plancher.

Les viscères du garçon se tordent. Une sueur froide lui inonde le dos, lui qui n'a jamais peur de rien. Deuxième craquement.

Paralysé d'angoisse, le jeune Escobar finit par trouver dans ses racines de guérilléros le courage de braver la menace, quelle qu'elle soit. Il fait volte-face.

¡Mierda!

Devant lui, un diable en loques. L'homme au visage mal rasé se tient à l'entrée de la baraque, immobile, seuls ses yeux se jettent sur Ángel, le foudroient à bout portant.

Après d'interminables secondes où il se sent plus mort que vif, le garçon recouvre ses esprits, arrive à soutenir l'œil torve du démon. Le voilà encore mystifié.

Il le voit bien maintenant, la bête est de la même étoffe que la fenêtre du mur opposé. Un portrait grandeur nature, hyperréaliste, avec cette gueule à vous figer le sang. On a donné chair à la vieille porte, les marques de corrosion transformées en fripes ou en ravages sur un visage émacié, c'est aussi magnifique qu'effroyable !

Ángel avance, et à mesure qu'il avance, une nouvelle métamorphose s'opère, le regard du diable devient, peu à peu, celui du supplicié. Du bout des doigts, il parcourt le modèle, sa tête hirsute, sa peau effritée, ses yeux de cendre. Les pupilles dilatées sont deux puits de tourments. Il faut être un artiste prodigieux pour exprimer un tel renversement de perspective à travers les orbites de son sujet. La détresse ne s'invente pas. Ángel en est persuadé, il est devant un autoportrait.

À 4 h 05, il dégaine son portable, mitraille tout, sous tous les angles, immortalise chaque détail. Puis se met à spéculer. Et si ce n'était qu'un aperçu? Un simple échantillon d'une collection où les pièces rivalisent d'inventivité? Par essence, un bombeur est un semeur.

Le voyou se sent enfin une vocation. Sortir ce créateur de l'ombre!

L'aube fait place au matin. Le graffeur a déjà regagné en douce le nid familial et son rôle de fainéant lorsque la travailleuse de rue Sarah Dutoit emprunte la piste cyclable longeant le canal de Lachine. Comme tous les matins, elle sillonne les vestiges de manufactures et les chantiers de construction visant à convertir les anciennes filatures en studios. À 8 h 14, près des vieux docks, elle s'arrête net. Un monumental graffiti frappe son regard, il tapisse la culée du pont ferroviaire surplombant le canal. L'inscription est fraîche, hier encore elle ne s'y trouvait pas. Sans compter que ce tag est reconnaissable entre mille, magistral «Ángel». Il trône normalement au sommet des silos et autres forteresses de l'ère industrielle, tel le drapeau triomphant d'un conquistador urbain. Jamais la cycliste ne l'avait remarqué aussi près du sol. Et si le «Á» est toujours aérien, avec ses ailes et son auréole, rien ne va plus pour la queue fourchue du «L». Habituellement repliée, elle semble vouloir prendre le large, s'égrène en un chapelet de petites pointes de flèche, rouge vif. La traînée écarlate grimpe sur la structure ferroviaire et court au-dessus de l'eau. Ce fil d'Ariane, s'il en est un, s'étire sur la voie ferrée jusqu'au milieu du canal, où il se répand sur cette épave de pont pivotant. *Le pont fantôme.* Il intrigue Sarah depuis longtemps déjà, si proche et pourtant inatteignable, sa curiosité aujourd'hui attisée. Voici qu'un ange l'y invite. Seulement, l'accès s'avère périlleux et de surcroît prohibé, deux excellentes raisons de se réfréner. Qu'à cela ne tienne, la travailleuse sociale a ses contacts. Elle enverra un éclaireur, ils sont nombreux, bohèmes et insoucieux, qui ont investi sa vie et son lit. Il en est ainsi de Sarah, main prodigue et cœur d'artichaut.

À 8 h 20, elle passe son chemin. Ses coups de pédale s'enchaînent, comme s'enchaînent les coups de marteau-piqueur des chantiers environnants, annonçant avec fracas la gloire du lotissement résidentiel. En entendant le chœur des défonceuses, Sarah ne peut faire autrement que de s'apitoyer sur le sort de tous ces ouvriers d'usines rayées de la carte, ceux qui ont grossi les rangs des indigents pour lesquels elle se démène chaque jour. Elle songe par ricochet au Phénix, âme errante du Vieux-Port. Lui qui sursaute au moindre cliquetis, les pétarades des bâtisseurs doivent l'effrayer. Ne ressemblent-elles pas aux détonations de sa Grande Guerre ?

Une intuition qui ne trompe pas. Le vacarme a effectivement affolé le Phénix, qui se terre tout près. Précisément sous la piste cyclable, dans l'entrée d'un tunnel abandonné depuis deux décennies et à demi remblayé, envahi d'eau et de graffitis. La cache idéale pour un soldat que le tonnerre de l'artillerie a pris par surprise. Recroquevillé de peur, il espère une trêve en invoquant tous ses dieux… ô Rûmî, ô Baudelaire, ô Dickinson !

Journal d'un savant babylonien

mars 1999

Entre le génie et la folie il n'y a qu'un pas. À quel moment l'éclair de génie devient éclair de folie ? La frontière existe-t-elle ? Il y a sans doute un fou dans chaque virtuose.

Le génie et la folie se côtoient depuis l'aube de l'humanité, depuis ce matin où, une étincelle dans les yeux, Sapiens a l'idée d'user de sang et d'os calcinés pour donner vie aux parois des rochers. Ce matin où son imagination le pousse à transformer son arc en harpe, ses flèches en notes. Jusqu'à ce que tout bascule, qu'il refasse une arme de son instrument, du sang et des cendres de son ingéniosité créative. D'un coup, le souffle créateur devient un vent destructeur.

C'est un fait. C'est d'ailleurs consigné dans l'Encyclopédie : Ô que le génie et la folie se touchent de bien près.

Ils sont parfois indissociables.

Péninsule de Gallipoli, juin 1915

À la jonction de l'Europe et de l'Asie se trouve une presqu'île, naguère bucolique, transformée en champ de bataille exigu. Un bout de terre en forme de sabre ébréché qui ne fait pas 50 kilomètres de long, à peine 5 kilomètres de large, meurtri, labouré de tranchées et de trous d'obus. S'y entassent des dizaines de milliers de soldats en provenance des cinq continents. *Et en avant!* Australiens, Néo-Zélandais, Anglais et Terre-Neuviens, *en avant encore*, Indiens, Français, Sénégalais et Maghrébins, *en avant tous*, Allemands, Turcs, Arabes et Kurdes. Jamais le monde n'aura été aussi à l'étroit. Cela, pour un détroit. C'est à qui contrôlera le Bosphore.

La péninsule endure donc, pour l'heure, un fulgurant pilonnage d'artillerie, les projectiles zèbrent le firmament dans un déluge d'étoiles filantes. Chaque impact provoque un séisme, le sol tremble, comme tremblent de terreur les fantassins de toutes origines. Du fond de leurs tranchées ils observent d'un œil hagard le terrain se déchiqueter autour d'eux, adressant aux cieux le même vœu, la même prière, que cesse cette pluie d'abat, que par la grâce de Dieu, d'Allah ou de Vishnou, cette heure, cette minute, cette seconde, ne soit pas la dernière.

Il y a, en première ligne, un jeune conscrit à l'esprit vif, beaucoup plus vif que la moyenne. Il compte les obus, évalue les trajectoires balistiques et ses propres chances de survie : celui-là tombe un peu derrière, celui-là un peu devant. *Quelle heure est-il ?* Combien d'obus à l'heure, à la minute, à la seconde, sur cette langue de terre devenue langue de boue ? Il fait mentalement le compte… au moins cinq. Et si cinq ou six obus par seconde déchirent l'obscurité, défoncent le sol déjà en charpie, ça en fait 300 ou 350 qui chaque minute peuvent vous exploser la poire. Il calcule, calcule encore, près de 20 000 obus à l'heure, au minimum 100 000 pour cette seule nuit, cette seule crête. Et depuis le début de cette bataille, *combien ?* En raboutant tous les enfers de tous les fronts, de la Belgique à la Mésopotamie, combien de marmites les troupes doivent-elles se farcir ? Est-ce mathématiquement possible d'en réchapper ? *Quelle heure est-il ? Est-ce ici mon heure ?*

Des hurlements s'élèvent dans la nuit. À 600 mètres une section est touchée, une de plus. Le rappel douloureux qu'à tout moment le trou infect qui vous sert d'abri peut devenir votre tombeau. Et lorsque la mort n'arrive pas du ciel, elle peut venir d'en dessous, une sape ennemie creusée sous la tranchée, une mine qui explose. Le sol peut jaillir tel un volcan pour vous enterrer vivant, le supplice, *mieux vaut recevoir un obus en pleine fiole*, mourir sur le coup plutôt que d'agoniser à petit feu dans une guérite ensevelie. Le jeune conscrit en est convaincu, il n'existe pas de mort plus effroyable que celle d'être condamné à une lente asphyxie. En première ligne, il compte les minutes et les obus en ruminant son désespoir. *Est-ce donc ça l'ère moderne ? La guerre nouvelle ?* Avec ses mitrailleuses, ses cuirassés, ses canons à puissance décuplée, « une guerre qui sera fraîche et joyeuse », a lancé l'empereur d'Allemagne au commencement des hostilités. On ne peut mieux dire, c'est jour de foire, avec bastringue et feux d'artifice, les obusiers sont si énergiques que le moindre shrapnel expédie les bons vivants au septième ciel. *Et encore !* Les salves d'artillerie ne font que lancer le bal, chacun sait ce qui l'attend à l'aube. Les mitrailleurs donneront de la voix, 500 balles à la minute pour accompagner la valse des grenades et les tirs des mausers. Tout ce qui rythme l'assaut des fantassins. Car à l'ordre aboyé ils devront enjamber parapets et barbelés, devront traverser à découvert le no man's land en direction des lignes ennemies. *Des bêtes*, se dit le soldat, des bêtes qu'on mène à l'abattoir. C'est le couronnement de l'œuvre, la bonne vieille charge à la baïonnette. Laquelle, pense encore le conscrit, est une farce grotesque. Un exercice archaïque et futile au matin du 20e siècle dans un conflit devenu industriel, à l'arsenal de destruction inégalé. *Inépuisables canons*. Comment la chair, même robuste, peut résister à ce déluge d'acier? Combien faudra-t-il de macchabées, d'estropiés et de défigurés pour que ceux à l'arrière s'avisent de l'aberration d'une bataille napoléonienne, à l'ère moderne? En attendant un germe de bon sens chez les stratèges, les pions du front endurent l'infini calvaire.

C'est le Kaiser qui avait raison, se dit le soldat à l'esprit vif, cette guerre est une fête. *Un banquet pour les mouches*. Ces nuées de mouches qui inondent le no man's land lorsque se taisent les fusils. Après une bataille estivale elles recouvrent tout, les cadavres autant que les vivants, leurs abris surpeuplés, leurs haillons ensanglantés, leurs gamelles et la bouillie qu'elles contiennent. *Combien de mouches?* Des milliers, des millions, des milliards. Qui dans leur magnificence pathogène butinent, passent des marés stagnantes où macèrent les morts aux latrines creusées à la va-vite, puis aux gamelles des militaires. Ainsi se calcule la probabilité non négligeable de mourir de la dysenterie, du choléra ou de la typhoïde. *Est-ce mathématiquement possible d'en réchapper?* Assurément, le temps est à l'abondance. Rarement a-t-on observé une telle foison de mouches, de poux, de rats, de germes, une telle débauche de crasse. L'horreur féconde. Il faut décréter une trêve simplement pour enterrer les morts étalés entre les lignes, lesquels dégagent une pestilence insoutenable dans la fournaise gallipolienne. Une trêve permet aux belligérants de troquer leurs fusils pour des pelles. Ils se rejoignent dans la zone neutre, s'acquittent de la sinistre besogne, sur place, sans plus de cérémonie. Une trêve permet aux ennemis de s'observer, silencieux. Le soldat peut alors constater que l'autre est un pauvre bougre comme lui, aussi pâle et atterré. Aucune malice dans l'œil, juste la fatigue, l'abattement. Soudain les officiers craignent le pire. Que les troupes s'exposent non pas aux balles, mais à l'empathie. C'est trop de risques, on met fin aux trêves. Le soldat restera dans son trou, livide malgré un soleil de plomb, dans l'attente de la prochaine offensive.

Au front, le repos est une utopie. Même la nuit, surtout la nuit. Entre les corvées de veille ou de terrassement, entre les cris d'alarme et les bombardements, un fantassin cherche le sommeil. Il espère le trouver, ne serait-ce qu'une heure ou deux, tomber dans les bras de Morphée. Rêver d'une femme, d'une brise, ou d'une grenade qui ne serait pas une bombe mais un fruit. Rêver du rire d'un enfant, de bruyères colorées, de l'odeur du café. Rêver de rêves doux. Ce qui est rare, on le voit à la mine crispée et au corps agité de ceux qui ferment l'œil. Les cauchemars sont à l'image de la réalité, à Gallipoli, où chaque canonnade vous assène un coup de vieux, vous creuse davantage le visage ou la tombe. On vieillit d'une décennie pour chaque mois passé en première ligne, dire que la plupart de ces hommes ont à peine 20 ans. Le bel âge, 20 ans. Ce à quoi songe un soldat lorsqu'il est pris de colique, le teint vert et les intestins ravagés par la dysenterie, affaibli, incapable de se sortir des latrines où il s'effondre. Jamais l'humain n'aura autant régressé, plus voûté, plus poisseux, plus enterré qu'à l'âge des cavernes.

Mais le conscrit à l'esprit vif a de la chance, ce qui peut paraître invraisemblable dans les circonstances. En quelque manière, oui, il a tiré le bon numéro. Car bien qu'il n'ait aucun diplôme et que pour cette raison on l'ait expédié droit au front, les officiers ont vite repéré ses dons en dessin. Il est aussi l'un des rares dans sa tranchée à savoir lire et écrire, en plusieurs langues de surcroît, alors on le ménage un peu. On évite de lui faire franchir le parapet, ce serait pur gaspillage, on le colle plutôt aux lieutenants à titre de secrétaire, d'interprète, de topographe et de colombophile. Cette dernière fonction lui a épargné plus d'une fois la folie. S'occuper des pigeons a quelque chose d'apaisant, ils incarnent l'innocence du monde, eux qui ne sont pourtant pas là pour roucouler bêtement. Leur rôle est de première importance lorsqu'un bataillon est isolé, un pigeon peut transporter une missive, informer l'état-major de la situation des troupes ou de l'épuisement des munitions, des denrées, de la chair à canon. Notre conscrit bichonne ces émissaires à plumes comme si sa vie en dépendait, ce qui n'est pas sans fondement. Ils sont couleurs, ils sont la beauté au cœur de la noirceur. Et pour celui enlisé en enfer, la beauté importe autant que nourriture et oxygène. Un regard sur l'oiseau diapré et il pense à tout ce qu'il chérit, sa jeune épouse, la musique, la poésie, *ce miroir qui peut rendre beau ce qui est tordu*. Que faire devant la mort sinon nourrir les vers, ceux de Shelley ou de Nietzsche? *Nous avons l'art pour ne pas mourir de la vérité.*

Dans la tranchée, on l'appelle le Poète. Entre deux bombardements, il raconte aux compagnons ce qu'il a vu et ce qu'il a lu de beau dans sa vie. Connaissez-vous Nerval? *Il est un air pour qui je donnerais Tout Rossini, tout Mozart et tout Weber*. Connaissez-vous Wilde? *Nous sommes tous dans le caniveau, mais certains d'entre nous regardent les étoiles*. Sur un terrain où ne restent que chicots et barbelés, lui seul peut saisir ces instants qu'on dérobe à la guerre : le chant lointain d'un rossignol, les gambades d'une sauterelle, l'éclosion d'un pissenlit dans un trou d'obus.

Le Poète voudrait parfois faire porter à ses pigeons des poèmes pour sa bien-aimée, voire des questions existentielles destinées aux généraux qui délibèrent à l'arrière. Un croquis de la guerre, la vraie, l'horreur dans toute sa splendeur. Seulement, on le ferait fusiller sur-le-champ pour mutinerie, alors il ravale. Le soldat ne doit pas argumenter, ne doit pas réfléchir, c'est le commandement. *Tu tueras, point.*

Notre poète se pose néanmoins un tas de questions, réfléchit constamment. Il se demande si les anémones pourront un jour refleurir sur cette péninsule imbibée de sang. Il se demande comment survivre à cette guerre. Il se fait une promesse. Si en dépit des obus, des balles et des mouches il réchappe à l'ignoble boucherie, si par miracle il en sort vivant et peut retrouver sa jeune épouse, il jure, sur la tête de ses pigeons, qu'il mènera un combat sans merci à la laideur. Il jure, sur la tête de ses pigeons, qu'il cultivera la beauté, celle d'une délicatesse et d'une pureté telles qu'elle puisse ensevelir les atrocités vécues.

En attendant, il compte les obus qui éclatent, cinq ou six à la seconde. *Quelle heure est-il ? Est-ce ici mon heure ?*

Laboratoire de neuropsychologie de l'Université de Montréal, juin 2016

À peine cinq ou six secondes, constate Régine. Le temps nécessaire pour que le miracle s'opère, pour que les progrès de l'imagerie cérébrale rendent visible le pouvoir incontestable de la musique. La preuve en est qu'à l'écran, le rouge feu embrase de façon fulgurante l'encéphale du patient Victor Baker, comme sous l'effet d'une puissante déflagration. À 14 h 10, l'octogénaire soudain s'éveille, lui qui souffre de démence profonde, habituellement coupé du monde, apathique, ses yeux remplis de vide. C'est que Mr Baker n'est plus l'ombre de lui-même, n'est plus l'ombre de son ombre, son cerveau pareil à une éponge asséchée. En imagerie fonctionnelle, son esprit ne se manifeste que par quelques taches ternes à l'écran.

Habituellement.

Mettez-lui un vieux disque, un air de swing sorti des années 1920 ou 1930, et Mr Baker se rallume. Léger tressaillement des pieds, puis des doigts. À l'écran, la couleur se déploie dans la boîte crânienne.

14 h 13, on sort Victor du scanneur pour le remettre dans son fauteuil, mais sans arrêter la musique, surtout pas. Il ne faut pas éteindre cette lueur au fond de ses pupilles. 14 h 15, ses lèvres maintenant s'agitent au son

de la trompette de Louis Armstrong et de son *Heebie Jeebies*. L'homme fredonne, finit par taper franchement des pieds. Au fond des yeux la lueur croît, devient feu de joie. Ainsi, pendant une dizaine de minutes, parfois plus, le mur s'entrouvre, une étroite fenêtre de communication peut s'établir entre la docteure et son patient. Elle arrive à exhumer les vestiges d'une mémoire anémique. Les yeux mouillés par la nostalgie, Victor chuchote son nom, celui de ses copains d'enfance, de la rue où il a grandi, de son premier amour. Tout cela sur fond de hot jazz électrifiant, une musique qui le tire de l'abîme comme elle a su tirer l'Amérique de sa Grande Dépression. Et swigne, swigne Mr Baker sur le swing de Mr Armstrong, obéissant à une impulsion irrésistible, viscérale. C'est le pari de Régine et le cœur de son travail, démontrer les vertus médicinales d'une simple combinaison de notes. «Victor, reconnaissez-vous cette dame?» lui demande-t-elle.

Assise près de son mari, Mrs Baker lui serre la main, son menu corps tremblant d'émotion.

Lui se trémousse toujours sur le rip-bip-ee-doo de l'allègre Louis, mais ralentit la cadence, se tourne lentement vers celle qui le chérit depuis pas moins de 60 printemps. Victor s'immobilise tout à fait. Enfin, des larmes glissent sur ses joues creuses, il finit par susurrer «Jeanette... Jeanette...», comme s'il revenait de guerre. Ou d'outre-tombe.

L'ivresse s'empare de Jeanette chaque fois qu'elle retrouve son mari, moments aussi euphoriques qu'éphémères. Elle le sait bien, ce n'est qu'un flash. Au bout de quelques minutes survient l'inévitable descente.

L'homme replonge dans son néant à 14 h 25, par accoutumance, à l'instar d'un *junky* dont les effets de la poudre se dissipent. Le cerveau s'éteint aussi vite qu'il s'est allumé. Ce, malgré la musique qui continue, malgré l'entrain et l'inventivité qu'on connaît à Armstrong. Merde! maugrée la D^re^ Lagacé entre les dents. Chaque fois, il lui faut changer de tonique. «Mets-lui du Duke Ellington», lui a un jour recommandé Sarah, l'amie jazzophile. Le Duke composait sa musique comme un peintre expressionniste, ses couleurs requinquent n'importe qui. Seulement, même le swing de l'incomparable Duke ne provoque tout au plus qu'un électrochoc, qu'une illumination fugace chez le vieillard dément. Régine s'obstine et change de poudre, tour à tour se dépensent Count Basie, Art Tatum, Ella Fitzgerald. Y passent tous les virtuoses nés à l'aube du jazz, joyeux boute-en-train pourtant issus des couches les plus défavorisées d'une nation en dépression. La professeure a épuisé les suggestions musicales de Sarah et de Mrs Baker. Dans son laboratoire, les poings se serrent. Non ceux de la frêle Jeanette, qui se contente de peu (et qui en réalité est beaucoup), mais ceux de la scientifique, rouges de crispation. Tant d'années de recherche et d'obstination pour être si près du but, friser la cible. Et pouf! La bulle éclate. Qu'un feu de paille. Elle aura beau enchaîner les *hits* sur lesquels s'éclatait autrefois le jeune Victor, le dénouement sera identique. La fenêtre se referme, l'expérience tombe à plat.

15 h 10. Le couple Baker quitte le labo pour s'en retourner à sa monotonie. Dans le corridor résonne l'insupportable grincement du fauteuil roulant, poussé avec lenteur. Régine reste seule avec son cafard. Comme toujours dans ce genre de circonstance, elle suffoque, *vite de l'air!*

La chercheuse se précipite dehors, la respiration sifflante, éprouve un besoin urgent d'avaler une double dose de tranquillisant. D'abord une bouffée de l'inhalateur pour remédier à l'asthme, suivie d'une bouffée de cigarette pour détendre les nerfs. Ainsi arrive-t-elle à se calmer l'esprit, à se laisser absorber par les volutes de fumée, lesquelles dessinent dans son ciel des arabesques purificatrices. Elle se surprend parfois à interroger cette fumée, à surveiller l'apparition d'une clé ou d'un augure. Généralement rien ne survient, hormis le vide. Ou, pire, un souvenir de son adolescence dans la basse-ville.

À la mort de son père, quand Régine traversait les heures les plus sombres de sa vie, la musique fut pour elle un formidable antidépresseur. Elle se réfugiait invariablement chez le disquaire, rue Sainte-Catherine, s'éternisait au poste d'écoute du rayon classique qu'elle connaissait à fond. Si bien qu'on finit par la recruter comme vendeuse à mi-temps. C'est ainsi que Bach, Chopin et Liszt payèrent ses études universitaires. Puis arriva Timothy, son homme, psychiatre à la stature imposante et à la gueule de mustang. Il entra dans sa vie en grande pompe tel un opéra de Wagner, alors qu'elle était doctorante. On avait vanté au médecin la thèse d'une jolie bûcheuse qui ne reculait devant rien et voyait en la musique une façon naturelle et peu coûteuse de soigner les démences. Le Dr Anderson ne l'avait pas rencontrée qu'il en était amoureux, adorait l'insolence, la gifle à la médecine et à sa copieuse pharmacopée. Au premier rendez-vous, l'impétueux cyclone souffla sur Régine, l'emporta jusqu'à Westmount d'où elle n'est jamais redescendue. Tout s'est précipité : le déménagement, le mariage, le travail à l'université. Et quelques années plus tard la naissance de Lucas, son Piano Man.

Lucas. Chaque fois que son fils lui traverse l'esprit, Régine se renfrogne. Voici la seule ombre au tableau dans une ascension relevant du conte de fées. Il a mis du temps à sourire, son garçon, et à parler, à faire ses premiers pas. À s'amuser. Encore aujourd'hui, à 15 ans, effacé et d'une timidité maladive. Comment peut-on mettre au monde son parfait antagoniste, comment l'eau peut naître du feu ? *Là-Haut, on doit se tordre de rire.*

N'empêche, le gamin ne marchait pas qu'il pianotait, c'était au moins ça de transmis. Il n'a d'ailleurs su s'épanouir qu'au piano, a toujours aimé son clavier plus que tout. Plus que son père, plus que sa mère. Régine le sent bien, en sa présence son fils se raidit et se ferme. Une huître. L'atmosphère se tend davantage avec Timothy, l'adolescent se replie comme devant un sorcier, se cloître dans sa musique, parfois dans une seule note. Lucas est un adepte du minimalisme. Alors que ses parents vénèrent Beethoven, lui se passionne pour Satie. La miniature s'oppose ici au grandiose, le fils cultive la discordance comme de la petite ortie. Il n'arrive à s'entendre qu'avec Sarah, sa marraine ; le reste du monde l'horripile. D'où lui vient cette éternelle rancœur, sa mère l'ignore, le saura-t-elle jamais ? Reste le piano, port d'attache.

La musique.

Depuis longtemps son lot de consolation, son baume et son gagne-pain, même à présent malgré ses diplômes, ou grâce à eux. Régine a su ex professo conjuguer art et science, musicothérapie et neuropsychologie, elle est une sommité dans le domaine. Quoique ses recherches piétinent. Ce qui la ramène abruptement à Victor Baker. Elle voudrait réussir une percée, trouver un remède efficace plutôt qu'une vulgaire poudre de perlimpinpin.

Sur le parvis de l'université, la docteure tente de reprendre contenance, écrase sa cigarette. Alors seulement lui revient en tête cet autre cas, celui rapporté par Sarah. Le Phénix. Oiseau rare aux origines obscures. Saurait-elle à tout hasard lui tirer les vers du nez, pendant qu'il exécute un opus de Rachmaninov ? L'idée mérite d'être creusée, se dit la mélomane à l'instant où son téléphone retentit, secoué par *La Tempête* de Beethoven. Ce synchronisme lui arrache un sourire, comme si le bouillant Allemand s'offusquait soudain de l'importance donnée au Russe. Sitôt extirpé du sac, l'appareil révèle le numéro de Sarah. Ce qui tire un deuxième sourire à Régine et coupe court à la sonate, à 15 h 26.

— Tiens ! lance-t-elle, quelle coïncidence.

— Allo, Régine ? De quoi tu parles ?

— Les grands esprits se rencontrent.

— T'allais m'appeler ?

— Presque.

Sarah n'essaie pas de comprendre, sa copine est un lac insondable. Autant aller droit au but.

— T'es libre pour un café ?

— Tu devances notre tête-à-tête mensuel. Ça doit être important !

— C'est à propos du Phénix.

Décidément, les planètes s'alignent. La question surgit, brûlante :

— L'oiseau a signé un nouvel exploit ?

Sarah hésite, ne veut manifestement rien révéler au téléphone.

— Bon ! lâche Régine, on va le prendre ce café, qu'on en finisse avec les devinettes. Et puis, c'est plus distrayant que d'aller faire des courses pour un cocktail dînatoire.

— Un cocktail dînatoire ?

— Je reçois demain ma mère et l'ordure qui vit avec elle.

L'ordure étant le conjoint, que Régine s'est toujours refusée à considérer comme un beau-père. Une hostilité mutuelle qui remonte aux années 1980, avant qu'il ne fasse la cour à sa mère, l'époque où l'exécrable personnage lui enseignait les belles-lettres à l'école polyvalente Saint-Henri. Bien que la fougueuse fût première de classe (et peut-être à cause de cela), les deux se prirent en grippe dès le départ, l'une jugée une indomptable prétentieuse, l'autre tenu pour despote. Ce qui mit le feu aux poudres, c'est cet exercice obligatoire, l'analyse approfondie du livre *Bonheur d'occasion*. Régine, qui a le misérabilisme en abomination, s'acharna alors en 15 pages bien tassées à décortiquer non pas le roman, mais toutes les raisons de ne pas imposer ce genre de lecture à la jeunesse impécunieuse de Saint-Henri, soulignant un exercice de mauvais goût et cruellement dégradant, le plus infâme des supplices, ajoutant qu'on ne peut faire avaler de force à des adolescents un portrait aussi pathétique de leur milieu de vie, que le récit n'est qu'une longue lamentation, qu'un grondement étouffé *semblable aux murmures de mouches prises dans la colle*, et qu'à 16 ans, on doit être nourri d'espoir et non d'une littérature qui vous renvoie à votre petit pain… Bref, une analyse approfondie. À laquelle l'enseignant répondit par un zéro sur la copie, avec cette mention en rouge que les petites arrogantes ne doivent pas non plus se faire servir des huîtres farcies de caviar, ou de douces illusions. L'élève voulut lui faire un procès, ça se termina dans le bureau du directeur, dont la secrétaire, madame Verlinskaya, était incidemment la mère de la petite arrogante. On connaît la suite. Tout le monde s'en est bien sorti avec un règlement « à l'amiable », mais la fureur de Régine n'en fut que décuplée. Aujourd'hui encore, elle n'accepte de voir le vieux despote que sur invitation. Elle le convie alors dans sa demeure de Westmount où chaque fois elle lui sert expressément une douzaine d'huîtres farcies de caviar. La vengeance, dit-on, est un plat qui se mange froid.

— Ne le maltraite pas, quand même ! dit Sarah au bout de la ligne.

— Le caviar n'est jamais une torture.

— Un peu, dans le contexte.

— Pas autant que *Bonheur d'occasion*.

Sarah pousse un soupir. Faut tout de même pas en vouloir à Gabrielle Roy d'avoir écrit un chef-d'œuvre de réalisme social, en 1945. « Va falloir que t'en reviennes un jour. » D'autant que Saint-Henri n'est plus le faubourg miteux qu'il était. Le quartier s'embourgeoise, la travailleuse de rue en est presque embarrassée.

Parlant de faubourg, elle donne rendez-vous à Régine dans un troquet du coin, entre le canal de Lachine et la gare de triage. *La gare de triage ?* L'universitaire est dubitative.

— Merci pour le cadre bucolique !

— C'est justement le cadre qui nous intéresse, un joli pré semé de wagons.

Rien pour donner l'envie de gambader, du point de vue de la scientifique.

— Tu veux pas m'en dire plus ?

— Le café d'abord. L'aiguillage ensuite.

— Peste, t'as le don de piquer ma curiosité ! À tout de suite.

Journal d’un savant babylonien

juin 1999

Un neurone ne demande qu’à être excité.

La cellule nerveuse est une bête, plus on la nourrit, plus elle devient redoutable. L’essentiel n’est pas dans la quantité de nourriture, mais dans sa qualité, elle doit être nourrissante et variée: des épices, des notes, des couleurs, des chiffres. De la nouveauté. Le neurone déteste la monotonie. Donnez-lui une pâtée insipide et le voilà qui s’atrophie, qui s’atrophie...

Mis ensemble, les neurones bien nourris se muent en harde, voire en jungle. Une forêt dense et inextricable où chaque branche qui croît se ramifie, se multiplie. Les racines et les rameaux se rejoignent, s’enlacent, ça communique de tous côtés, par le haut comme par le bas. Plus les points de contact sont nombreux, plus l’énergie distribuée est formidable. Voici un écosystème monstre, toujours avide de nourriture: des épices, des notes, des couleurs, des chiffres. Une jungle bien irriguée devient un chœur à mille voix qui met à genoux le visiteur incrédule.

Imaginons que cette forêt appartienne à un seul et même être. Ce qui existe concrètement. Dans le sud de l'Utah s'étend un bois très ancien de quelque 50 000 peupliers faux-trembles. L'arbre est à première vue quelconque. Or sous cette banalité apparente se dissimule une chose remarquable. Sous terre, chaque arbre est connecté aux autres par un vaste réseau de racines. Dans les faits, chacun est un clone issu d'un organisme unique, gigantesque, vieux de 80 000 ans et pesant des millions de kilos. Des peupliers distants de plus d'une centaine d'acres partagent les mêmes gènes, ils communiquent et coopèrent de façon souterraine, échangent eau et nutriments. Une puissance collective écrasante. The Trembling Giant. C'est le nom donné à cet être vénérable, le plus colossal qui soit.

Ainsi fonctionne notre matière grise. Un réseau tentaculaire qui ne forme qu'un. Une jungle insatiable.

Mais assez de paraboles. Quelle heure est-il ? Tout ça donne faim.

Pays valencien, Espagne, septembre 2006

Le soleil couchant grille à feu doux la campagne du Levant espagnol où des étendues sans bornes de vergers nourrissent de leurs fruits l'ensemble de l'Europe, et au-delà. Ces terres sont si généreuses qu'elles ont un parfum de miel. On y récolte grenades, amandes, dattes, figues, agrumes et autres legs de l'Orient à la péninsule ibérique, vestiges de la glorieuse Al-Andalus. D'aucuns se croiraient ici dans les mythiques jardins suspendus.

En s'éloignant de la côte et de son flot touristique, au-delà des rizières et des orangeraies, on découvre dans les montagnes peu fréquentées de l'arrière-pays un trésor gastronomique des mieux gardés. L'auberge de la famille Sola. On s'y rend au flair, suivant le fil d'Ariane odorant menant au gite et à son potager bordé d'amandiers et de cerisiers. Y faire halte pendant l'été vous garantit des sommets de félicité, le temps d'un repas. Les aromates et légumes du jardin permettent aux Sola de mitonner des ragoûts particulièrement savoureux. Toutefois, le ragoût n'est pas ce qui vaut les kilomètres de détour par des chemins tortueux. Alors quoi donc ? Ou plutôt qui ?

Fiston.

Enfant prodigue d'à peine 20 ans, Hugo Sola a quitté son hameau pour aller dans les écoles de Paris parfaire sa maîtrise de la pâtisserie, déjà époustouflante.

À tel point que les enseignants fondent devant son inégalable maestria comme du sucre sous le chalumeau ; ce n'est pas rien, à cet âge, de faire pleurer d'émotion les Meilleurs Ouvriers de France. Le jeune est de retour dans son patelin pour les vacances estivales, où il fait sensation. Aux dires de son père, Hugo est tombé à l'âge de 5 ans du haut d'un cerisier, depuis, il n'entend que douceurs. Il a un faible pour les fruits, surtout ceux du pays. Frais ou confits, séchés ou macérés, flambés ou glacés, pourvu qu'il puisse en faire un art qui transcende tous les autres, Hugo a la folie des grandeurs et la soif de l'absolu. Ses créations embrasent tous les sens, elles sont délicieuses aux yeux, à l'oreille, au nez, au goût, en texture. Il ambitionne de combiner gastronomie et beaux-arts dans une émulsion parfaite, de rassembler dans une assiette moult expressions artistiques, d'être Picasso, Gaudí et Carême tout à la fois. Assurément, Hugo a de qui tenir. Fils de maraîchère valencienne et de cuistot catalan, il a par ailleurs dans son arbre généalogique des racines basques et françaises. L'art de la table est ici de vieille souche, sublimé davantage de génération en génération. Le petit dernier peut vous bâtir une cathédrale dans une bouchée, comme ça, en cueillant un fruit mûr sur une terre de cocagne pour l'apprêter avec science et luminosité, ainsi qu'un soupçon de délire.

19 h 23, Hugo fait les cent pas dans la cuisine de l'auberge, qui est aussi son laboratoire culinaire. Demain débarque un invité de marque, visite impromptue, il n'a que vingt-quatre heures pour se préparer. Il doit en mettre plein la vue, plein les papilles surtout. Il ne reçoit pourtant pas le pape, ni quelque gourmet pourvoyeur d'étoiles, non, l'hôte attendu n'a rien de l'officier de bouche. Il aura cependant plus de poids sur le destin du garçon que tous les bonzes de la gastronomie réunis.

Car il attend monsieur K.

Son mécène. Celui qui a payé les dispendieux stages à Barcelone puis à Paris, celui qui a déboursé le prix fort pour l'audacieuse batterie de cuisine, le nec plus ultra des robots, centrifugeuses, thermoplongeurs, déshydrateurs, ainsi que l'arsenal de cryogénie – le fournisseur d'instruments de pointe et d'aromates rares. Monsieur K a le portefeuille garni et sait débusquer le talent, bien qu'il ne mène pas grand train et que le mystère plane sur ses origines. On dit celles-ci aussi éclatées que les nuances de gris-vert dans l'iris de ses yeux. Monsieur K peut en un claquement de doigts atterrir à New York, Londres ou Shanghai, il sera ici demain, dans la campagne reculée, simplement pour jauger l'art et la virtuosité de son protégé. D'où la nervosité du jeune Sola, cela va sans dire. Comment éblouir le parrain, se montrer digne de ses généreuses allocations ? L'artiste sait qu'il doit y mettre sa touche personnelle, trouver ce qu'il saura faire mieux que quiconque. Une spécialité qu'il n'a pas encore inventée, mais qui sera bien sûr délicieusement fruitée. Il creuse, flaire, ratisse le potager, la cave, les armoires à provisions. Comment donner la sensation de savourer la nourriture des dieux ? Le fruit du jardin d'Éden ?

Ah ! L'idée lumineuse ! Il lui faut un dessert qui aura l'attrait de l'arbre défendu.

À 19 h 52, Hugo tient son socle, sa toile de fond. Ne reste plus qu'à peindre. Ce sera, dit-il, une macédoine sous forme de pièce montée. Une sculpture arborescente où chaque branche sera une nouvelle macédoine, exquise, ployant sous le poids de ses fruits recomposés, leurres délectables, qui en bouche ne seront pas des fruits mais des fantasmes créatifs, bombes de flaveurs et de textures, nouvelles macédoines miniatures. *Une mise en abîme gastronomique !*

Par où commencer ? Il consulte sa montre, 20 h 11. Choisir d'abord les produits vedettes. Rien ne sert de s'éparpiller, une œuvre doit avoir sa dominante, comme en musique. Le reste n'est que garniture harmonique. De sorte que chaque rameau sera le chevalier d'un seul fruit, pour l'élever au trône, en exprimer sa quintessence. La première reine sera la grenade, tranche-t-il. Nous sommes en septembre après tout, elle est récoltée à la tonne dans les vergers des environs. Une grenade mûre à point, fraîchement cueillie, débordante de ces pépins croustillants qui vous éclatent dans la bouche en répandant ses sucs suaves. La pomme primitive. Celle qu'aimaient les dieux de l'Antiquité, symbole de fécondité et du péché de la chair. *La grenade sera ma première reine, oui !*

Mais comment déconstruire la grenade pour mieux la recomposer ? Comment, en une seule bouchée, la concentrer, la distiller, la parer de fleurs et de diamants pour l'élever au-dessus de tout ? 20 h 25, Hugo sort papier et crayon. Il dessine, annote, tantôt architecte, tantôt alchimiste. Édifier d'abord le chœur du monument. Mixer les grains de grenade encore gorgés de soleil. Épurer le jus qui en résulte, le transformer en philtre rubis. Congeler. Pulvériser ensuite le granité à 2000 tours/minute, en faire une poussière de glace, incorporer du sucre pétillant pour l'effet crépitant. En ressort un sorbet aux saveurs vertigineuses, à consistance ultrafine, qui fondra au contact de la langue en libérant une foison de bulles aux picotements jubilatoires – *la sensation d'un champagne millésimé*. Ainsi se confectionne un chœur céleste. Après, il faut à la voûte des piliers, comme à la reine des amants. Des amants dévoués, discrets, d'une étroite complicité. Le miel, par exemple. L'enjôleur par excellence, si on le déshydrate à chaud pour en faire une mince pellicule malléable, il enveloppera de son manteau d'or la chair glacée-fondante de la pomme des pommes. Du miel pour la grenade et pas n'importe lequel, celui de la fleur d'oranger, délicatement infusé de zestes d'agrumes, pour la pointe d'amertume. Ultimement, cribler ce balluchon de brins de gingembre cristallisé, craquant, deuxième amant dont le caractère aigre-piquant assurera l'équilibre de ce premier fruit recomposé. Voici une mignardise au cœur écarlate enveloppé d'ambre hérissé, petit soleil rayonnant sur sa branche. *Feu et glace dans une harmonie explosive.*

Et sur les autres branches ? Hugo tourne la page d'un cahier déjà noirci de griffonnages délirants. Refaire l'exercice avec de nouvelles conquérantes. Ainsi la figue, puisqu'elle atteint en septembre un summum de succulence. Cueillir la figue et la revisiter, mais sans jamais lui faire perdre son âme. La cuire d'abord à l'étuvée dans un fond de xérès doux, le meilleur. Mixer. Filtrer le jus chaud, incorporer le sucre, le blanc d'œuf en neige, mixer de plus belle, mousser, mousser, puis mouler et réfrigérer. On obtient une éponge moelleuse à souhait, figue réinventée d'une légèreté renversante et qu'on farcit d'une chantilly tout aussi aérienne, nuage indécemment velouté. Ensuite ? Au pinceau, enduire ce joli pompon d'une gelée fine de framboises, saupoudrer de miettes de noix caramélisées et de fleur de sel de Majorque, pour l'emballage croustillant. En touche finale, telle la rosée sur le fruit, vaporiser d'essence de citron, *pschitt*, avec parcimonie. *Briser la monotonie.* Bichonner chaque miniature pour qu'elle soit à la fois croquante et fondante, chaude et givrée, salée-sucrée. Toujours, jouer les contrastes : de textures, de températures, de saveurs. *Concilier les extrêmes.* La deuxième reine sera la figue.

Et après ?

Métamorphoser de la même façon la mandarine, l'amande, le coing, la cerise, surtout, ne pas oublier la cerise, le couronnement de l'œuvre. Hugo utilisera son distillat, un kirsch préparé avec les cerises de l'été, eau-de-vie douce-amère qui sera injectée dans une profiterole déjà farcie d'un gelato de chèvre. Vaporiser de chocolat, saupoudrer de flocons de cerises déshydratées. 21 h 51.

Dans son laboratoire, le mitron jubile tandis qu'il remue ses méninges comme il fouette la crème et siphonne ses mousses. Dans l'embrasure de la porte, la mamá apparaît, couve d'un regard attendri son fils exalté.

— Hugo, hasarde-t-elle, il faut que tu manges.

— Non, pas le temps. Je mijote.

La mère soupire, connaît la réplique. Elle craint de voir son échalas tomber d'inanition à trop cuisiner, le comble du paradoxe. Elle sait qu'il passera la nuit debout à remuer ciel et terre en plus de ses méninges et du garde-manger, ce qui l'inquiète non moins.

— Ces lubies, ça va te tuer mon garçon.

Hugo sourit sans rien ajouter. C'est ainsi. On ne contrarie pas le cœur d'une maman, qui bat en débordant comme du lait sur le feu. Pourtant, songe-t-il, tandis que sa mère tourne les talons, il se la coule douce à faire des petits-fours. Le jeune confiseur n'est jamais aussi heureux que dans une cuisine, où il invente et multiplie les agencements inédits : coton de pêche garni de dentelles de mascarpone, meringue à l'essence de sapin et son coulis de fraises des bois, melon en écume sur granité de menthe-citron, origami de mangue épicée, truffe explosive au fruit de la passion pimenté. Il n'y a pas de limite à la transfiguration du fruit. *Et à la transcendance.*

Un chef pâtissier doit remplir l'âme avant l'estomac. C'est un chorégraphe, un prestidigitateur, un funambule avançant sur la mince ligne séparant contraste et harmonie. Toujours, faire découvrir de nouveaux ingrédients, de nouvelles textures, de nouvelles flaveurs. Arriver à insuffler à un mets des arômes irrésistibles, celles d'une forêt de conifères après la pluie, du pain qui cuit, du café fraîchement torréfié. *Aller plus loin.* Arriver à goûter l'impalpable : l'azur du ciel, une brise d'été, un rayon de soleil traversant la brume. *De la musique.* Quelle saveur peut avoir le *do*, le *sol*, le chant d'un rossignol ? Un mets à l'égal d'un concerto de Vivaldi ou d'un tableau de Miró !

La nuit tombe sur le hameau perché aux montagnes valenciennes. Une nuit pas si noire dès lors que veille une lumière de cuisine, elle perce tel un phare l'obscurité épaisse de l'arrière-pays. Hugo dresse son ambitieux plan, compose et façonne jusqu'aux premières lueurs du jour. Il ira dormir trois ou quatre heures, pour la forme, avant de revêtir son tablier et de mettre les bouchées doubles.

Il est près de 21 h, le soir dit, quand mamá sert les tapas aux premiers invités. Son fils est encore à mitonner, moulu de fatigue et aussi blanc que ses crèmes. À 23 h 02 il apporte les dernières retouches au pinceau, à la pince, au vaporisateur. Par-ci quelques filaments de safran, par-là quelques perles d'huile d'olive ou d'eau d'eucalyptus, un brin de lavande. Puis sa mère le fait sursauter, comme chaque fois qu'elle annonce « c'est l'heure du dernier service ».

— Il semble en bonne disposition ? demande-t-il.

— De marbre ! répond-elle.

Hugo détecte l'anxiété dans la voix maternelle.

— T'inquiète pas, il est toujours comme ça. Qui l'accompagne ?

— Des gens de l'Université de Barcelone.

Des chercheurs, comme lui.

Mamá profite de son incursion dans le laboratoire pour admirer le dessert du jour.

— Tu les épateras, c'est magnifique !

Lui ne réagit pas. L'opinion d'une mère ne compte pas. Trop partiale.

— Laisse mamá, je m'occupe de servir.

23 h 05, Hugo sort un briquet et allume les ramilles du plat de service. Puisqu'une assiette serait trop banale, le support ne peut être que l'arbre en soi, plateau singulier dont les tiges et les rameaux sont faits de la meilleure écorce, celle du cannelier de Ceylan. Humée, cette brise de cannelle parachèvera un tableau qui doit interpeller tous les sens. Le jeune homme éteint les ramilles qu'il vient d'enflammer, du bout des doigts, pour ne laisser que volutes aux fragrances enivrantes, transformant l'arbre en encensoir. Un parfum qui viendra épouser avec grâce les autres ingrédients pour évoquer, en filigrane, les chaudes émanations du péché originel.

Dans la salle à manger, monsieur K termine son verre de Priorat. Il guette d'un œil la porte de la cuisine, il est impatient. Qu'on en arrive au dessert, le plat de résistance, celui qui l'a fait parcourir des milles jusqu'ici. Il est avide des jouissances à venir, mais ne le montre surtout pas, entretient platement la conversation avec ses pairs. Ceux-ci n'ont pas idée du choc qui les attend.

23 h 09, lorsque le pâtissier dépose enfin sa composition sur la table, les universitaires se taisent instantanément. Chacun admire la pièce montée, tiges fumantes, arbre de la tentation qu'enlace amoureusement la plus jolie vipère en pâte d'amande. L'ensemble paraît sorti d'une fresque de Michel-Ange, un bout de ciel de la chapelle Sixtine qui vous tend ses péchés. Les fruits sont d'une telle délicatesse qu'on les dévore du regard sans oser les effleurer, le souffle coupé, comme si le simple fait de respirer risquait de briser la fragile majesté de ces miniatures suspendues. N'empêche qu'on succombe vite à la tentation lorsqu'une symphonie d'arômes vous aguiche les narines aussi bien que le chant des sirènes,

il faudrait être attaché pour y résister. À l'exception du flegmatique monsieur K, les clercs flanchent et s'empressent de cueillir un fruit, bravant les convenances pour ne pas souffrir du supplice de Tantale.

En bouche, la symphonie se poursuit, la gourmandise explose sous la dent en un divin *croutch*, avant de se liquéfier. Instant proustien qui expédie ces érudits dans les profondeurs de l'enfance, ainsi revivent-ils aujourd'hui, par enchantement, ce moment clé où un bambin déguste sa première douceur.

23 h 17. L'euphorie s'empare de la salle à manger des Sola. On se répand en éloges, on s'interroge, comment peut-on combiner tous les génies dans le creux d'une cuillère ? Comment arrive-t-on à déployer un art si beau que le croquer vous arrache une larme, sinon le cœur en entier, à la seule pensée de ne pas pouvoir revenir en arrière ? Chacun réalise au moment de déglutir que le plaisir de la bouche est un bonheur évanescent. La senyora Fortuny, chercheuse à l'Institut de recherche biomédicale et voisine de table de monsieur K, ne cache pas sa délectation. Sous le palais, chaque ingrédient entonne son cantique dans une composition digne des madrigaux de Monteverdi. Le petit chou fond sur la langue comme neige au soleil, se dissipe dans une finale vaporeuse qui ne laisse en bouche qu'un mirage fruité. La dîneuse est pantelante, échappe un sanglot. Devant elle, le senyor Jordà, professeur émérite de microbiologie, cherche en vain à décrypter cette bouchée qui le foudroie, mille-feuille de saveurs brillamment modulées. Pris d'un frisson, il susurre « c'est prodigieux ! ».

L'effet escompté. Car si après la dégustation un convive n'a pas l'œil humide ou ne serait-ce qu'un tressaillement de volupté, le chef a fait chou blanc. C'est du moins l'opinion d'Hugo, c'est aussi celle de monsieur K. Ce dernier n'a encore rien avalé du dessert, mais se régale du spectacle donné, celui de quelques sommités scientifiques en extase mystique. Le gage de la maestria de son poulain, ce qui finit par le faire sourire. Satisfait, il détache un fruit à la cime, un seul, avatar de cerise qu'il se met enfin sous la dent. Pour monsieur K, un chef est d'abord un poète. Insondable, imaginatif, scandaleux. Ses créations doivent être du Baudelaire qu'on savoure. *J'ai de chaque chose extrait la quintessence, Tu m'as donné ta boue et j'en ai fait de l'or.*

Quant au jeunot responsable du festin, il s'est retranché dans son laboratoire. Il observe par le passe-plat les réactions de son mécène. À minuit ou presque, leurs regards se croisent. Chacun y va d'un hochement de tête entendu.

Entendu que la générosité de monsieur K n'est pas désintéressée. C'est du donnant-donnant. En échange de ses largesses, le cuisinier doit lui révéler ses recettes, le faire entrer dans la confidence intime de sa virtuosité gastronomique. C'est ainsi, le mécène est un collectionneur de dons. Ce soir, il va réclamer son dû.

Pour Hugo, ce n'est presque rien. Dévoiler ses arcanes ne lui pèse pas, ou si peu, en comparaison de ce qu'il retire de cet échange de bons procédés. Et même en lui livrant tous ses secrets, songe-t-il, manquera encore au collectionneur la chose la plus fondamentale.

La créativité.

Gare de triage de Pointe-Saint-Charles, Montréal, juin 2016

Les deux femmes longent le grillage ceinturant les installations ferroviaires. Sarah est devant, suit le chapelet de tags auréolés qui font office de sentier. Régine emboîte le pas, un cigarillo aromatisé au bec.

— T'as troqué la menthe contre la cannelle ? demande la première en balayant la fumée d'une main.

— Je varie, demain ce sera la cerise. J'en profite avant l'interdiction des arômes.

Puis la fumeuse s'arrête, perplexe.

— On a le droit d'être ici ?

— Bien sûr que non.

— À quoi tu joues ? On devrait retourner au café.

— Écrase ton poison et suis-moi. Tu vas voir.

À 17 h 22, les prospectrices se faufilent dans l'enceinte de la gare de triage, profitant d'une brèche, la même franchie par Robin la veille. Robin, c'est le musicien touche-à-tout, un parmi tant d'autres coureurs de ruelles « avec qui Sarah a déjà forniqué » (dixit Régine). Le roméo a gentiment accepté de jouer les éclaireurs pour celle qu'il n'a jamais cessé d'aimer. Ainsi a-t-il suivi le sillage de cet «Ángel» qui a chatouillé la curiosité de sa colombe. Pour réaliser que l'ange en question est dans les faits un dépisteur, comme lui-même, comme Sarah, chacun se lançant sur la piste de l'autre dans ce jeu d'ombres gravitant autour d'un artiste énigmatique. Les preuves de son talent hors du commun circulent désormais dans les réseaux sociaux, une collection d'hallucinants graffitis en trompe-l'œil, signés d'une calligraphie aussi remarquable. Curieusement, ces perles scintillent dans les lieux les plus infects et difficiles d'accès. Pour les apprécier de visu, il faut se couvrir de crasse, battre les zones sinistres des vieux quartiers industriels. Cela, en suivant les traces laissées par un graffiteur idolâtre. Le fil conducteur.

Voilà pourquoi les deux femmes s'aventurent aujourd'hui en terrain glissant, enjambant avec circonspection l'enfilade de rails, s'embusquant malhabilement derrière les conteneurs et entre les wagons-tombereaux des trains stationnés, telles ces deux maraudeuses qu'elles n'ont jamais été. En guise de boussole, un cordon de graffs angéliques. Elles atteignent bientôt les confins délabrés de la gare où foisonnent, avec l'herbe à poux, les fourgons bons pour la casse.

— Sarah, on est en plein jour! s'inquiète l'universitaire. Il doit y avoir des gardiens, des chiens, des caméras.

— Voyons! Comme s'il y avait quelque chose à surveiller ici. Qu'est-ce que tu veux qu'on vandalise? Tout est déjà en ruine.

— Justement, c'est pas un endroit pour des gens respectables.

La meneuse la rassure.

— Si on tombe sur un gardien, on dira que t'es journaliste, ou critique d'art. Tu trouves pas que t'as une tête de critique?

Régine répond avec son habituelle moue.

— Tout ça pour des graffitis !

— Je te rappelle qu'on parle de chefs-d'œuvre, rétorque Sarah en baissant la voix, ... les manifestations d'un phénix.

— Ah ! Parce qu'il faut souffrir pour être ébloui ?

— Dans ce cas précis, oui. Pense aux pépites d'or enfouies dans la vase.

Reste que l'érudite n'est pas à l'aise dans ce genre de bas-fonds, elle étouffe. Il y a pire décor, lui fait remarquer la travailleuse de rue. Selon Robin, c'est même le moins pire du lot, « le seul à la portée de gens respectables ». Régine n'est pas convaincue, autant dans son élément qu'un poisson dans une épuisette. Elle s'inquiète d'ailleurs pour ses bronches, n'attend pas la crise et sort son bronchodilatateur, inhale un bon coup... expire. Puis s'en allume une pour se tranquilliser.

— T'en veux une poffe ? Ça détend.

— La cigarette ou la pompe ?

— À ta guise, c'est ma tournée.

Sarah réprime mal un haut-le-cœur. « Non merci, quand on a des bronches en coton, on ne fume pas. » Régine hausse les épaules, change de sujet.

— Il est gentil, Robin des bois, de t'avoir fait découvrir un site aussi charmant. De tous les prétendants en lice pour tes beaux yeux, c'est le plus romantique. Un champion !

C'est dit sur ce ton un rien sardonique qu'elle seule maîtrise.

— Très drôle, répond Sarah, un brin irritée.

— Je pense que ça bat les belles sérénades de Martin, le guitariste de métro. Ou celles de Brandon, le poète altermondialiste.

— Arrête. (crispée)

Régine poursuit, cette mise en boîte la relaxe autant que la cigarette.

— Ou les acrobaties de Felicia, la saltimbanque du dimanche.

— Arrête ! (exaspérée)

Elle s'arrête effectivement, à 17 h 57. Moins par compassion que sur le coup d'une apparition. Sarah suit le regard de l'amie. Lequel se dirige sur la paroi crevée d'un wagon-citerne rongé de rouille. Le tandem reste coi pendant de longues minutes, ce qui en soi est exceptionnel, mais jamais autant que le tableau qui s'offre devant. La corrosion a créé dans le flanc du wagon une étroite lucarne donnant sur ses entrailles. Il en émane, entre deux lambeaux de tôle, une lueur surréelle, sorte de vapeur radioactive. Le bon sens ferait reculer n'importe qui, Régine au contraire s'approche et s'expose, fait une Marie Curie d'elle-même pour l'avancement de sa science. Fascinée, elle caresse du bout des doigts la carcasse éventrée, remarque que la tôle n'est pas réellement arrachée. Du trompe-l'œil. Tout comme la lucarne plastifiée et la lueur qui s'en échappe. Elle se penche pour observer de plus près, discerne à travers le judas...

— Une miniature !

— Montre.

Sarah regarde à son tour par le trou de la serrure. Une miniature, oui, une vraie. Le travail patient d'un enlumineur infiniment doué, qui, dans un élan de fantaisie, a utilisé pour toile la tôle rouillée d'un wagon plutôt que du parchemin. De l'art qu'on ne voit plus que dans les vieux bouquins conservés dans les vitrines verrouillées des musées. Régine joue du coude et reprend son poste, examine les détails de l'œuvre. Cligne les yeux. Cligne encore, incline la tête, ébaubie. L'envoûtement lui fait pénétrer l'image : un désert au soleil couchant. Une mer de sable coincée dans un wagon-citerne et qui réverbère de façon magnifique l'éventail des teintes chaudes d'un crépuscule. La fibre artistique de la savante est sitôt interpellée, elle qui malgré ses dehors de glace peut fondre incontinent devant les rouges enflammés d'un Pollock, d'un Matisse ou d'une fresque de Pompéi. *Il y a plus.* Au cœur du désert apparaît, par intermittence et selon l'angle de vue, la silhouette d'une tour fantôme, colossale. Le monument semble sur le point de s'affaisser, avalé par le brasier du soleil, ou par les siècles.

« Une tour de Babel », glisse Régine, qui reconnaît la construction dangereusement inclinée, écrasée sous son propre poids et par trop d'ambition. L'ouvrage paraît extirpé d'un tableau de la Renaissance flamande. Sarah joue du coude à son tour pour coller l'œil au judas. Cligne les yeux. Cligne encore, incline la tête...

— La tour n'est pas visible sur la photo.

— Quelle photo ?

— Celle de Robin.

Elle sort son téléphone, fait voir à Régine l'image partagée ce matin même par son roméo. Ici la tour n'est pas visible, dit-elle en tapotant l'écran, on voit juste le désert. Un désert qui, aux dires de la collègue Brigitte, ressemble étrangement au Kalahari dessiné puis déchiré par le Phénix lors de l'atelier de création.

— T'aurais pu me montrer la photo plus tôt, ça nous aurait évité de jouer les casse-cou !

— Comme tu vois, elle ne rend pas justice à la réalité, ni à l'artiste. Avoue que t'es contente d'être ici. Te connaissant, tu dois jubiler !

L'esthète ne répond pas, ce qui, dans son cas, en dit assez long.

— D'après Robin, l'artiste est un spécialiste du mirage. Et les mirages se photographient mal.

— T'en as d'autres à me montrer, de ces chefs-d'œuvre déterrés par Robin ?

— Plutôt déterrés par Ángel.

— Et si le Phénix et l'angelot étaient une seule et même personne ?

Impossible. Il se trouve que ledit Ángel est un habitué du réseau des graffeurs, mais aussi le neveu de Felicia.

— Felicia, la saltimbanque du dimanche ?

— On dit « artiste de cirque ».

Bref, Ángel est un jeune tagueur déjà connu du milieu. Il a, au minimum, 30 ans de moins que le Phénix. Le garçon est apparemment resté baba devant le prodige. Depuis, il joue les anges annonciateurs pour ces peintures mystifiantes disséminées dans les zones glauques entourant le canal. Toutes offrent une facture visuelle et une signature calligraphique distinctives. Certains thèmes sont récurrents : le désert, la pluie, le champ, la tour. « Jette un œil sur cette autre photo, prise sur le toit du silo numéro 5. » La miniature a été dénichée dans un amoncellement de graffitis, exhumée comme on exhume un saphir ou un fossile rare. Le cliché illustre cette fois un blizzard où se profile une ombre, ployant sous la tourmente de neige. Encore ici, précise Sarah, il manque une partie du tableau. Robin a vu les flocons s'assombrir, se métamorphoser devant lui. «Se métamorphoser en quoi ?» demande Régine, avide. La raconteuse marque une pause délibérée, ne déteste pas voir l'auditrice suspendue à ses lèvres. Celle-ci la fixe de ses yeux de corbeau, lesquels s'expriment toujours avec une imbattable éloquence, *ne me fais pas poireauter*.

— En pluie de cendres? avance Régine.

— Non.

— Se métamorphoser en quoi? répète l'impatiente.

— En nuées de mouches.

— Des mouches ?!

Des mouches, oui. Silence méditatif.

Puis le duo échafaude les hypothèses, comme elles savent si bien le faire.

«La tour de Babel.»

«Un désert dans une citerne.»

«Des flocons qui deviennent une pluie d'insectes.»

«On dirait un obsédé des contrastes.»

«Ou des malédictions bibliques.»

«Les plaies d'Égypte.»

Les deux se taisent momentanément.

«J'ai deux autres photos», dit Sarah. «Fais voir !» commande Régine, dans un empressement fébrile. Elles ont été prises dans la cabine du vieux pont pivotant, que Robin a réussi à sonder au bout de deux tentatives et d'une amende salée. Selon le contrevenant, l'accroc en valait toutefois la peine, le montant de l'amende dérisoire en regard des trésors dénichés. La première photo, que Robin a intitulée «anachronisme», montre une fenêtre aux carreaux cassés avec vue sur Griffintown.

— C'est quoi l'anachronisme?

— Robin dit que le paysage se couvre de suie, ce qui ramène le canal un siècle en arrière.

Régine frisonne, comme chaque fois qu'il est question de régression. Ça lui rappelle son enfance.

— Et la dernière photo?

Elle est intitulée «autoportrait». Sitôt l'image déployée, le visage de la psychologue blêmit. *Ishhh.*

— C'est lui, déclare la travailleuse de rue.

— Le Phénix?

— Oui.

— On dirait le diable, bégaie Régine.

Elle ne trouve pas d'autres mots.

«En même temps, ça lui ressemble pas du tout», allègue Sarah, sans qu'elle puisse se l'expliquer. Régine ne peut s'empêcher de faire une analogie avec la signature, «il a la tête d'un djihadiste».

— Arrête avec tes préjugés.

— Parce que cette gueule épouvantable est une illusion d'optique?

— Il a pas cette tête-là en vrai. C'est juste un pauvre homme qui a un peu perdu la boussole.

— Justement.

Sarah s'indigne. Le Phénix a beau divaguer, on ne l'a jamais vu faire la moindre allusion à Allah, Dieu ou qui diable que ce soit. Et pour qui le côtoie un tantinet, il ne ferait pas de mal à une mouche.

— Pas vrai, riposte l'ergoteuse. Les mouches, il les chasse.

— Parce qu'il a peur !

Soit. Régine admet sa propension à l'extrapolation. Mais on a là, indubitablement, un autoportrait. C'est donc dire que le prodige s'est dessiné comme il se voit. C'est donc dire qu'il a une piètre estime de sa personne, là-dessus, elles s'entendent. Ce qui, en définitive, ne fait qu'épaissir le mystère. Quelle frustration de ne pas être sur les lieux pour mieux apprécier l'œuvre ! (façon de parler) On constate néanmoins cette tendance au trompe-l'œil où le sublime s'entremêle au macabre, toujours signé d'une même main. Comment crée-t-il son jeu d'illusion ? Par une superposition d'images. L'artiste emploie des transparents, comme ce faux judas qui donne sur la miniature. Réflexe de docteur, Régine palpe à nouveau le ventre du wagon, effleure le plexiglas recouvrant le minuscule désert. *Et la signature ?* Elle fait un pas en arrière pour avoir une vue d'ensemble sur la paroi du wagon, scrutée avec une curiosité redoublée. Où est le sceau de l'artiste ? Les deux femmes font le tour du véhicule, ne trouvent rien, se courbent, s'abaissent, elles finissent à genoux. C'est bien bas, pour ne pas dire à plat ventre, que la D^re^ Lagacé déniche la griffe sibylline de l'artiste. « Magnifique ! »

Sarah s'empresse de la rejoindre, « oh ! » s'extasie-t-elle à son tour. Puis elle cligne les yeux. Cligne encore... La calligraphie d'aspect arabe en cache une seconde. « Regarde, si tu changes d'angle. » Selon la position de l'observatrice, les motifs orientaux en masquent ou en révèlent d'autres, en apparence plus antiques. Même la signature use donc de faux-semblants ! Sarah y voit un message crypté, voire une formule ésotérique, sur le point de se volatiliser. Régine, à l'esprit plus rationnel, y voit plutôt une référence à ces textes anciens qu'on efface pour les remplacer, « des palimpsestes ».

Des quoi ?

Au Moyen-Âge on recyclait les vieux manuscrits pour économiser le parchemin. Autrement dit, on effaçait le texte primitif et on réécrivait par-dessus, sans trop de scrupule. Les spécialistes qui étudient aujourd'hui ces palimpsestes arrivent parfois à déchiffrer le texte original, bien qu'il soit à peine visible. Comme ici.

— T'en sais des choses. Où tu prends tout ça ?

— À l'université peut-être. Ou dans les romans, le palimpseste est une jolie métaphore, tu trouves pas ?

Sarah en convient, le vocable frappe l'imaginaire. *Le Phénix aurait fait des palimpsestes de ses graffitis ?*

— En plus d'être polyglotte, continue Régine, on dirait que ton gus est une sorte d'archiviste.

Sarah est saisie d'admiration, tandis que la psy poursuit son analyse. À bien y penser, le texte sous-jacent lui évoque quelque chose, quelque chose de précis. *Mais quoi ?* « Faut prendre une photo. » L'universitaire fait des contorsions pour sortir son téléphone et tâcher d'immortaliser la calligraphie. Puis les deux se relèvent, secouent la poussière de leurs vêtements avant d'admirer leur trophée. Régine ne cache pas sa déconvenue, la strate profonde de l'image est inapparente. *Fallait s'en douter.* Mais le texte en surface est bien visible, c'est déjà ça. Et il doit se trouver quelqu'un, quelque part, pour déchiffrer une inscription en arabe, non ? Or, Sarah a déjà exploré cette avenue. L'amie Zaynab, qui a vu les premières photos, est catégorique. Ce n'est pas de l'arabe.

— Pourtant, ça en a l'air.

— En tout cas, pas de l'arabe standard. Dans mon entourage, on est incapable de traduire.

Jamais à court d'inventivité, Régine songe aux collègues férus de langues du département de linguistique. À 18 h 54, elle leur transmet sa trouvaille, intitule l'envoi : l'énigme du phénix. *À traduire svp*, en guise de message. Pour eux, ce sera du gâteau.

« Faudrait penser à sortir de cet enclos », s'alarme Sarah, qui voit le soir avancer. Au même moment, son téléphone s'excite, ce qui fait bondir les deux vadrouilleuses déjà passablement agitées. Coup d'œil sur le récepteur.

— C'est Robin.

— Vite, réponds !

Sarah s'exécute. D'emblée, la conversation s'anime autour de la dernière prouesse du Phénix. Régine s'approche, tente de capter les mots du prospecteur. Mais elle ne perçoit que des éclats de voix, que l'escalade des émotions sur le visage de sa copine, grappillant de maigres « ah oui ? », « non ! », « pas vrai ! ». Le genre de bribes qui torturent une fouine, lui fait jeter des regards affamés. N'en pouvant plus : « Il a dégoté quelque chose ? » L'autre confirme d'un hochement de tête avant de clore rapidement l'appel, par compassion pour celle qui ronge son frein. Qu'a pêché Robin, cette fois ?

« Il nous partage sa découverte à l'instant. »

Reste l'attente fiévreuse du colis, en transit entre deux nuages informatiques. Les hyènes guettent le frêle téléphone, prêtes à sauter dessus. Ce qu'elles font lorsqu'arrive la dépêche, à 19 h pile. Sarah l'ouvre d'un coup de griffe frénétique.

Apparaît à l'écran une lande fleurie. Des bruyères aux teintes vermeilles, jolies comme tout, Monet se retournerait dans sa tombe. L'œuvre a été cueillie sur les hauts toits de la malterie désaffectée de Saint-Henri, « le monstre industriel qui a régné sur notre enfance, tu te souviens ? ». Régine n'a rien oublié des réalités exécrables de sa jeunesse. Une époque qui lui a fait perdre brusquement ses dehors de duchesse pour lui laisser à jamais un fond acariâtre. Mais rarement s'épanche-t-elle sur le sujet, au point qu'elle aurait préféré un providentiel trou de mémoire. Voilà un des rares terrains où elle cultive l'ignorance.

— Non, je vois pas de quel monstre tu parles. T'es déjà allée ?

— Jamais de la vie ! La bâtisse croule, c'est à peine s'il reste des planchers. Y a que Robin pour jouer les kamikazes.

— Et Ángel, ajoute Régine.

— Et le Phénix, de renchérir Sarah.

Toujours est-il qu'il faut être un grimpeur aguerri, ou dément, pour s'y aventurer et en atteindre la cime. Ici, le mérite va à l'artiste autant qu'à son découvreur. Dans un effort pour percer l'image, la scientifique fouille les bruyères du regard. En vain. « Que cache la jolie lande, d'après Robin ? » Sarah marque un temps d'arrêt, ménage l'effet de surprise. Au dam de Régine qui lui refait son regard assassin, lequel trouve écho dans la réponse, transmise d'une voix blanche :

— Des cadavres.

— Des cadavres ?!

L'hécatombe. Une plaine tapissée de soldats démembrés, dans un état de putréfaction que même Robin n'ose décrire. Silence à la gare.

Un ange passe. 19 h 12.

19 h 14, les langues se délient.

— Un fleuve de sang.

— Une autre plaie d'Égypte.

— Sarah, je veux le rencontrer.

Ce sera difficile. C'est que le Phénix ne prend pas de rendez-vous, il vagabonde. Faut le croiser au petit bonheur, précise Sarah, et sans le surprendre, pour ne pas l'affoler.

— Bon. La prochaine fois que tu le vois, fais-moi signe.

La professeure manifeste son intention de regagner Westmount. Elles font donc chemin inverse, usant des mêmes précautions que lorsqu'elles sont venues. Sur la rue Centre, Sarah récupère sa bécane, Régine sa berline. Elles conviennent de se tenir informées du moindre avancement de l'investigation. Et tandis que Sarah suit la piste cyclable en direction de Saint-Henri, Régine met du temps à démarrer sa voiture. Elle lambine, ce qui n'est pas dans ses habitudes. L'automobiliste finit par se mettre en route, fait tranquillement un tour de pâté. Pour revenir stationner rue Centre. Elle téléphone à la maison, fiston décroche, *qui d'autre?* Il est trop tôt pour tomber sur son mari, qui est plus dans ses meubles à la clinique qu'à domicile. «Lucas, m'attends pas pour le souper, commande de la pizza.»

À la maison, l'adolescent hausse les épaules – les éclipses parentales le laissent froid. Il préfère, dans tous les cas, l'absence de ses géniteurs à leur écrasante présence. Ainsi Régine peut, sans trop se culpabiliser, retrouver la brèche dans le grillage, les marques d'Ángel, les rails, les empilements de conteneurs.

Et, à 20 h 13, la miniature.

Car l'appréciation d'une œuvre est pour Régine un plaisir solitaire. Obsédée depuis toujours par la perfection de l'art, voici qu'elle peut la toucher, la caresser comme on caresse la peau d'un amant. Elle aime sentir sous ses doigts les délicates couches de couleurs simulant la déchirure de la tôle. Dans un voyeurisme mal déguisé, elle s'approche du judas, admire sans fin la miniature, ses clairs-obscurs, son jeu de transparence. Elle se revoit au piano, enfant, à se battre avec chaque partition, alors qu'ici la perfection se montre facile, presque naturelle. La main d'un maître absolu. D'où vient-il ? Pourquoi erre-t-il le long du canal, transformant en or ce qu'il effleure sur son passage : un piano, une feuille de tôle, un ragoût ? Comment arrive-t-on à cultiver tous les talents ?

20 h 25. Un bruit la tire de ses ruminations, un craquètement de pas sur le gravier. Régine se tourne, ne voit personne. Le silence reprend ses droits.

Un silence qui devient angoissant, tandis que tombe le jour. L'imprudente a soudain conscience du danger couru, de son intempérance, quelle étourderie de revenir seule ici ! Tout de suite, elle délaisse le wagon-citerne pour trouver le chemin le plus court vers la sortie, marche à découvert sur une voie de service, *au diable les précautions*, autant être repérée par un gardien que par un psychopathe. La bouillante enjambe les traverses au rythme de ses battements de cœur, de sa respiration sifflante, *où est cette fichue brèche ?* Ainsi se perd-elle dans le dédale ferroviaire, s'efforçant de se maîtriser pour ne pas exciter le prédateur. À bout de souffle, elle freine sa course, sort son bronchodilatateur, avale une nouvelle poffe. *Respire... Expire...* Ce faisant, elle remarque des traces sur la voie ferrée. Celles d'un animal, un gros. Ses pas lourds ont marqué le ballast et le bois des traverses.

Comme toujours chez Régine, la curiosité l'emporte sur tout, même la peur, lui fait carrément suspendre sa retraite. Elle se penche vers le sol. Les marques sont allongées, chacune n'a que deux doigts. On dirait la piste d'un énorme cervidé, *un orignal?* En pleine métropole, ce serait trop absurde! La sceptique tâte l'empreinte, le geste lui noircit le bout des doigts. C'est visqueux, constate-t-elle en se frottant le pouce et l'index. Les traces sont peintes. *Fraîchement peintes.*

Se pourrait-il que...

Régine se relève brusquement, procède à un tour d'horizon. Personne. Pas même un tag auréolé dans ce recoin de la gare. Elle vient, sans le vouloir, de damer le pion à Robin, mais aussi à Ángel. *Le Phénix est ici.* Elle le sent près d'elle, l'a peut-être entendu il y a un instant à peine. Et ces traces, *ces traces fraîches*, la mèneront directement au prodige.

20 h 37. Retournement de situation, la chasseresse se met à traquer la bête, à suivre sa piste, laquelle s'éloigne de la voie ferrée, s'élance sur le gravier recouvrant l'aire de triage. Les traces serpentent entre les trains stationnes, les grues, les remorques. La lionne accélère le pas tandis qu'elle flaire sa proie, un œil sur la piste, l'autre sur les parages – *voyons voir le visage du génie.*

Puis les traces disparaissent subitement, la traqueuse se bute aux battants fermés d'une porte de conteneur. Elle scrute de nouveau les environs de son regard brûlant, sans trouver âme qui vive, juste ces foulées fraîches de gros ruminant s'arrêtant à la porte cadenassée d'une grosse caisse d'acier. «Y a quelqu'un là-dedans?» risque-t-elle d'une voix étouffée, tapotant discrètement la paroi métallique. Rien. C'est calme. *Trop calme.* La femme recule à pas feutrés, doucement, son flair la pousse vers le panneau arrière où elle se dirige, demeurant à l'affût.

Surgit la bête. Et quelle bête !

Une girafe.

Sa tête émerge d'une ouverture dans la paroi latérale du conteneur. Elle en impose par son exotisme, par sa taille surtout, trop grande pour cette caisse où elle est enfermée. Un conteneur devenu carcan, ça lui enserre le cou. Ses yeux effarés sont braqués sur ceux de la chasseuse dans un désespoir palpable, désespoir qu'elle ne peut crier, parce qu'une girafe ne crie pas, une girafe en peinture de surcroît. Encore, la mystification est complète. On dirait un être de chair et de sang. Régine tend une main pour effleurer son museau humide, prudemment, comme si la bête pouvait mordre. Cette caresse lui laisse des taches roussâtres sur le bout des doigts, les couleurs viennent d'être appliquées.

20 h 52, Régine sonde le terrain, interroge l'obscurité naissante à la recherche de l'artiste fantôme. Rien à faire, il est aussi évanescent que ses créations.

Elle décide d'en revenir au ruminant. *Fabuleux !* Toujours ce souci du détail, cette finesse du trait. La pureté dans l'art. Cette fois, aucun motif calligraphique en guise de signature, seulement l'empreinte d'une main, pareille à la signature d'un artiste de l'âge de pierre. Elle ne voit rien d'autre malgré une fouille méthodique, pas de superposition d'images ni de transparent. Pas de miniature non plus. Sauf peut-être...

Ma foi ! Là ! Un reflet dans les pupilles.

Régine y plonge, s'y perd, comme dans une transe contemplative.

Derrière, l'ombre d'un homme fait saillie du pan d'une remorque. Il lui dévore la nuque du regard, l'observatrice observée. L'épieur a les mains tremblotantes, son âme troublée par cette femme absorbée, si éblouie qu'elle en irradie, Vénus vient de poindre à la tombée du jour. Voici pour lui la Pietà, une œuvre dans l'œuvre. L'émerveillée émerveille. Sous l'effet d'un magnétisme irréfrénable, l'ombre sort de sa tanière, s'approche de la muse à son insu. Celle-ci tente encore de capturer l'âme d'une girafe, au fond de ses prunelles. *Ce minuscule reflet.*

Derrière, l'homme avance lentement, pris de fièvre, tandis que l'égérie a l'esprit ailleurs. *Cette miniature, on dirait le reflet d'un homme.* Elle se laisse engloutir par le regard de la grande bête, le nez collé à son museau, à en sentir quasi le souffle, à entendre sa respiration. *Le reflet d'un chasseur?* Derrière, l'ombre s'enivre de volupté, Vénus si près de lui, tend une main trémulante vers sa nuque.

Un coup de sifflet retentit au loin. Régine sursaute. *Merde, un garde!*

Derrière, l'ombre se dérobe. La muse, elle, ne bouge pas d'un iota, décontenancée. Elle n'a pas coutume d'être prise en flagrant délit. Un garde ventripotent se dandine jusqu'à la scène d'infraction, sa voix haletante:

— Vous! Vous avez pas le droit d'être ici!

La sentinelle s'arrête soudain, perplexe.

— Où... où est parti l'autre?

— Quoi? Qui? balbutie la contrevenante.

Mais de quel autre parle-t-il?

Le guetteur fait une battue des environs, ne trouve pas le bougre qu'il a cru apercevoir dans la pénombre.

— Eh ben, vous étiez deux, ça fait pas deux minutes !

Régine est sous le choc. «Il y avait quelqu'un avec moi ?» Le gardien prend un air empêtré, réalisant l'innocence – ou l'inconscience – de son interlocutrice, belle Eurydice aux portes des enfers. «Ma pauvre dame, j'suis arrivé juste à temps !» Or, la dame s'avère plus pensive qu'alarmée, son regard furetant de wagons en conteneurs à la recherche d'un spectre. *Il était là.* Le garde sort un mouchoir et se tamponne le front, cachant mal son agitation. La scène lui paraît surréelle. «J'peux pas croire qu'une dame comme vous, tirée à quatre épingles, traîne le soir dans une gare de triage. Je… » Il se tait subitement, apercevant la créature des savanes. Le ventru sort sa lampe de poche, la pointe sur la chose, lumineuse Afrique dans un étau de tôle. Il en reste stupéfait. Régine en profite pour se disculper, lance spontanément «je suis critique d'art». Tout ce qu'elle trouve à dire.

Elle a de la chance, s'en tirera à bon compte, n'écopant que d'une timide réprimande. En somme, elle est tombée sur un bon dogue, impressionnable. Sans doute ne voit-il pas tous les jours, au cœur de l'insalubre, autant de beautés. Venez, dit-il, je vous escorte jusqu'à la sortie, c'est plus prudent.

21 h 23. La chercheuse doit abandonner son butin, sans même l'avoir photographié. Elle suit le gardien à reculons, ne pouvant détacher ses yeux de ceux, angoissés, de l'animal. *Ce reflet, cette silhouette dans les pupilles…*

Si seulement elle avait pu explorer la miniature plus à fond, avant d'en être extirpée brutalement. Si seulement elle avait pu plonger au plus profond des orbites, au-delà de la rétine, pour capter quelques éclats d'âme. Celle de la proie qui se découvre impuissante et, par projection, celle du chasseur qui la mire.

Si elle avait pu plonger à fond, elle aurait pu voir ce que la bête a vu dans le regard du chasseur, ces étincelles qui rendent une espèce redoutable, plus redoutable que toutes les autres créatures. L'omnipotence. Celle qui peut reproduire au pinceau cet échafaudage de points de vue – celui du gibier, du chasseur, du peintre et de l'observateur – dans un jeu de miroirs où les reflets s'accumulent sans fin. Jusqu'aux origines du génie, sur une terre aride d'Afrique.

Journal d'un savant babylonien

août 1999

À quel moment sommes-nous devenus Sapiens, ce primate savant ? Quand nous sommes-nous mis à réfléchir ? Quelque part se trouve le germe de l'expansion fulgurante de notre matière grise, l'étincelle qui nous a propulsés, êtres chétifs, au sommet de tous les écosystèmes, a fait de nous ce demi-dieu usant du droit de vie et de mort sur l'ensemble des espèces. Où est ce germe ?

Il faut le chercher dans le Kalahari. Y erre un survivant du paléolithique, un peuple qui est peut-être au plus près génétiquement du Sapiens originel. Il n'est cependant pas primitif, non, aucun humain sur Terre ne possède un langage aussi complexe, un bagage génétique aussi diversifié. Comme si l'homme du désert recelait dans sa peau, ses rides, ses yeux, la matrice de l'humanité.

Les analyses comparatives d'ADN ne trompent pas, cette diversité se perd lorsqu'on s'éloigne de lui. Et le natif du Kalahari parle une langue mélodieuse dont la profondeur est le reflet de ses gènes, elle peut compter 100, 120, 140 sons, ce qui est inouï en regard des autres idiomes qui en ont chacun moins d'une quarantaine ; le français, qui est pourtant une langue opulente, ne compte que 37 phonèmes.

Peut-on établir un lien entre diversité génétique et diversité phonétique ? Dans la langue riche du Bushman résonne l'écho d'un murmure lointain. Mais il s'efface. Ils ne sont plus qu'une poignée moribonde à parler la langue ancestrale, le point d'attache avec le plus lointain Sapiens sur le point de se rompre. Quelle heure est-il ? Pourrais-je encore exhumer du sable rouge du Kalahari l'étincelle du génie, le secret du langage primordial ?

Je dois trouver le griot. Celui qui a cumulé toutes ces voix depuis l'aube de l'humanité. Notre mémoire. On ne serait rien sans elle, on ne serait rien sans le griot. Aucune accumulation de connaissances, aucune tour, qu'elle soit de briques ou de sciences, pour toucher l'inaccessible. Grâce à lui, Sapiens est Sapiens, il a conquis les continents, les plus hauts sommets, a percé la stratosphère pour atteindre la Lune, a remonté son histoire et le temps jusqu'aux origines de l'Univers. Mais lui reste l'ultime frontière : son propre cerveau.

C'est le nouveau Graal, décrypter la toile des connexions neuronales, celles qui déclenchent la virtuosité ou la folie humaine. Mais un cerveau peut-il percer son propre mystère ? La question est vertigineuse, conduit à beaucoup d'entêtement. Peut-on se tuer à la tâche ? Le griot nous le dira.

Péninsule de Gallipoli, août 1915

Sur une motte de Terre qui ne fait pas 50 kilomètres de long et 5 kilomètres de large s'entassent des dizaines de milliers de soldats en provenance des cinq continents. Voici une infanterie qui a tout enduré depuis des mois, les obus, les mouches, la dysenterie, la chaleur, la famine et, par-dessus tout, l'odeur de la mort. Des mois à tout endurer sans avoir progressé. La moindre avancée appelle la riposte, qui provoque le recul, le pas de valse. Dans ce champ de foire où les généraux donnent le bal surviennent de temps en temps des situations cocasses. Ainsi, à grappiller de part et d'autre des bouchées de péninsule, les ennemis sont pratiquement nez à nez, la tranchée adverse à un jet de pierre. Ou à un jet de grenade. Mais on ne se lance surtout pas de grenade, car avant même qu'elle n'explose l'adversaire a eu le temps de vous la renvoyer en pleine figure. C'est dire comme les ennemis sont proches, c'est dire comme la situation est cocasse. À l'arrière, on a cessé les tirs d'artillerie pour ne pas pulvériser ses propres troupes. Les inépuisables canons s'en trouvent muselés, ultime cocasserie. Les *snipers* ont pris le relais, ce qui jette un silence lourd sur la péninsule.

En première ligne, le jeune conscrit à l'esprit vif a cessé de compter les obus. Il compte les balles qui déchirent par moments le silence, il compte les cris des hommes qui les essuient. Leurs gémissements créent en sourdine une ligne mélodique, le rappel incessant d'une mort qui vous guette. *Quelle heure est-il? Est-ce ici mon heure?* Cette guerre en est une de nerfs. Les fantassins sont sur les dents, fusil en joue, se relaient nuit et jour au créneau. On tire au moindre mouvement adverse. Si bien que personne n'ose trop bouger, ne serait-ce que pour faire ses besoins. On se soulage sur place. Ce qui, en pleine chaleur estivale, nourrit la rumeur des mouches. On ne dort plus. On se méfie des chuchotements qui s'élèvent de la tranchée adverse. On appréhende l'attaque éclair. L'ennemi peut, en un instant, franchir les barbelés et s'emparer de votre tranchée. La fatigue et la hantise abrutissent, la folie plane. Hier, au créneau, notre troupier a vu un compagnon trembler si fort qu'il était incapable de prendre sa mire ou simplement d'épauler. Il a fallu lui confisquer son mauser et l'expédier à l'arrière pour un traitement de choc. On le retapera. Sous peu, il sera de retour au front, sans trembler, mais à se ronger les doigts, attendu qu'on ne soigne pas les combattants avec des câlineries.

L'attente interminable est-elle pire que la mort? Et dans ces conditions, *comment tuer le temps?* Le genre de questions qui assaillent un poète, lequel cherche désespérément une façon d'occuper son esprit et d'atténuer ses propres tremblements. Il pense à sa jeune épouse. Petit rossignol dont la voix, rien que la voix, a suffi à lui embraser le cœur. C'était l'automne dernier, autant dire à des siècles d'ici, cet après-midi où le brouillard enveloppait tout, donnait une résonance particulière au moindre son. Cet après-midi où l'automne revêtit des allures de printemps. L'amour le frappa de plein fouet, assis sous la treille d'un estaminet, un café à la main. Et vlan! Le coup prit la forme d'un chant. Une mélopée exhalée d'une fenêtre qui flotta jusqu'à lui, tel un parfum de rose. Une voix seulement, or quelle voix! C'en était fait de lui, il ne l'avait pas vue qu'il l'aimait, sa muse, elle deviendra le soleil de ses nuits. Il l'aurait mariée là, un pan de mur et le brouillard entre eux, mais aussi une langue, un culte, un monde. Qu'importe, quand on a déjà le sang en pagaille. C'est le fatum de sa lignée, de génération en génération, on donne son cœur à l'étranger. Il ne l'avait pas vue qu'il n'avait d'yeux que pour elle, elle dont même le nom est une gemme, la plus belle qui soit ! En quatre ou cinq semaines le polyglotte apprit une nouvelle langue, une de plus à sa panoplie, pour s'en approcher, se couler dans sa bulle, la couvrir de poésie. Et parvenir à demander sa main.

Sa jeune épouse. Il ne le sait pas encore, enfermé dans sa geôle de boue, il l'a mise enceinte avant de disparaître au front. Le courrier est paralysé, à l'égal du reste. Il lui écrit néanmoins, tous les jours. Les lettres s'accumulent au creux de sa veste, des lettres remplies de velours. Et de questions. Les rosiers fleurissent-ils, malgré la guerre ? Les oiseaux migrent-ils, en dépit des pluies d'obus ?

Quand les questions deviennent plus angoissantes que l'attente, le Poète se récite des vers, et il en connaît beaucoup, dans les langues qu'il maîtrise, et il en maîtrise beaucoup. Lorsqu'on a autant de racines, le sentiment d'appartenance peut relever du casse-tête, spécialement en ces temps de carnage. Le Poète est atterré à la perspective qu'un cousin puisse croupir dans la tranchée opposée, épouvanté à l'idée qu'il puisse l'abattre, arracher une branche de sa propre généalogie. Vite, penser à autre chose, quelque chose de beau. Que chantait Rûmî ? *Je viens de cette âme qui est à l'origine de toutes les âmes, je suis de cette cité qui est celle des sans-cité.* Au loin, une balle siffle, puis une deuxième. Le soldat tique, mais reste coi. L'ordre est de garder son poste et son flegme. Seule l'âme peut errer. *Je suis la goutte qui contient l'océan*, disait Yunus.

Cependant, même les muses invoquées arrivent difficilement à calmer les tremblements du conscrit, dont la tranchée n'est qu'à quelques perches de l'ennemi. L'ennemi ? Ou l'autre malheureux qui marine dans un merdier identique, dans la hantise insupportable de l'assaut. Tuer le temps ? *On ne tue pas le temps sans blesser l'éternité.* Paroles de Thoreau, que le Poète tourne et retourne dans son esprit pendant que ses bisets poussent des gémissements discrets. Eux aussi sont condamnés à l'immobilisme, on ne les sort plus de leur cage. On a jugé que les lâcher serait pur gaspillage, ils se feraient tirer comme des lapins. Si seulement, se dit le colombophile, les généraux usaient de cette sagesse pour leur troupe. En attendant, il effeuille les *Fleurs du mal*, lui qui est si jeune et n'a plus la vie devant lui. *J'ai plus de souvenirs que si j'avais mille ans.*

À côté, un compagnon non moins tourmenté se met à siffler un air doux, apaisant. Un air de ceux qui ont survécu au déluge, préservé par le vent et les hauteurs du mont Ararat. Tous ont le sentiment de connaître cet air, qui couvre tel un linceul les râles du no man's land. Tous écoutent, même les caporaux, même les soldats de la tranchée adverse. De part et d'autre, on se laisse imprégner d'une berceuse réchappée de la nuit des temps. Au Poète, la mélodie lui rappelle celle exhalée d'une fenêtre. Il grave l'instant dans sa mémoire de gargantua, cueille chaque note comme une pierre de plus à son temple.

Les minutes passent, la tête ailleurs.

Puis une chose atterrit au pied du siffleur, un objet aux contours arrondis tiré de la tranchée adverse. Ce qui ramène brusquement les hommes à la réalité, quelqu'un crie « une grenade ! ». Notre conscrit plonge par réflexe dans son gourbi à pigeons, tandis qu'un fantassin mieux dressé s'empare tout de suite de l'engin pour le renvoyer d'où il vient, interrompt son geste. Ce qu'il tient n'est pas une grenade.

Plutôt une conserve. Une conserve de fruits.

— Des fruits !

Chacun sort de son terrier, un essaim de soldats se forme autour du trésor. Car c'en est un pour qui n'avale que bouillies insipides depuis des lunes, un cadeau du ciel. Plutôt du camp adverse. Que leur vaut cette manne ? On délibère. Se pourrait-il que l'ennemi se soit ému d'une mélodie ? Se pourrait-il qu'il aime la musique ? Dans la canicule estivale, personne n'est de glace. Le siffleur ouvre la conserve, partage sa richesse avec les copains. Cet improbable coup de théâtre donne des ailes au Poète. Il retourne dans son gourbi, fouille son havresac sous le regard hébété des pigeons, sort un paquet de cigarettes ainsi qu'un crayon et un bout de papier. Il connaît la langue de l'ennemi, suffit de trouver les bons mots. Il cherche, interroge son infaillible mémoire. Trouve, dans un siècle qui lui semble déjà lointain, un trait d'union entre les civilisations, des mots universels capables d'immortaliser un répit. *Il est un air pour qui je donnerais...* Il s'empresse de coucher sur papier l'âme d'un voyageur romantique. Papier qu'il insère dans le paquet de cigarettes et qu'il balance dans la tranchée adverse.

S'ensuivent là-bas des exclamations sourdes, des chuchotis. Les cigarettes font de l'effet. Elles sont, dans cette tranchée, plus recherchées que les fruits. À chacun sa pénurie.

Bientôt, le champ de bataille prend des airs de fête, une nouvelle étrenne atterrit dans la tranchée du conscrit à l'esprit vif. De la confiture cette fois, une douceur par ici rarissime. Peu s'en faut qu'on entame une partie de paume amicale, chacun s'amusant à deviner ce qu'il manque à l'autre. Seulement, un officier ne l'entend pas de cette oreille, les soldats sont remis à l'ordre. La détente fut de courte durée.

Le silence reprend ses droits, ou presque, on ne peut museler les mouches. Ou ces gémissements rauques émanant du no man's land.

On marine de nouveau. L'angoisse.

C'est à qui flanchera le premier, à bout de force ou de provisions dans la chaleur intenable du mois d'août. L'élastique est tiré à son maximum. Il ne peut que se rompre, l'inertie voler en éclats.

Notre conscrit a de la chance, l'ennemi bronchera le premier. Il lance à l'aube une attaque-surprise, qui ne surprend personne dans la mesure où tout le monde est déjà à cran. Ceux qui enjambent le parapet se mettent ainsi à découvert, sur-le-champ, dans la ligne de mire d'un bataillon bien terré. Les attaquants tombent aussitôt sous un torrent de balles, engraissent un terrain déjà gorgé.

Seule une poignée de rescapés parviennent à bondir dans la tranchée du colombophile, lui qu'on avait jusque-là épargné des violences directes. Les fusils à sec, les hommes en sont réduits au corps à corps, croisent la baïonnette dans une mêlée indescriptible. Le Poète n'y échappe pas. Lorsque surgit devant lui un soldat adverse, il ne fait ni une ni deux et lui transperce l'abdomen. La charge est si brutale que l'assaillant reste là, embroché à son mauser.

Jamais il n'oubliera ce visage effaré, qui, à quelques centimètres du sien, émet un dernier hoquet.

L'offensive avortée coûtera à l'ennemi toute une compagnie. Un mauvais calcul. Un parmi tant d'autres dans une guerre où les hécatombes sont minutieusement pesées : combien de soldats à sacrifier pour gagner un arpent de boue ?

L'événement clos, les vainqueurs dépouillent les vaincus. On cherche sur les cadavres un butin de guerre : fusil, cartouches, couteaux et, avec un peu de chance, un pistolet ou de bons godillots. En cours de fouille, on aperçoit le Poète encore accroché à son unique victime. Le teint blafard, il serre convulsivement ce qu'il a trouvé de plus précieux sur son macchabée. Une lettre.

Il ne lui a pas fallu long pour réaliser que ce pli était adressé à une femme. Une lettre nourrie d'espérances, de poésie. En exergue avaient été recopiés les vers de Nerval, ceux propulsés d'une tranchée à l'autre tel un jet de lumière. En découvrant sur son alter ego ce butin maculé de sang, le colombophile a vite compris sa grande infortune. *C'est pire que tout !* Il en restera torturé jusqu'à la fin de ses jours. Des jours qu'il n'a pas fini de compter, cruelle ironie du sort.

Accueil Bonneau, Vieux-Montréal, juin 2016

Coup de feu de midi à l'Accueil où une armée de bénévoles s'affaire à distribuer les assiettes de ratatouille aux malheureux qui battent le pavé. Dans la cuisine, Sarah s'empresse de préparer, à l'abri des regards, un plat à emporter. Elle joint au paquet une tranche de pain et un gobelet de café. *Surtout, ne pas oublier le café.* En se glissant par la porte de derrière, elle tombe sur Jérôme qui fume une cigarette. Le cuistot est surpris. « Sarah ? » « Chut ! » riposte-t-elle, doublé d'un regard entendu.

Jérôme devine où file le chaperon rouge.

— Tu vas nourrir le loup ?

— Franchement, Jérôme ! (elle baisse le ton)... aux dernières nouvelles, il fait plus agneau que loup.

Lui aussi répond à mi-voix :

— C'est pas moi que tu dois convaincre.

La brigade de l'Accueil Bonneau marche sur des charbons ardents depuis une semaine. Soit depuis la visite éclair de deux enquêteurs de la GRC, les agents Bousquet et Ross, accompagnés de leurs sbires des services frontaliers. Il faut dire que les œuvres du Phénix font beaucoup de bruit dans les médias sociaux. La rumeur n'a pas échappé aux limiers qui dépouillent la Toile à la recherche de djihadistes. Leur traque a révélé une série de graffitis au symbolisme lugubre ainsi qu'une signature sibylline, d'origine moyen-orientale. Une analyse poussée a divulgué la nature du texte… Le sombre graffiteur ressuscite dans son sillage un dérivé de l'alphabet perso-arabe employé au temps des sultans – ce qu'a bien sûr résolu en parallèle la D[re] Lagacé grâce à ses accointances universitaires. Il n'en fallait pas davantage pour éveiller les soupçons des autorités, Montréal soudain menacé par l'empire de Soliman, ou sa réplique. Des investigations supplémentaires ont mis les enquêteurs sur la piste d'un sans-papier anonyme fréquentant les abords du canal et occasionnellement l'Accueil Bonneau. Ils ont déterré l'avis diffusé par l'établissement, avec photo. Du jour au lendemain, le Phénix s'est trouvé dans la mire de la Sécurité nationale.

Il fallait voir la tête de Jean-Pierre, directeur de l'Accueil, lorsque les agents Bousquet et Ross ont fait irruption dans son bureau avec leurs questions tordues, leurs reproches à peine voilés le rendant presque coupable, par ses aumônes, de nourrir la vermine. Jean-Pierre était blême de rage, lui qui, à l'instar de ses collègues, a pris le Phénix en affection. Il s'est délecté de son ragoût, a écouté avec compassion ses vers inoffensifs, l'a vu soigner ses pigeons comme s'ils étaient la huitième merveille du monde. Un djihadiste ? « Voyons ! L'homme n'est pas plus terrifiant que les colombes qu'il nourrit. » Comment assimiler aux terroristes un être lui-même terrorisé en permanence par la guerre, la moindre agitation, de minuscules bourdonneuses ? Un non-sens. À la fin de l'interrogatoire, on a intimé à Jean-Pierre et sa troupe de « collaborer » pour neutraliser la menace. Le directeur a décidé de faire tout le contraire, couvrir celui qu'il estime victime d'une xénophobie éhontée. Avec Sarah et Jérôme, il a organisé la Résistance.

Première mission : trouver le principal concerné. Ce qui n'est pas une mince affaire, s'agissant d'un sans domicile fixe. Ensuite : arriver à communiquer avec lui pour lui expliquer la situation, une tâche on ne peut plus kafkaïenne lorsqu'elle touche un génie qui déraisonne. Enfin : trouver une façon de le tenir loin de l'Accueil, désormais sous haute surveillance et infiltré de collabos. Le but : protéger l'innocente créature d'un ennemi auquel elle ne peut se mesurer. Une entreprise difficile. Sarah a décidé d'en prendre les rênes, aussi vaillante qu'une Jeanne d'Arc devant une armée d'occupation. Elle a mis le vieux Tuan dans le coup, ce bon diable, l'un des rares qui peut avoir une conversation avec le Phénix. Non pas qu'ils soient intimes, mais il s'est développée entre eux une sorte de complicité tacite. Les deux chemineaux ont pris l'habitude de traîner ensemble le long du fleuve, ressassant leurs souvenirs de guerre. Ils se comprennent, devisent en vietnamien en fixant le Saint-Laurent comme s'ils y voyaient le Mékong, *tu te souviens combien elle était triste cette pluie de mousson après la chute de Saigon ?* Tuan connaît le Phénix mieux que quiconque à l'Accueil, connaît ses routines et certaines de ses planques, qu'ils partagent de temps à autre. On l'a chargé d'aller trouver l'oiseau et de l'aviser de la gravité de la situation en utilisant une gentille ruse. Puisqu'on ne peut parler rationnellement avec lui, il faut employer quelques détours, user de la logique du fou. « Tuan, dites-lui que l'Accueil est infesté de mouches. Dites-lui que des nuées noires bourdonnent autour des marmites, pareil à Gallipoli, qu'il faut s'en tenir loin jusqu'à nouvel ordre. » L'idée est à l'image de l'homme recherché, brillamment insensée.

Il a été convenu que le chargé de mission transmette au paria les vivres nécessaires pour assurer sa retraite. Jusqu'ici, le plan fonctionne à merveille. Depuis une semaine, le Phénix, d'un naturel déjà discret, se fait invisible. Comme qui dirait, le stratagème a fait mouche.

Ce que Tuan ne dira pas, c'est que le paria, lorsqu'il le croise, touche à peine aux victuailles fournies. Il ne prend que le café et un bout de pain, pour ses pigeons. De sorte que Tuan voit sa ration du midi systématiquement doublée, voire triplée. Car il arrive que le Phénix partage avec lui son propre pique-nique, des en-cas de son cru qui font chaque fois les délices du Vietnamien. De quoi compenser des années de vaches maigres. Ceci expliquant cela, Tuan mange tout et se tait, continuant avec enthousiasme le «ravitaillement».

Aujourd'hui, Sarah se permet une entorse au plan. C'est elle, et non Tuan, qui ravitaillera le maquis. Peu avant midi, on lui a signalé la présence de son protégé sur la jetée de la Pointe-du-Moulin, cette brousse urbaine sise à l'embouchure du canal, dans l'ombre des anciens silos. Elle adore cette zone du Vieux-Montréal étonnamment verdoyante et peu fréquentée, qu'elle traverse tous les jours pour se rendre au travail. L'endroit idéal pour un pique-nique intime à la pause du midi. «M'en vais faire de l'ornithologie», lance-t-elle à Jérôme dans l'embrasure de la porte. «Fais attention aux mouches», répond le cook. On les a vues tourner autour de l'Accueil ce matin. La missionnaire n'est pas inquiète, elle se fera plus petite qu'elles.

Marchant le long du fleuve, Sarah met une quinzaine de minutes pour atteindre son bush, le nom qu'elle donne affectueusement aux bosquets entourant le silo numéro 5. Elle ne s'y aventurerait pas la nuit, mais en plein jour, le décor est presque champêtre. La travailleuse de rue anticipe avec une certaine fébrilité son premier tête-à-tête avec le Phénix depuis le début de cette chasse à l'homme. Elle est préparée. Elle se prendra si bien au jeu de la divagation qu'elle fera sauter les fortifications et tomber les masques. Elle ne voit pas d'autres façons de le sortir du pétrin et de le ramener aux siens, à tout le moins de lui établir une identité. Comme dit Régine, il doit avoir une famille quelque part. Elle a d'ailleurs avisé la neuropsychologue de son excursion du midi. Celle-ci ne lui aurait pardonné aucune cachotterie, *bien qu'elle-même s'en permette constamment*. En traversant les premières écluses, Sarah repasse la conversation téléphonique du matin, l'entêtement de Régine.

— Mets-le en face de ses propres vers. Montre-lui que tu le comprends, que t'as déchiffré ce qu'il a semé le long du canal.

— Régine...

— Trouve une façon de l'emmener jusqu'à mon labo. Un petit balayage cérébral et hop, on découvre ses secrets.

— Non.

Sarah ne veut pas servir d'appât.

— Vois-le autrement. T'es comme une bergère, celle que t'as toujours été d'ailleurs.

— Le Phénix n'est pas un mouton!

— Non, mais il est malade. Il a manifestement besoin d'un psy.

— Tu veux lui faire écouter de la musique? (à demi rassurée)

Pas seulement. L'objectif, explique Régine, est de lui faire porter pendant le scan des lunettes de visionnement et des écouteurs. On lui fait entendre des paysages sonores en provenance de plusieurs pays, on lui montre des extraits vidéo. On se concentre sur les années 1960, qui correspondent, en tablant sur l'âge estimé du bonhomme, à son enfance. On peut de cette façon dresser une carte émotionnelle de son intelligence. Quelle partie du cerveau réagit fortement et à quel moment? L'experte en imagerie sait, pour l'avoir expérimenté des centaines de fois, que les stimuli associés à l'enfance provoquent une véritable déflagration cérébrale, de la dynamite. « Si on trouve la clé de son identité, on lui déterre une famille. » L'argument convaincant, qui met fin à la conversation téléphonique du matin.

12 h 30. Sarah ralentit le pas à mesure qu'elle s'éloigne de l'agitation touristique du Vieux-Port et qu'elle pénètre l'oasis apaisante de la jetée abandonnée, reconquise par la végétation et par une faune peu farouche. Ainsi deux colverts s'approchent d'elle en se dandinant, jaugeant la fille et son panier-repas, l'air de dire *cet humain est-il apprivoisable ?* « C'est pas pour vous », rétorque gentiment l'humain, en se laissant gagner par la quiétude des lieux. Perché sur le vantail d'une écluse, un cormoran déploie ses ailes, les fait sécher au vent. Qui d'autre ici ? Dans le sas à demi rempli, en contrebas, des goélands se disputent les restes d'un sac de chips. Là encore une volée de moineaux, des carouges, ainsi qu'une tourterelle au pas chancelant, qui, du haut de la rambarde, semble caresser des idées noires. Mais la promeneuse ne voit aucune trace de son merle blanc, elle s'inquiète. Comment attirer son attention ? Difficile de l'appeler, il ne répond à aucun nom. Même son élogieux surnom le laisse toujours de glace. Sarah considère le silo qui surplombe la jetée, le parcourt d'un regard pensif. Elle repère sur le mastodonte les graffs bien visibles d'Ángel, se dit que là-haut se cachent d'éblouissantes miniatures dans un écrin de béton.

12 h 33. Un bruissement de feuilles, derrière, l'extirpe de ses méditations. Elle se tourne, ne voit rien, outre le massif d'arbustes bordant le canal.

12 h 34, un deuxième bruissement la fait sursauter, suivi d'un craquement. « Qui est là ? » bredouille-t-elle, le cœur battant. « C'est l'heure du ravitaillement. » Elle tente de rassurer le maquisard autant qu'elle-même.

Les bruits cessent complètement. La femme s'approche du massif, doucement, *surtout, aucun geste sec.* Le connaissant, il doit être paralysé par la peur. « Vous pouvez sortir, le terrain est sûr. » Elle longe maintenant la haie, effleure du bout des doigts les arbrisseaux. Le silence plane, rompu à l'occasion par le piaillement des carouges, *tch tch tchîîîî*. Sarah s'arrête lorsqu'elle sent une présence derrière la haie. *Pourquoi reste-t-il tapi ?* C'est qu'elle déteste se faire surprendre. *Sors de là...* Et à l'instant, un claquement retentit. Le feuillage frémit, ainsi que le cœur de Sarah, alors qu'un démon surgit du bosquet en poussant un *koaak* contrarié. Il a la race humaine en aversion, le grand héron. Il déploie ses ailes pour prendre le large. Lui aussi déteste se faire surprendre.

C'est la première fois qu'elle entend le cri du héron. Malgré son allure imposante, il reste habituellement silencieux. Un oiseau solitaire, comme le Phénix. Ou comme Lucas, son filleul. La ressemblance paraît soudain frappante, au moment où l'échassier disparaît à l'horizon. *Oui, Lucas est un petit Phénix.* Un garçon brillant, doué, mais on ne peut plus effacé et qu'un rien chavire. Un ado terrifié par les autres en général, ses parents en particulier.

La dernière fois que Sarah a croisé son filleul, c'est le dimanche suivant l'aventure ferroviaire. Elle est passée chez Régine pour une réunion au sommet. L'hôte voulant décharger sa conscience, elle lui a parlé de son retour sur les lieux de l'infraction (*l'hypocrite !*), de sa découverte d'une girafe claustrée dans un vieux conteneur. Timothy n'était pas à la maison (*guère surprenant*), Lucas y était, reclus dans sa chambre. Lorsque sa mère s'est éclipsée pour préparer les cafés, le jeune est sorti de sa tanière à la dérobée, est venu au salon faire la bise à sa marraine. Il lui a souri des yeux, timidement.

Dans l'univers oppressant qui est le sien, Sarah est l'unique créature qui ne lui noue pas l'estomac. Elle a les vertus calmantes de la musique de Satie, capable, par sa présence bienveillante, de chasser momentanément l'ensemble de ses angoisses. Pour Lucas, l'amitié entre cet ange de douceur et son insoutenable mère relève de l'énigme. « Pourquoi ? » lui demanda un jour le garçon, de but en blanc. « Pourquoi quoi ? » répliqua la marraine, surprise par cette question spontanée venant de celui qui a la loquacité d'une tombe. « Pourquoi, répéta-t-il, pourquoi tu fréquentes ce genre de personne ? Comment t'arrives à éprouver de l'amitié pour... » La phrase ne fut pas complétée, ployant sous la charge de mots trop écrasants pour sa fibre délicate... *Une perfectionniste despote ?* « De qui tu parles ? » balbutia la confidente, sachant très bien la réponse. Elle en eut la chair de poule, comme si elle-même eut été la cible de son irréductible aversion. Régine et Timothy ne sont pourtant pas des tortionnaires. Certes, ils sont exigeants et pointilleux, plus qu'il n'en faut à ses yeux et à ceux de Lucas, à la sensibilité à fleur de peau. Mais pour rien au monde ils ne lèveraient la main sur leur fils, Sarah le sait, elle sait aussi combien cette guerre froide bouleverse Régine. Celle-ci n'en parle pas, trop orgueilleuse. Néanmoins, la travailleuse de rue peut repérer les infimes fissures dans son visage de marbre. Chaque fois que Lucas se barricade dans son monde, elle voit craquer son beau vernis, des veines apparaître sur ses tempes, ses cernes se creuser. Comment un garçon peut-il abhorrer à ce point ses propres parents ? Cela, depuis le plus bas âge, depuis qu'il a des dents à serrer et des paroles à ravaler.

Lucas n'avait que sept ans lors de sa première fugue, la première qui ne fut pas au piano. C'était un samedi après-midi. Timothy était à Paris pour un de ses immanquables congrès, Régine venait de semoncer son fils pour une broutille, un chat dessiné sur un mur du salon. Humilié, le petit se faufila par la porte de derrière, prit sa bicyclette pour descendre seul la montagne. Il découvrit le moyen de passer sous l'autoroute 20, épais rempart entre l'aristocratie de Westmount et la plèbe de Saint-Henri, parvenant par on ne sait quel miracle indemne au domicile de Sarah. Commotionnée, cette dernière n'en laissa rien paraître. Pour calmer l'enfant en pleurs, elle le serra contre elle, puis lui servit une limonade rose dans une coupe, comme toujours. Et comme toujours ils allèrent ensemble sur le balcon pour nourrir les chats de ruelle. Parce qu'il y a tout le temps des gamelles à remplir sur le balcon de Sarah, les chats de gouttière rappliquent de partout. Lucas aime ces félins ébouriffés, Lucas aime la limonade rose servie dans une coupe. Lucas aime Sarah.

— Tu pourrais nous adopter, moi et les chats ? demanda le jeune fugueur.

— Je vous ai déjà adoptés, tu trouves pas ?

— J'veux dire… nous adopter dans ta maison, pour la vie.

Une demande flatteuse, mais qui mit la marraine dans un profond embarras.

— Voyons, mon lapinou. Tu as déjà des parents qui t'aiment très fort. Et tu sais que je suis allergique aux chats, je peux pas les garder dans la maison.

Le fugitif fit sa petite moue. Dans une tentative de diversion, elle lui apprit à faire de la musique avec un peu d'eau et des verres de toutes les tailles, ce qui fit fuir tous les félins mais impressionna grandement le gamin. L'activité le galvanisa, il s'en donna à cœur joie – comme pour tout ce qui touche la musique ou les chats – jusqu'à l'arrivée de sa mère, entrée en trombe, blême d'inquiétude. « Lucas ! » souffla-t-elle, hors d'haleine malgré une forte dose d'antiasthmatique. Son mistigri détala aussitôt pour aller se cacher dans le placard de la chambre, où il resta une éternité. Ce jour-là, Sarah découvrit dans le visage de Régine des fissures si profondes qu'il en émana une détresse qu'elle n'avait encore jamais vue, même aux premiers jours de leur amitié. Pour désamorcer une situation intenable, l'hôte proposa de garder Lucas pour la nuit. L'amie opina de la tête, sans pour autant quitter les lieux. Par souci de tranquilliser cette fois la maman, elle l'emmena avec elle sur le balcon où les chats avaient repris le fort. Sarah y servit le déca, ce qui normalement eut été une hérésie, or la tasse fut acceptée sans résistance aucune. Régine était dans un tel état que pour la première fois Sarah lui suggéra de s'en allumer une. Ce qu'elle fit d'une main tremblotante. Les esprits à peu près retrouvés, elles parlèrent de choses et d'autres, des sujets pour l'essentiel professionnels, quelques cas pathologiques. Mais en aucune façon ne fut abordé l'intouchable tabou, le cas du petit misanthrope tapi dans l'étroite penderie. Voici pour l'assistante sociale la plus étrange contradiction : Timothy et Régine, deux cracks de la matière grise qui ont conjointement cumulé près d'un demi-siècle d'étude du cerveau, sans jamais se pencher sur celui de leur fils. Ou le leur. Peut-être par aveuglement volontaire, peut-être par crainte d'ouvrir une boîte de Pandore.

À l'heure du repas, Sarah apporta à l'enfant cloîtré une gamelle de Cheerios, « tiens mon chaton, il va falloir que tu sortes un jour de là ». On l'entendit grignoter ses céréales, une à une, sans qu'il quitte son terrier. Quant à la docteure, son refuge fut le balcon où elle passa la veillée sans rien avaler, sinon une cigarette après l'autre. Par deux fois elle appela Timothy pour le tenir informé. Malgré ses airs de Messmer, le psychiatre se faisait du souci pour son fils et pour sa femme affligée, dans une nuit parisienne déjà avancée. Le gamin sortit de la penderie à 22 h 37, heure de Montréal. En douce, il alla se blottir contre sa marraine dans le grand lit, tandis que sa mère bivouaquait sur le canapé inconfortable du salon. À minuit et des poussières, Sarah entendit la psychologue fondre en larmes. Le barrage venait de céder, après trop de fissuration. Elle jugea qu'il valait mieux la laisser à son chagrin, elle-même rivée au lit par les menottes d'un garçon qui n'était pas le sien mais qui l'aurait tant voulue pour mère, pendant que dans la pièce d'à côté sanglotait celle qui l'avait mis au monde. Une scène déchirante que la travailleuse de rue n'était pas prête d'oublier et dont elle ne trouvera pas d'équivalent, même dans les recoins les plus sombres de sa profession. Il fallut que Lucas aperçoive au matin les traits de sa mère, dévastés par les larmes et l'insomnie, pour que lentement il se décoince. Il récupéra un semblant de naturel lorsque lui fut proposée, d'une voix encore étranglée par l'émotion, une escapade qu'il n'aurait jamais refusée.

— Viens mon Piano Man, on va flâner chez le disquaire. Tu vas pouvoir te choisir des nouvelles partitions !

L'enfant obtempéra, ce qui, pour eux deux, se rapprochait le plus d'une réconciliation. Jamais, par la suite, l'épouvantable nuit ne fut évoquée. Une seule fois Sarah tenta de communiquer son point de vue. « Tu devrais arrêter de projeter sur ton fils ton perfectionnisme, ça l'étouffe. » Ce qui jeta un tel froid entre elles (Régine bouda le café dominical pendant trois mois) que le sujet fut tenu pour clos.

Lucas fit bien d'autres fugues, les parents cessèrent peu à peu de s'en affoler, ce qui prouve qu'on peut s'habituer à n'importe quoi. Ils savent désormais où retrouver leur fils, systématiquement. Régine n'en garde pas rancune à la bonne fée. Elle s'est fait une raison, son amie est une bouée pour son garçon comme pour elle jadis, et comme pour tous les laissés-pour-compte du Vieux-Port. Et elle préfère mille fois le savoir en sécurité chez sa marraine que dans la rue. Ou sous une rame de métro. Une éventualité qui la précipiterait du haut de sa montagne dans un abîme sans fond, se dit Sarah, qui s'étonne soudain que l'envolée d'un héron effarouché puisse raviver autant de souvenirs.

12 h 42. Sur la jetée de la Pointe-du-Moulin, elle pose son regard sur la gamelle qu'elle destine au Phénix. Que de similitudes. Lucas et le Phénix, même combat. Qu'ils se rencontrent serait sans doute salutaire, ces deux oiseaux sauvages pourraient ensemble établir des ponts que personne d'autre n'arrive à établir. Sarah rejette aussitôt l'idée, *n'y pense juste pas !* Régine n'accepterait jamais que le Phénix s'approche à moins de 100 mètres de Lucas, par crainte que l'égaré ne contamine son fils déjà vulnérable.

Une clameur confuse la ramène à sa mission du jour. Tiens ! Une horde de pigeons passe dans un tumulte de battements d'ailes et de roucoulements. Les volatiles se dirigent surexcités vers l'extrémité de la jetée. Sarah fait de même, ne pouvant espérer meilleurs cicérones.

12 h 51. Elle le trouve enfin. Il est tout au bout, au-delà de l'imposant silo et d'une clôture éventrée. Il est là où il n'y a plus de moulin, mais une sculpture en fonte haute de 15 mètres blanchie par les fientes. Une œuvre splendide, qui fait pourtant piteuse figure dans cette friche envahie de mauvaises herbes. Le Phénix y est, entouré des pigeons qu'il vient de repaître, c'est la fiesta. Et alors que les commensaux s'en mettent plein la panse, lui se tient immobile, contemple la sculpture abstraite dressée au milieu de nulle part. Pour ne pas l'effrayer, Sarah avance en chantonnant un air guilleret, sa recette infaillible pour une approche en douceur. *Can't you hear a pitter-pat…*

L'homme demeure statique. Les bisets se font moins bruyants, certains dodelinent leur petite tête. La femme avance et fredonne avec la légèreté d'une bulle. *And that happy tune is your step…* Elle est tout près, il ne s'enfuit pas (les oiseaux non plus), c'est déjà ça. On jurerait même qu'il prête l'oreille. *Life can be so sweet...*

Ça y est, il se retourne vers elle, mais sans la regarder tout à fait, il regarde rarement les gens dans les yeux. Ce regard, même fuyant, happe Sarah. *Ces yeux!* Sont-ils bleus? Sont-ils verts? Ou vert-de-gris? Elle n'a jamais rien vu de tel. Et pendant qu'elle se perd dans ses iris, les lèvres du vagabond s'agitent. De sa voix trémulante, il finit par compléter la ritournelle. *On the sunny side of the street.*

Ce qui ramène Sarah sur terre. *Eh ben!* La voilà partie du bon pied. Elle lui tend un gobelet de café qu'il accepte d'une main, celle qui tremblote tout le temps. «Bonjour soldat, vous allez bien aujourd'hui?» Elle attend quelques secondes, le laisse siroter avant de poursuivre. «Aujourd'hui, avez-vous la fleur au fusil?» Les mots paraissent le secouer un peu, il les remâche. «La fleur au fusil... La fleur au fusil...» Puis un spasme le secoue.

— S'il vous plaît, Florence, quelle heure est-il?

Florence? Il y a erreur sur la personne. Sarah enregistre cependant ce prénom, précieux sésame vers le passé de l'homme. Elle poursuit le jeu de sa voix mélodieuse, sans chercher à le reprendre. Sa présence se veut d'abord réconfortante.

— Il est l'heure de profiter d'un cessez-le-feu, soldat. L'heure de laisser le champ libre aux coquelicots.

— Aux coquelicots...

Les paroles de la samaritaine semblent le sécuriser un instant, mais vient un deuxième sursaut, ... et les mouches?

— S'il vous plaît Florence, qu'en est-il des mouches?

— Aucune inquiétude, les mouches sont restées là-bas. Ici, vous êtes à l'abri.

13 h 02. Elle contemple à son tour la sculpture, un enchevêtrement d'obélisques évidés pointant en tous sens, tels des missiles dont il ne resterait que l'armature métallique. Une œuvre à la fois fragile et inquiétante. Elle ne l'avait jamais remarquée auparavant, dérobée à la vue par les bosquets et les restes de l'ancien terminal. « Vous aimez la sculpture ? » s'enquiert-elle. Son vis-à-vis refait un examen approfondi de l'ouvrage, perplexe. Au bout d'une minute de délibération silencieuse, il rend son verdict.

— C'est en même temps lourd et léger, vide et oppressant. Comme à Gallipoli.

Comme à Gallipoli. Sarah exploite le filon.

— Mais l'art n'est jamais aussi terrible que la guerre.

L'autre se ravise, bafouille, oh non non non ! L'art n'est jamais aussi terrible !

— L'art est plutôt apaisant, non ?

— Oui. Mais Gallipoli a tué l'art, Gallipoli a tué le poète.

— Hum. C'est pour ça que vous parsemez les environs de vos œuvres ? Pour soigner vos blessures de guerre ? Pour faire revivre le poète ?

Il ne répond pas, s'enlise dans son délire. Elle l'entend dire « Et Pérouse ! Ce qui est arrivé à Pérouse ! C'est d'une ignominie indicible ! » « Qu'est-il arrivé à Pérouse ? » demande Sarah, saisie par cette soudaine frayeur. Il ne répond toujours pas, son regard horrifié reste attaché à la sculpture. Pour le calmer, elle le ramène à ses propres œuvres. « J'ai pu admirer certaines de vos créations, elles sont magnifiques, captivantes ! On en sort…

chamboulé.» Elle insiste sur le dernier mot, qui trahit le trouble que le prodige éveille en elle. L'homme ne souffle mot, il est sur le point de se refermer. C'est le moment pour Sarah de jouer le tout pour le tout, sa carte maîtresse.

Il est un air pour qui je donnerais
Tout Rossini, tout Mozart et tout Weber

Elle s'interrompt, observe sa réaction. Il ne bronche pas, ou si peu. Seuls ses yeux traduisent un certain émoi. Ils s'embuent. Comme si les vers de Nerval exhumaient un souvenir enseveli sous les décombres de sa vie. Sarah poursuit la *Fantaisie*, faut battre le fer tant qu'il est chaud.

Un air très vieux, languissant et funèbre,
Qui pour moi seul a des charmes secrets

Tressaillement du soldat. Les secousses de sa main se propagent au bras, puis au corps tout entier, font perler la sueur sur son front. On le dirait saisi d'un accès de fièvre. Il sort alors de son mutisme pour enchaîner les vers.

Or, chaque fois que je viens à l'entendre,
De deux cents ans mon âme rajeunit

Sa voix remonte de loin, ou des profondeurs. Peut-être du fond d'une tranchée. Les derniers vers sont nouveaux pour Sarah, car le graffiti déchiffré n'a révélé que la première strophe. Qu'importe, elle est heureuse de ce début d'échange. Il s'agit maintenant d'éviter les temps morts, de saisir la balle au bond. Elle lui parle de ses miniatures, des bribes de poésie dispersées sur les murs les plus crades et les plus inaccessibles du secteur, «vous avez chatouillé la curiosité de beaucoup de monde». Coup d'œil vers le Phénix, qui s'est replongé dans son mystère. On n'entend plus que le papotage des pigeons. Sarah s'accroche au filon, le creuse davantage. « Ce qui est fascinant, dit-elle, est votre approche atypique. C'est assez perturbant de tomber sur un champ de fleurs qui se transforme en champ de morts. Et signé d'un fragment de poème de Nerval, calligraphié dans la langue perdue des sultans. C'est un message politique ? »

La question lui fait l'effet d'une mouche qui le pique, la riposte est spontanée. « Politique ! Non, non, non. Rien à voir ! » Le ton tranchant effraie les pigeons, la compagnie s'envole, à 13 h 09. Le terrain est miné. Elle change de cap. « Ou alors... (prudemment) un message religieux ? » La répulsion est aussi vive, l'interrogé en frémit. « La religion, la politique, du pareil au même ! »

Voilà qui confirme ce qui, déjà, ne faisait aucun doute pour Sarah. On est loin du djihad. Elle peut enfin revenir à l'art du Phénix pour ce qu'il est. Beau. Un art dans sa finalité pure, celle qui soigne, qui apaise. Mais apaiser quoi ? De quelle guerre a-t-il réellement souffert pour être devenu ce qu'il est, à la fois torturé et brillant, ombre et lumière ? Contre quel fléau l'art lui sert-il de blindage, ou de talisman ? Les tranchées de Gallipoli ne sont qu'un écran de fumée, *elles cachent une autre bête*. Sarah veut savoir sous quelle mauvaise étoile est né son naufragé. Et la clé de l'énigme réside dans ses œuvres. Pour pénétrer les arcanes de son monde, il faut recourir à ses instruments, c'est-à-dire aux couleurs, aux notes, aux mots d'esprit. Il faut utiliser sa poésie, là, tout de suite, rétablir rapidement le lien de confiance... Baudelaire à la rescousse !

— *Qui aimes-tu le mieux, homme énigmatique, dis ?*

Lentement, il se décrispe. Sarah poursuit.

... ton père, ta mère, ta sœur ou ton frère ?

Incapable de tenir plus longtemps, le Phénix se livre au jeu. Ses yeux s'allument, son ton se réchauffe.

— Je n'ai ni père, ni mère, ni sœur, ni frère.

Dans le mille. Elle enchaîne.

— Ta patrie?

— J'ignore sous quelle latitude elle est située.

— La beauté?

— Je l'aimerais volontiers, déesse et immortelle.

Pendant la joute, elle l'observe, l'ausculte. On le dirait presque enthousiaste.

— Eh! qu'aimes-tu donc, extraordinaire étranger?

— J'aime les nuages... les nuages qui passent... là-bas... là-bas...

Le rêveur ne l'a toujours pas regardée. Néanmoins, Sarah voit poindre sur son visage un sourire de connivence. Régine n'avait pas tort, il faut le mettre en face de ses vers. Et il se trouve que la travailleuse sociale a bien assimilé les poèmes calligraphiés le long du canal, chacun d'eux décrypté grâce au précieux concours de l'universitaire.

L'homme avale d'un trait le reste de son café. Elle lui tend le panier-repas, «c'est jour de ratatouille». Il fixe le récipient, soucieux. Sarah le rassure, «aucune mouche, cent pour cent végé». Ce qui le tranquillise, mais il mange peu, ne fait que picorer. *Comment arrive-t-il à survivre?* Il faut bien qu'il se nourrisse! Comme elle se pose la question, lui s'exclame:

— Oh Florence, vous êtes si gentille avec moi et je n'ai pas de bouchées pour vous aujourd'hui!

Sarah est surprise. Des bouchées?

— Vous apportez des bouchées à Tuan?

— Oui, Vân Minh adore mes collations.

Sarah est devenue Florence et Tuan est Vân Minh. *Et ce dernier adore les collations.* C'est dire que le Phénix a accès à une cuisine. « Soldat, comment arrivez-vous à trouver votre nourriture et à la préparer ? » Il se renfrogne aussitôt. *Il a peur*. Vite, orienter la discussion ailleurs. Ce qui l'amène vers cette miniature dénichée dans la gare de triage, wagon-citerne rempli d'un désert. « Vous venez d'un pays aride ? » Il répond sans relever la tête, occupé à mastiquer un morceau d'aubergine. « Non. De plus loin. » Il déglutit.

Plus loin ? C'est à ne rien comprendre. *Réfléchis ma vieille.* Elle se concentre sur une autre image, sous-jacente, cette tour apparaissant en trompe-l'œil.

— Vous venez de Babel ?

— Babel, oui. Je suis de Babylonie.

Elle tient quelque chose.

— Donc, vous venez du Moyen-Orient ?

Il attaque un bout de courgette.

— Non. Le Moyen-Orient, non.

On revient à la case départ.

— Bon. Vous êtes Babylonien.

Lui répète.

— Oui. Je suis Babylonien.

C'est loin, en effet. Il ajoute :

— Je viens de partout, je viens de nulle part.

Il est apatride, conclut Sarah, pleine d'empathie. Elle cesse l'interrogatoire, c'est de toute façon sans issue. Les deux se taisent. 13 h 27. On n'entend que les bisets, qui n'ont pas mis de temps à rappliquer. D'abord un, puis deux, et le reste de la troupe. Le Phénix n'a pas touché à sa tranche de pain, sinon pour l'émietter du bout des doigts et la disperser aux oiseaux, magnanime. Sans doute est-il ici, maintenant, à peu près dans son élément, c'est-à-dire dans cette zone négligée du Vieux-Port, dans son bush, avec ses pigeons. C'est un bonheur limité, voire *d'occasion*, mais c'est le plus heureux qu'il puisse être, songe Sarah. Les choses étant ce qu'elles sont, elle se demande comment elle arrivera à traîner le timoré là-haut, dans un centre de recherche universitaire. C'est mission impossible, vaut mieux lâcher prise. Elle décide d'imiter le colombophile en dirigeant son attention vers les oiseaux. Lesquels engouffrent les miettes de pain comme s'ils n'avaient rien avalé depuis des siècles, le spectacle la fascine. Un curieux parallèle apparaît entre la boulimie des pigeons et celle du Phénix pour n'importe quelle bribe de beauté. Sans détacher les yeux des gloutons, Sarah se surprend à penser tout haut: «Un poète grec, je ne sais plus lequel, disait que les arts pouvaient soigner un mal mieux que la science.» L'autre lève la tête, intéressé. «Mon amie Régine en a fait sa profession, persuadée que la musique peut soulager les maux mieux que les médicaments. Elle y travaille avec un zèle infatigable.»

Il se remet à contempler ses oiseaux.

«C'est une spécialiste dans le domaine, je l'admire beaucoup. Parce que l'art a un potentiel thérapeutique phénoménal, n'est-ce pas?» Il lève un sourcil, sans plus. Sarah n'insiste pas, se tourne vers le Saint-Laurent, observe le va-et-vient des hors-bord, des bateaux-mouches et des goélands. L'amphibus du Vieux-Port vient de plonger dans l'eau, y va de ses rituelles ablutions pour amuser les touristes. Au loin, vers l'est, un gros porte-conteneur fait son apparition. C'est fou comme elle aime ce fleuve. Qu'il soit serein ou agité, le matin ou l'après-midi. À ses pieds, les ripailleurs ont tout englouti, n'ont rien laissé, pas même une miette.

— C'est Théocrite, lance le sans-abri tout bonnement.

Sarah sursaute, elle n'attendait plus de réaction.

— Qui ?

— Théocrite. Le poète grec.

— Ah !

13h35. Vers l'est, le porte-conteneur prend de l'ampleur, s'approche de la voie maritime avec l'indolence des mastodontes. Le Phénix le guette, tel un gardien de phare. Puis, le regard toujours braqué sur le cargo, il se met à soliloquer en grec. À la fin de sa déclamation, l'auditrice lui demande gentiment de bien vouloir traduire pour elle. Ce qu'il fait sans ambages, le truchement est sa force :

Muses, pour arrêter un mal dans son essor,
vous faites souvent plus que la science et l'or

Il cite Théocrite en souriant, ce qui enthousiasme Sarah. C'est une chance, lui fait-elle remarquer, que les paroles d'un poète aient résisté à tant de siècles. Oui, dit-il, en reprenant son sérieux. « À des siècles de sauvagerie… De Théocrite à Verlaine, deux mille ans de résistance. »

Verlaine ?

De la musique avant toute chose,
Et pour cela préfère l'Impair

De la musique avant toute chose. Sarah saisit le lien. Les poètes se comprennent, qu'importe la langue ou l'époque.

— Vous êtes un puits sans fond d'érudition !

— Sans fond, sans fond. C'est horrible, Florence !

Le Phénix est surtout un puits d'angoisses. Il a manifestement besoin d'aide, Sarah entreprend d'évoquer à nouveau l'amie docteure.

— Régine pourrait soigner vos blessures de guerre, par la musique.

— De la musique... De la musique avant toute chose..., répète-t-il.

Elle persiste, mentionne le laboratoire et sa banque de pièces musicales, ses appareils parmi les plus sophistiqués en matière d'imagerie cérébrale. Mais son plaidoyer est interrompu à 13 h 43 par la sirène assourdissante du porte-conteneur, maintenant tout près. Sur le point de s'engager dans la voie maritime, il rugit deux fois. Le vacarme est tel qu'il laisse la travailleuse de rue abasourdie, les oreilles bourdonnantes, il lui faudra de longues secondes pour s'en remettre. Lorsqu'elle se tourne enfin vers son protégé, c'est la débâcle. Un tir d'obus aurait eu le même effet sur ses nerfs, il est frappé d'une terreur folle qui le fait se voûter. Il chancelle, tombe, se relève claudicant, son corps secoué de convulsions, sa tête prise dans l'étau de ses doigts. Sarah n'a jamais vu autant d'effroi, en dehors de l'œuvre expressionniste de Munch. Avant qu'elle n'ait pu réagir, l'homme disparaît dans un bosquet. Elle reste clouée sur place, bouche bée, c'est à peine si elle s'est remise à respirer.

Beau gâchis.

Lui vient alors à l'esprit un autre graffiti déchiffré, précisément le texte accompagnant cette tour au milieu du désert. *Ô que le génie et la folie se touchent de bien près.* Diderot ne croyait pas si bien dire. Pourra-t-elle un jour regagner sa confiance?

Sarah ramasse les restes du panier-repas étalés sur le sol. Trop ébranlée pour retourner à l'Accueil, elle décide d'appeler Régine. Laquelle répond vite, le doigt sur la gâchette.

— L'as-tu vu? Lui as-tu parlé?

L'appel était attendu.

— Tu pourrais commencer par dire bonjour.

— Bonjour... Et puis? L'as-tu cuisiné, le pigeon?

Sarah trouve l'analogie douteuse.

— Arrête, je suis pas d'humeur.

— Toi? De mauvaise humeur? Oh la la! Ça s'est mal passé avec le Phénix.

— Disons que ça s'est terminé en queue de poisson. À cause d'une sirène.

En queue de poisson, à cause d'une sirène? Régine pouffe, elle adore les analogies douteuses. Son interlocutrice croit bon préciser «la sirène d'un bateau, évidemment».

Les événements sont racontés dans les détails: la sculpture, l'art qui soigne, la poésie de Nerval, Baudelaire, Théocrite, Verlaine. Et l'absence manifeste d'appartenance nationale, politique ou religieuse, sauf peut-être cette sympathie marquée pour la poésie française du 19e siècle. «Et il m'appelle Florence, comme s'il me confondait avec une autre femme.» Silence au bout de la ligne. Florence?

— Un prénom français.

— Ou anglais.

En fin de compte, il y a des Florence partout, en Europe comme en Amérique et Dieu sait où encore. Rien pour percer ses origines.

— T'as pas pu lui tirer les vers du nez?

— Oui, d'une certaine manière. T'es bien assise? Il vient de loin.

La chercheuse est tout ouïe, «vas-y, tu m'intrigues».

— Il est Babylonien.

Deuxième silence. L'universitaire médite.

Puis en arrive, à peu près, au premier raisonnement de Sarah.

— Il vient d'Irak.

— Non, de Babylonie. Il insiste.

Hum. En effet, c'est loin. Régine ne peut faire autrement qu'ironiser.

— En fin de compte, ça tombe sous le sens. (fou rire)

— Moi, je pense qu'on n'est pas plus avancées.

Décidément, elle n'est pas d'humeur. Régine, elle, rit franchement. Elle trouve la tournure des événements distrayante, à en oublier les arias du jour. Lorsqu'elle finit par se contenir, à 14 h 08, un éclair lui traverse l'esprit, elle en perd presque l'équilibre. Replongeant dans la miniature du wagon-citerne, elle revoit le désert, la tour, se revoit surtout à plat ventre à se pâmer pour une calligraphie qui en laisse entrevoir une autre, tel un palimpseste. *Cette écriture presque effacée.* Elle sait où elle l'a déjà vue.

— T'es encore là ? demande Sarah. Ou tu t'es étouffée dans ton fou rire ?

Régine ignore la moquerie, trop absorbée.

— Tu te rappelles nos cours d'histoire du monde ? glisse-t-elle, en pleine cogitation.

Euh... Sarah se rappelle que les Égyptiens ont érigé des pyramides, que les Grecs ont philosophé et que Rome ne s'est pas faite en un jour. C'est en gros ce qu'elle a retenu d'un cours d'histoire remontant au début de son adolescence. Le reste a été vidangé, ce qui est compréhensible au bout de trois décennies.

— Je peux pas croire qu'il te reste des reliques de ce cours.

Régine n'a pas vraiment de mérite. Elle a fouiné, il y a peu, dans le manuel d'histoire de son fils, par curiosité, « pour voir si Rome était toujours Rome ».

— Tu penses que l'Antiquité a beaucoup changé depuis ?

— T'es grinçante aujourd'hui, on dirait que je déteins sur toi.

Vrai, Sarah n'a pas l'habitude de décharger sa bile. C'est la débandade du midi qui l'a dépitée, *tout avait pourtant si bien commencé.* Elle s'excuse pour l'humeur maussade, « mais où veux-tu en venir, au juste, avec ton livre d'histoire ? ».

— À la Mésopotamie.

Sarah déterre quelques vestiges de ses leçons d'histoire. «Berceau des civilisations?» Oui, répond la scientifique, mais surtout, berceau de l'écriture. Dans le bouquin de Lucas, Régine est tombée sur une image montrant son évolution au Moyen-Orient, du simple pictogramme à l'écriture cunéiforme. Celle-ci a été employée pour écrire une épopée dont Régine a oublié le nom, la première œuvre de la littérature universelle. «On en voyait un fragment dans le manuel de Lucas.» L'exposé ranime Sarah, dont la mine sombre passe au rosé. Elle aussi commence à faire des liens, elle aussi se revoit à plat ventre sous le vieux wagon-citerne. Attends, dit Régine, j'essaie de te retrouver l'épopée. À 14 h 16, elle invoque le seigneur Google. Qui exauce sitôt sa requête.

«L'épopée de Gilgamesh.»

C'est le nom donné à cette œuvre originelle gravée sur l'argile en employant une écriture dense, taillée en pointes. Régine a le fragment de tablette sous les yeux. «Je te l'envoie.» En quelques décasecondes, la tablette millénaire parvient à Sarah, qui scrute l'écran de son téléphone, considère l'artefact. Les sourcils se froncent.

— Oui, ça ressemble à ce qu'on a vu sous le wagon.

Ton Phénix, j'en mettrais ma main au feu, se donne pour mission de ressusciter non seulement les poèmes, mais les écritures mortes.

Dont celle utilisée dans un des plus vieux récits du monde. Il n'en fallait pas davantage pour redonner à Sarah sa belle humeur.

— Régine, t'es géniale!

— Le génie, c'est plutôt lui. On dirait un de Vinci qui s'ignore.

— Et qui vagabonde ici, à Montréal, s'excite Sarah.

Un synesthète, d'ajouter Régine, qui use de tous ses sens pour emmagasiner de la beauté. Tout ce qui est lumineux ou qui l'a été à un moment de l'histoire. Un traqueur de splendeurs, qu'il redistribue comme des miettes de pain aux pigeons : le piano public, la soupe populaire, les miniatures... Et cette poésie calligraphiée comme des palimpsestes de mondes oubliés.

— C'est un chevalier errant, murmure Sarah.

— Avec la police fédérale à ses trousses.

La travailleuse de rue repense au tête-à-tête abruptement interrompu. Elle en est persuadée, le Phénix est poursuivi par un cauchemar bien pire que la Gendarmerie royale. Un passé invivable qu'il cherche à ensevelir sous les pierres d'un art absolu.

— Si tu l'avais vu après les coups de sirène, il m'a fait penser au tableau de...

— Munch ? *Le Cri* ?

Régine a cette fâcheuse tendance à vous couper pour compléter les phrases à votre place. « Oui, *Le Cri*. » Ou une angoisse sans nom, qui, pareil à un cheval qu'on éperonne, le pousse à courir les mains plaquées sur les tempes, son corps tordu par les spasmes. « Je te jure, il m'a presque convaincue qu'on allait recevoir un obus sur la tête. » La neuropsychologue reconnaît les symptômes du trouble de stress post-traumatique.

— Il ne parle que de la bataille de Gallipoli ?

— Et de Pérouse. Il est arrivé quelque chose d'épouvantable à Pérouse, mais j'ignore quoi.

Pérouse ?

C'est où ? Régine se précipite sur Wikipédia. Ce qui, à la fin, ne fait qu'aggraver la confusion. Il y a une Pérouse en Italie, en France, en Allemagne, en Australie. *Qu'est-il arrivé à Pérouse?* Sarah en ajoute:

— On dirait qu'il a fait toutes les guerres. À l'Accueil, on l'a entendu parler de la Première et de la Deuxième Guerre, de la chute de Saigon aussi. Sauf qu'il a l'air trop jeune pour avoir fait même le Viêtnam. Ça laisse quoi? L'Iran, l'Irak, le Liban, la Bosnie...

— Peut-être. Mais on n'a pas besoin d'être un soldat pour vivre un stress post-traumatique.

Soit. Toujours est-il que l'homme a dû souffrir atrocement pour réagir de cette façon à un coup de sirène, les deux femmes en conviennent. *C'est criant.* «La prochaine fois que survient ce genre de crise, la somme Régine, sors ton téléphone et filme-le. Même par voie détournée, je peux étudier son cas avec Timothy. Encore que le mieux est de pouvoir l'examiner en personne.»

Sa requête formulée, soudain elle hésite. *L'examiner en personne?* Elle s'imagine avec le miséreux dans son laboratoire, elle qui a l'indigence en horreur. Elle pense aux loques, aux poux, aux punaises.

— Peux-tu lui donner une douche et des vêtements propres avant de me l'emmener?

— Régine! Franchement!

Sa condescendance est sans bornes.

— Il est propre, insiste Sarah, il se lave comme toi et moi! Et si personne ne sait où, il est évident qu'il se douche, parce qu'il sent bon le savon. D'ailleurs, je pense que son aversion pour les poux est plus forte que la tienne.

Ce qui en bouche un coin à la dédaigneuse.

— OK. Emmène-le au labo, on va mettre le doigt sur sa guerre.

— C'est pas faute d'avoir essayé. Je lui parlais justement de toi quand…

— Quand la sirène lui a fait péter les plombs ?

Londres, Grande-Bretagne, octobre 1940

20 h 02. Il pleut sur Londres.

Rien de nouveau, dira-t-on. Sauf qu'il pleut sur Londres depuis près de deux mois. Rien de nouveau, diront encore les cyniques. Sauf qu'il pleut des bombes, sans relâche, depuis au moins quarante nuits.

Depuis au moins quarante nuits, immanquablement, les sirènes de la ville rugissent à la chute du jour. Le signal le plus hérissant qui soit pour les résidants de la capitale britannique, puisqu'il avertit de l'approche des bombardiers de la Luftwaffe. Un concert de sirènes qui vous pénètre jusqu'à la moelle, vous intime sa discipline martiale : aux abris !

Ceux qui en ont les moyens ont quitté la ville il y a belle lurette, se sont retirés à la campagne. Ceux qui restent se terrent comme ils peuvent. Certains disposent d'une cave, d'autres d'un abri à demi enfoui dans le jardin. On s'entasse la nuit dans ces niches métalliques suintantes d'humidité, qu'on dit à l'épreuve de tout, hormis du froid et de la boue. Ceux qui n'ont ni cave ni jardin se réfugient dans les abris collectifs établis dans tous les districts de la métropole : sous-sols de bâtiments publics, cryptes, tunnels de métro. Les Londoniens que la promiscuité rebute ne bougent pas d'un poil à l'injonction des sirènes, ne vont ni à la cave ni aux abris.

Stoïques, ils poussent l'audace jusqu'à passer la nuit dans leur propre lit, en dépit du déluge d'acier. Confiants en leur bonne étoile, ils ont la foi ou le goût du risque, parient chaque soir à la roulette allemande. Or, même quand on joue l'indifférence on ne dort pas bien dans l'enfer du Blitz. Comment fermer l'œil quand là-haut bourdonne l'aviation germanique, qu'ici-bas retentissent les tirs de barrage, que sifflent et détonent tant de bombes que les murs en tremblent et les vitres éclatent? C'est ainsi depuis près de deux mois, la ville subit nuit après nuit son lot de destruction, les escadrons allemands tracent leurs sillages d'incendies et de ruines. Voici la guerre éclair, une tactique qui a déjà permis aux nazis de conquérir tout un continent, ou presque, reste l'île britannique. Qui résiste bien qu'acculée, désormais seule devant Goliath après la capitulation de la France. Les raids aériens harcèlent quotidiennement les Anglais telles d'impitoyables nuées de guêpes. Étrangement l'ennemi ne débarque pas, non, pas encore, ne fait qu'envahir le ciel nocturne en crachant sa pluie de projectiles. C'est le stratagème du führer pour miner le moral de l'Anglais, casser son légendaire flegme. Avant l'ultime invasion.

Mais Londres résiste, toujours, en cette énième nuit de cauchemar. Grâce à une armée de volontaires, ces milliers d'hommes et de femmes de la défense civile. La nuit durant, alors que le commun des citadins se tapit sous terre, eux plongent au cœur de la tourmente au péril de leur vie, ils veillent, rapportent, prêtent secours et éteignent, du mieux qu'ils peuvent, tous les feux tombés du ciel. Ils sont autant de vigiles, de secouristes et de pompiers œuvrant dans l'obscurité, au sens propre, les autorités ayant ordonné le black-out, tous phares, lampadaires et néons éteints, les fenêtres bouchées. Le moindre filet de lumière est un appel au diable, un point de repère pour les chasseurs d'Hitler. À la nuit tombée, voilà la plus grande ville du monde qui disparaît dans les ténèbres, ce qui complique la tâche des pilotes ennemis comme celle de la défense civile. Dont fait partie la jeune Florence Gingell, née Florence Rochat, ambulancière volontaire.

Bien que d'ascendance suisse, Mrs Gingell n'en est pas moins londonienne de naissance et une citoyenne britannique exemplaire. Elle rejoint chaque soir la station de Paddington d'où elle accomplit son service à la patrie, guettant avec les collègues le retentissement des sirènes d'alerte. Dans la salle commune, le tic-tac obsédant de la pendule devient celui d'une bombe à retardement. En attendant les premiers appels d'urgence, Florence passe le temps et sa nervosité en enchaînant les carrés magiques ou les mots croisés du jour. Elle en fait une véritable boulimie, jongle insatiablement avec les chiffres et les lettres pendant que les consœurs disputent une partie de whist ou feuillettent le *Daily Mirror* en grillant une cigarette. Chacune tue le temps à sa manière, tout en restant sur les dents. Car elles beuglent infailliblement, les sirènes, ce soir elles beuglaient déjà à 19 h 43, suivies du bourdonnement caractéristique des horribles guêpes germaniques et du sifflement des premières bombes incendiaires. Les plus insidieuses. Tous les soirs Florence prie pour que les vigiles étouffent à temps un maximum de ces petites pestes, puisque ces feux en apparence anodins éclairent la voie aux autres bombes, explosives. Et si l'eau et le sable viennent à manquer pour éteindre les incendiaires, la ville est ipso facto secouée par une cascade de déflagrations funestes. Entrent alors en scène les pompiers, les secouristes et les ambulancières de la trempe de Mrs Gingell. Ce soir, pas de chance. Paddington passe à la casserole.

Le téléphone sonne à 20 h 22 dans le bureau de la cheffe de station, ce qui fait tressauter les volontaires, comme tous les soirs quand retentit le premier appel. On interrompt la partie de cartes, on retient sa respiration.

Chacune perçoit le sérieux de la situation aux quelques mots prononcés dans le combiné, des paroles rationnées, à l'égal du reste. Le ton de la superviseure est grave, la tension palpable dans le grattement nerveux du crayon sur la fiche. Nouveau tressaillement général lorsque le combiné est raccroché. Sans attendre, la cheffe instruit ses troupes. On rapporte l'effondrement d'un immeuble résidentiel sur Hyde Park Street, «ça sent mauvais», une dizaine d'habitants enterrés sous les ruines. La fiche est transmise à Florence et sa coéquipière Emily, à la tête du convoi. Enfilant casque et pardessus, les volontaires se ruent dans le garage où elles s'engouffrent dans leur véhicule attitré, une camionnette de livraison convertie en ambulance. Conductrice désignée, Emily doit galérer dans le black-out avec des phares délibérément voilés, doit aussi composer avec le triste état de la chaussée, défoncée ou obstruée de débris. Emily est prompte malgré tout, elle pense aux gens ensevelis sous les décombres de leur appartement, peut-être sont-ils toujours en vie. *Quelle horreur!* se dit Florence, mieux vaut recevoir une bombe directement sur le crâne, mourir sur le coup plutôt que d'agoniser à petit feu sous des tonnes de gravats. La jeune femme en est convaincue, il n'existe pas de mort plus effroyable que celle d'être enterré vivant, condamné à une lente asphyxie. Le genre de tragédie auquel elle assiste à répétition, ce qui n'est pas sans alimenter une claustrophobie déjà bien ancrée. Ce qui explique aussi pourquoi elle préfère, lorsque pleuvent les bombes, rester dehors à secourir les infortunés de la nuit. De sorte qu'à 20 ans, elle a déjà une grande expérience de la vie. Et de la mort. Qui l'eût cru, elle qui n'était pas destinée à la nuit, mais aux lumières.

Depuis sa naissance, Florence brille par son intelligence. Polyglotte de par ses racines anglaises, romandes et alémaniques, l'apprentissage des langues est pour elle un jeu d'enfant. Elle a également la bosse des mathématiques, ce qui, après tout, n'est qu'un langage de plus.

On la dit prodige des lettres comme des chiffres. Elle-même s'explique mal d'où lui viennent ces facultés, simplement qu'elles lui viennent spontanément. Alors qu'elle s'appelait encore Miss Rochat, elle décrocha une bourse qui lui ouvrit les portes de l'Université de Cambridge, un privilège rarissime chez la gent féminine. Des études qu'elle abandonna pourtant pour devenir Mrs Rupert Gingell, dès lors que le devoir d'une fille de bonne famille est de prendre mari, et non diplôme. Pour bousculer davantage la donne, la guerre éclata au moment (à peu de chose près) où elle épousa son Rupert, un commandant de la Royal Navy. Le mari mobilisé quelque part sur l'océan Atlantique, Florence se trouva vite seule dans son appartement du West End à compter les heures d'une guerre d'abord discrète, entre deux permissions du commandant Gingell. Pour tromper l'ennui de cette Phoney War, quoi de mieux que les jeux de calcul ou d'esprit ? Des acrobaties cérébrales devenues un lot de consolation à plusieurs abandons. Puis les Allemands crevèrent le ciel londonien, au moment (à peu de chose près) où l'embryon d'un petit Rupert commença à lui causer des nausées. Florence ne compta plus les heures, mais les bombes. Les premiers raids de septembre lui furent particulièrement insupportables, tapie avec ses voisins dans une cave glauque à appréhender, pas tant la mort, mais l'espace clos évoquant la descente au tombeau. Au point que la jeune mariée courut suivre une formation de secouriste pour bénéficier de nuits de plein air, fusse-t-il vicié par la fumée d'une ville en train de flamber.

Depuis, elle accourt, soigne, rassure et compte, oui, elle compte toujours. Combien de cadavres cette nuit ? Combien d'éclopés et de sans-logis ? Dans sa tête les chiffres croissent, se multiplient et se bousculent en se teintant de rouge et de noir, ils imbibent sa mémoire tel du sang sur le coton. À tout le moins elle ne compte plus les heures, encore moins les heures supplémentaires.

Elle canalise ses énergies. Rien ne l'angoisse davantage que ses quelques nuits de congé. La patronne doit la forcer au repos, encore, si elle savait ce qui couve dans son sein. Un secret bien gardé. Florence tait sa condition pour éviter le congé définitif, elle qui a ce besoin irrépressible de rester dehors à servir la patrie, comme ce soir, 20 h 32, en route vers les victimes de cette nouvelle nuit de bombardement. Elle se sent plus utile dans la rue que nulle part ailleurs, peut estimer mieux que quiconque la trajectoire des explosives, et par suite, les pâtés affectés, les voies devenues impraticables. Elle guide Emily dans le dédale des rues jonchées de débris. À 20 h 40, l'ambulance tourne sur Hyde Park, décélère à mesure que l'air s'épaissit. Elle pénètre, à l'instar d'un vaisseau fantôme, un nuage de poussière que le maigre faisceau des phares peine à percer. Une ombre apparaît devant. C'est le vigile du secteur qui agite sa lampe torche, tâche d'orienter les ambulancières dans cette mélasse. Le convoi s'immobilise face à un amas de décombres. Trois étages d'appartements se dressaient ici le jour même, trois étages réduits à néant. Pour l'heure, Emily et Florence ne peuvent rien faire sinon attendre, rester aux aguets pendant que les secouristes déblaient les ruines à coup de pelle et de pioche. À 21 h 03, ils font toujours des pieds et des mains pour se frayer un passage vers la cave. L'un d'eux tente de communiquer avec d'éventuels survivants, il lance des cris d'encouragement en cognant sur un bout de tuyau. Mon Dieu ! murmure Emily, faites qu'il y ait des rescapés. Elle s'accroche à ce fol espoir comme une flamme à la mèche d'une bougie, tandis que le secouriste frappe le tuyau disloqué, tandis que les bombardiers allemands s'éloignent pour déchirer d'autres cieux. Florence, elle, se demande *combien de temps ?* Combien de temps peut tenir un humain sous une montagne de gravats, dans un trou noir où l'oxygène se tarit à chaque minute écoulée ? *Mon Dieu, s'il y a des rescapés, faites qu'on les retrouve vite !*

À 21 h 26, les appels des secouristes restent sans réponse. Inconsciemment, l'ardeur au travail ralentit, l'optimisme s'effrite. Autant mourir sur le coup, se répète Florence, autant mourir sur le coup ! Elle songe à cette bougie d'espoir qu'entretient Emily et dont la cire se consume à mesure qu'avance la nuit. À 22 h 29, les ambulancières s'apprêtent à rebrousser chemin, l'espoir fondu. On ne panse pas les cadavres.

«Attendez!» s'écrie un secouriste qui réclame le silence. On suspend les travaux. «Chut!» insiste l'homme.

Bing, bing.

Un tintement en provenance du sous-sol. Cet écho, même lointain, même faible, devient aux oreilles des secouristes le carillon d'une cathédrale. «Des vivants!» L'espoir renaît instantanément, l'ardeur redoublée. Les secouristes, les ambulancières, le vigile, au diable les rôles, tous retroussent leurs manches pour déblayer les décombres comme s'il en était de leur vie. On soulève des poutres, des pans de mur, l'espérance dope. Les encouragements sont lancés en chœur, «tenez bon!», «on vous sort de là!», bing, bing, bing, les bouts de tuyauterie résonnent aussi bien que des jeux d'orgue.

À 23 h 22, on extirpe des ruines un premier survivant, un garçon d'une douzaine d'années apparemment indemne, mais agité de tremblements. Dans ses yeux se lit la terreur de celui qui remonte des enfers. Pendant un moment Florence reste pantelante, cherche son souffle, on croirait qu'elle-même vient d'émerger des profondeurs. Elle retrouve vite contenance pour entourer le jeune de ses bons soins, l'enveloppe d'une couverture et d'un flot de paroles rassurantes pendant qu'on le porte vers l'unité mobile de premiers soins. À 23 h 29 émerge sa sœur, si maculée de poussière et de suie qu'on ne saurait dire si elle est brune ou blonde, mais elle est saine et sauve – c'est là l'essentiel. Le colosse qui tire la fillette du trou est un vétéran de la Première Guerre, devenu maçon en sortant des tranchées. Après avoir empilé des briques pendant vingt ans, il s'échine maintenant à tout démonter avec l'acharnement du combattant. Malgré ses airs de dur à cuire, il pleure chaque fois qu'il déterre un survivant, un instant d'ivresse pure pour lui comme pour les autres. Florence se charge de la naufragée qui s'agrippe à elle comme à une bouée, seule la vue de son frère lui fera desserrer sa poigne. Par miracle, la calamité n'a infligé aux enfants que des blessures superficielles, encore que leur mémoire en restera marquée à jamais. Tandis qu'on cherche d'autres rescapés, les gens du voisinage sortent de leur terrier, déroutés de découvrir un grand vide là où se dressait un immeuble. Eux aussi sanglotent, tant devant l'infortune de leurs semblables que pour le hasard providentiel qui les aura épargnés.

Il est minuit passé quand on extirpe la grand-mère et la mère, la première le corps inerte, tuée sur le coup, la deuxième vivante mais inconsciente, le front sévèrement entaillé. Sous le regard affolé des enfants, les brancardiers déposent la mère à l'arrière de la camionnette conduite par Emily. On la transportera à St Mary's, l'hôpital le plus près. Les ambulancières ne perdent pas de temps. Pendant que sa collègue pilote, Florence reste avec la blessée à colmater du mieux qu'elle peut les hémorragies et à la couvrir de bouillottes, l'exhortant à rester en vie. « Faut tenir bon ! Les enfants sont saufs, les enfants sont saufs... »

Pour ceux qu'elle soigne, sa voix est une berceuse. D'autant que le maniement des mots elle connaît, d'autant qu'elle peut les manier en plusieurs langues, un atout majeur au moment où des milliers de réfugiés ont trouvé asile en Angleterre. Après l'avancée fulgurante du Troisième Reich, les exilés du continent se fondent dans le creuset qu'est devenue Londres, capitale de la

Résistance. C'est ainsi qu'une population cosmopolite a investi les rues, les abris, les hôtels et les cantines mobiles où Florence s'affaire le midi. Car Florence dort peu. Ange de nuit comme de jour, elle ne s'assoupit que quelques heures en matinée, lorsque le soleil se lève sur une ville mutilée. Dès midi, Mrs Gingell reprend du service, distribue du thé et des repas chauds à ceux qui n'ont plus de toit. Cette bonté d'âme n'a rien d'exceptionnel, chacun participe à l'effort de guerre. C'est l'indispensable *home front* où les civils se démènent autant que des soldats. Dans les faits, toute l'Angleterre est blême de fatigue, rendue insomniaque à force de rester debout et de tenir tête à la tyrannie. *We shall fight in the fields and in the streets, we shall fight in the hills; we shall never surrender*. Ce sont les mots de Churchill, qui n'a à offrir «que du sang, du labeur, des larmes et de la sueur».

Minuit quarante-sept, le ciel s'est complètement apaisé. Les sirènes hurlent de nouveau, annonçant cette fois la fin de l'alerte, *all clear*. La nuit n'est pourtant pas terminée. La même ambulance conduira quatre estropiés avant de pouvoir rentrer à la station. Et dans Paddington uniquement, pour ce qu'on relate, la nuit a emporté soixante personnes, en a mutilé une centaine et fait deux fois plus de sans-abris. Quinze immeubles ont été rasés, une dizaine sévèrement endommagés, parmi lesquels une église – plus de peur que de mal, heureusement, pour les gens réfugiés dans sa crypte. Au nord, les bombes ont labouré le zoo. Mais en dépit des dommages elles n'ont fait qu'une victime indirecte, une girafe, morte de peur dans son enclos.

Le dernier protégé de Florence, grièvement brûlé, est tiré d'un hôtel particulier que les flammes ont ravagé. Une incendiaire s'est faufilée dans les combles où elle a couvé pendant des heures avant d'embraser l'immeuble, en fin de nuit. Par chance (façon de parler), St Mary's est à proximité. On y conduira promptement l'unique résidant des lieux, un étranger louant l'étage à la semaine et dont personne ne connaît le nom. Un homme réservé, aux dires du boulanger du coin. « Encore heureux qu'on ait trouvé un seul bougre dans le brasier ! Ne cherchez pas les propriétaires de la demeure, ils sont tranquilles à la campagne. » Le boulanger échauffe ainsi les oreilles de Florence, qui doit endurer son blabla pendant qu'elle installe le blessé, à demi conscient, à l'arrière de la camionnette. « Ce diable est un intellectuel, c'est sûr, les secouristes n'ont jamais réussi à le détacher de son bouquin. Voyez vous-même, il l'étreint comme une bien-aimée. Faut croire qu'il dort avec. » À 5 h 02, l'ambulancière ferme la portière au nez de l'importun. Après quoi elle finit d'emmailloter l'écorché en l'abreuvant de ses paroles réconfortantes, de ses encouragements répétés, cela, sans chercher à lui arracher son trésor noirci, qu'il tient à deux mains.

À l'hôpital, on transfère en douceur l'anonyme sur une civière. Une infirmière prend le relais.

— S'il vous plaît, lui glisse Florence, ne lui enlevez pas son livre.

— Qu'est-ce que c'est ?

Qu'est-ce que c'est ? Elle n'en sait rien, n'a pas eu le temps de s'y pencher. D'autant qu'il le garde jalousement, ce qui fait sourciller l'infirmière en chef. Manifestement, elle n'aime pas perdre son temps à des bagatelles. Déjà que sur la civière adjacente, une Bretonne égrène sans fin son chapelet, « Je vous salue Marie pleine de grâce, le Seigneur est avec vous, vous êtes bénie entre toutes les femmes… », et qu'un peu plus loin, une gamine inconsolable ne cesse de réclamer sa mère. Personne ne peut l'apaiser, surtout pas sa mère, qu'on vient de transporter à la morgue.

Dans le tumulte général se produit cet incident qui fera basculer le destin de Florence. Au moment où l'orpheline pousse des gémissements à fendre l'âme et où la Bretonne en est à son huitième *Je vous salue Marie*, voici que le grand brûlé, dont le regard vitreux est resté accroché à la silhouette angélique de sa secouriste, lui empoigne le bras. La jeune ambulancière ne l'a pas vu venir, manque de mourir d'effroi. L'homme tremble de tout son corps en lambeaux, ses yeux se font implorants. Que me veut-il ? se demande Florence, dont les muscles sont tétanisés. Lui ne desserre pas sa poigne. *Mais que me veut-il ?* La réponse vient de l'autre main, l'agonisant lui tend son précieux opuscule. Paralysée par la peur, Florence est incapable de remuer, ne serait-ce qu'un petit doigt. C'est l'infirmière en chef qui scelle son sort, impose son autorité. « Mrs Gingell, prenez ce livre qu'on puisse enfin s'occuper de lui ! » Il la fixe toujours de son regard suppliant, sa chair incendiée sur le point de s'éteindre. L'ambulancière cueille l'offrande, délicatement. Puis sans plus de cérémonial on transporte le brûlé vers l'unité de la dernière extrémité, là où on ne sort souvent que les pieds devant. Pendant ce temps, la pieuse récite son chapelet, « Je vous salue Marie pleine de grâce, le Seigneur est avec vous... », la gamine continue de réclamer sa mère, et Florence, les jambes flageolantes, cherche son souffle. « Ça va ? » s'inquiète Emily. Sa consœur ne répond pas, baisse plutôt les yeux vers l'objet encore chaud, on dirait un pain sorti du four. Il est étonnamment intact mises à part quelques noircissures masquant le titre. Pour le sauver des flammes, l'homme a dû faire rempart de son corps. Cette pensée la bouleverse, elle qui cultive les lettres comme d'autres soignent leur carré de choux, spécialement en temps de guerre. Devant le désarroi de sa collègue, Emily lui prend le bras. « Viens, on ne peut pas s'attarder ici. »

Il est 6 h, pile, lorsque la conductrice peut ramener l'ambulance à bon port. Il fait encore nuit, Londres est d'un calme irréel. Dans un rayon de lune, Emily voit la poussière retomber doucement sur la ville, comme des flocons de neige. Elle aperçoit aussi, au-dessus de Hyde Park, les reflets métalliques de ces immenses ballons qui donnent à Londres un air de fête incongru. Ce tableau surréel lui permet de digérer les dernières heures et d'aspirer au repos. Quant à Florence, elle est restée muette, n'arrive pas à effacer cette vision d'un visage, d'une peau à vif. N'a pas non plus ouvert le livre qu'elle serre contre sa poitrine.

À la station, les ambulancières passent à la salle des bassines pour le décrassement en règle avant de rentrer chez elles. Toutes sont rompues de fatigue, elles font leurs ablutions en silence. La nuit fut éprouvante dans Paddington, la pire depuis le début du Blitz. L'aube vient de se lever lorsque Florence sort de la station avec des airs de somnambule, une main sur le renflement de son abdomen, la seconde sur son sac à bandoulière, où repose le don. Elle se fond au flot de Londoniens qui émergent des souterrains en clignant leurs yeux de taupes. Chacun tente d'évaluer l'ampleur des destructions. Quels pâtés ont été ravagés ? Chacun espère trouver son logement debout. Certains sont déjà rassurés, ils sont sur leur perron à balayer les éclats de verre ; une ou deux vitres secouées, rien de bien grave. Ensuite, chacun fera ce que le Londonien ordinaire fait tous les jours, coûte que coûte. S'en aller travailler. Quant à la jeune femme peu ordinaire qui porte à la fois le germe d'une vie et le testament d'un mourant, à peine a-t-elle conscience des gens qui l'entourent, à peine a-t-elle conscience de traverser les douze intersections qui la séparent du seuil de sa demeure, franchi peu après 7 h.

En temps normal, elle en profiterait pour dormir un peu avant de rallier sa cantine. Mais cette nuit mouvementée lui a causé une telle commotion qu'elle a seulement la force de s'asseoir et de s'accouder à la table, pose son front moite entre ses mains agitées. *Non, je ne suis pas faite pour ça.* Elle qui n'était pas destinée à la nuit, mais aux lumières. Une réflexion qui la ramène à ce qui dort dans son sac, juste là, suspendu au dossier de la chaise. Florence exhume le livre. L'ouvre. Ses pages ont échappé aux flammes, ne sont qu'un brin roussies. Elles célèbrent Baudelaire, Nerval, Mallarmé, Verlaine... Un recueil de poésie française du 19e siècle. Florence tourne prudemment les pages avec cette délicatesse qui l'honore, tombe sur *L'Étranger*, sur *Le Dormeur du val*, trouve aussi *Fantaisie*, puis *Soupir*. En page impaire, la traduction anglaise de chaque poème. Et à la fin de l'anthologie, une adresse postale écrite à la main. Un hôtel sis rue de Babylone, à Paris. Le destinataire du recueil ? Ou le destinateur.

Qu'importe, il ne fait pas doute que la personne logeant rue de Babylone – *une bien-aimée ?* – doit être avisée de la tragédie survenue ce matin. Elle pense aux yeux implorants du brûlé. L'a-t-il choisie pour servir de relais ? Elle ne voit pas d'autre explication. Il a fait d'elle une messagère, ce qui l'émeut jusqu'aux larmes. Florence prend la résolution d'aller poster le colis en se rendant à la cantine. Mais elle doit auparavant y joindre une note, la rédiger en anglais autant qu'en français. Il faut avoir les bons mots. Le fardeau lui apparaît soudain lourd, elle qui est déjà accablée par la fatigue et les calamités. Aussi décide-t-elle d'aller s'étendre un peu, refaire ses forces. La nuit (si on peut parler de nuit) porte conseil. Chez Florence en particulier, dont les neurones se chargent à bloc. Les événements et les perceptions des dernières heures rebondissent d'une aire cérébrale à l'autre, s'entrechoquent, s'amalgament, se cristallisent grâce à cette mystérieuse alchimie qui rend le génie redoutable. Les déclics s'opèrent.

Peu avant 11 h elle se réveille en sursaut, soufflée par une illumination. *Ces pages roussies par le feu !*

Elle court à la cuisine où le recueil est resté sur la table, l'ouvre, plus délicatement que jamais. Elle examine chaque page, attentivement, comme un biologiste scrute sa boîte de Petri, observant les germes d'une découverte. *Ces taches sur le papier*. Les flammes ont jeté leur dévolu sur certaines lettres, une discrimination qui crève maintenant les yeux, l'arrangement trop méthodique pour être le fruit du hasard. Les aurait-on badigeonnées d'une encre invisible ? Alors ce recueil...

Blimey! Un message codé.

Que faire ? Florence rassemble ses idées. Il va sans dire que la chaleur de l'incendie a roussi ces caractères plus tôt que prévu. Cela, malgré toute la prévoyance et l'égide de son porteur. *Le porteur*. Qui est-il ? Un amoureux contraint de communiquer secrètement avec son amante ? Ou un espion. Est-il possible que l'étranger au regard implorant fût un traître à la patrie ? Un communiste, pire, un nazi ! Qui, pressentant sa mort, a voulu faire d'elle une relayeuse, une complice insouciante. L'ambulancière est prise d'un frisson.

Puis se ressaisit.

C'est qu'elle n'est pas une relayeuse insouciante. Il s'avère même qu'elle a un talent pour les jeux de lettres.

Il lui faut du thé, du thé bien fort. Elle l'aurait d'ordinaire accompagné d'un gingerbread bien épicé dont le secret est transmis de mère en fille depuis six générations. Mais voilà, en ces temps de disette, le sucre est rationné et les épices introuvables. Florence se lève, met une bouilloire sur le feu, sort un calepin, un crayon. Le thé infusé, elle se rassoit devant le recueil, le reprend du début, recopie dans l'ordre les lettres teintées d'ocre. Il en résulte une suite incohérente de plusieurs centaines de caractères, *sdnelsteirhgaueunetn*... Florence prend une longue gorgée de son remontant. Ce qui paraît à première vue inextricable, elle le sait, est en réalité déchiffrable à l'aide d'une clé, c'est-à-dire une expression ou une formule connue du destinataire seul. La clé permet d'élaborer la grille de décryptage, un énorme carré de lettres. La clé en fixe le nombre de colonnes de même que le modèle de répartition des caractères, pour que le fouillis se voie soudain débrouillé. Un procédé de chiffrement simple et éprouvé. Deuxième lampée de thé. *Je peux trouver cette clé.* Suffit d'une bonne dose de logique et de quelques notions de mathématiques.

Un calcul de fréquence des lettres peut trahir la langue source, ce qui est un excellent point de départ. *Voyons voir.* L'alphabet utilisé est latin, c'est déjà ça. Deuxième constat, le «e» est de loin le plus fréquent. Sauf qu'il l'est dans pratiquement toutes les langues occidentales. *Passons.* La présence régulière du «h» laisse présager l'anglais, peut-être l'allemand. *On avance.* Le «n» est le caractère le plus fréquent après le «e», suivent le «s», le «r»... *Oh Lord!* Elle repose son crayon.

C'est de l'allemand. Elle en est persuadée, les statistiques ne mentent pas.

Alors cet homme! Une colère sourde monte en elle. *C'est une taupe.* Elle en frémit d'indignation. Comment peut-on, jusque sur son lit de mort, abuser de la bonté des gens ! Piquée au vif, Florence sent ses neurones cracher des éclairs, elle replonge dans son calepin. *Je peux percer ce foutu code, dévoiler la formule.* Au bout du compte, tout n'est qu'algorithme. L'avantage d'exceller dans les mots croisés, c'est qu'on finit par connaître les couples et les triades de lettres, celles qui apparaissent souvent ensemble dans une langue donnée. Par exemple «ein», par exemple «der», en allemand. Bien sûr, le chiffrement scinde ces lettres, mais en les soulignant dans le message codé, on peut calculer la moyenne des écarts, ce qui donne la longueur de la clé, ce qui fixe la taille de la grille – Florence est un as de l'arithmétique et des probabilités. À 11 h 32, elle décroche son précieux sésame : 23. En divisant le total des caractères par ce nombre, elle monte une grille vide de 23 colonnes et 45 lignes.

Elle vide sa tasse, remet une bouilloire sur le feu.

Reste à découvrir le modèle de répartition des caractères. Pour cela, il lui faut trouver la formule de 23 lettres, celle qui permet de couler le méli-mélo dans la grille en suivant un ordre déterminé. Ce qui transforme, d'un coup, un fouillis inextricable de lettres en un message limpide. Une chose est sûre, la formule doit être facile à retenir pour le destinataire comme pour le destinateur. Florence se sert une deuxième tasse. Le nom d'un poète ? Un titre ou un vers de ce recueil ? Elle l'épluche aussitôt, scrute chaque segment avec ses yeux de mathématicienne.

b-a-u-d-e-l-a-i-r-e – l-e-s – f-l-e-u-r-s – d-u – m-a-l
(*non, 24 lettres*)

b-a-u-d-e-l-a-i-r-e – h-y-m-n-e – a – l-a – b-e-a-u-t-e
(*encore une lettre de trop*)

g-e-r-a-r-d – d-e – n-e-r-v-a-l – f-a-n-t-a-i-s-i-e
(*23, essayons ça*)

Sa clé en tête de grille, Florence y loge la longue suite de caractères à décrypter, glissant les 45 premières lettres sous le premier « a », enchaînant sous le deuxième « a », le troisième, et ainsi de suite, suivant l'ordre alphabétique. Elle constate vite qu'elle a misé sur le mauvais cheval. Le charabia initial devient un second charabia, même en inversant les mots de la clé. Elle retourne au recueil, le repasse au bistouri, en extrait les combinaisons de 23 lettres qu'elle considère comme jouables, les transpose à la grille avec la célérité d'une machine. Elle est si captivée qu'elle en oublie l'heure qu'il est et son quart à la cantine, en oublie de manger, ne fait que s'imbiber de thé fort, les neurones survoltés. N'empêche que chaque essai est infructueux. Les possibilités sont trop nombreuses, même une surdouée n'en voit pas la fin, *bloody hell!* C'est le rocher de Sisyphe. Florence réfléchit de plus belle, considère la question sous un nouvel angle. Après tout, ce recueil n'est que camouflage.

Soudain l'évidence s'impose, à 12 h 57. La clé est allemande.

L'ambulancière remet une bouilloire sur le feu, reprend son jeu d'essais et erreurs, cette fois, en trouvant son inspiration chez les poètes germaniques. Quels sont les incontournables? Hölderlin? Schiller? Non, trop 18e siècle. Plutôt Heine, son livre de chants – *Buch der Lieder*. Ou Nietzsche, *Humain, trop humain – Menschliches Allzumenschliches*. Non, se dit la jeune Anglaise, il faut un monstre sacré.

Goethe.

Goethe, oui, à la fois poète et homme de science, Goethe l'unique, l'inégalable phénix, l'orgueil de l'Allemagne toute entière. Florence a cette intuition subite, la clé lui est associée. Quelle est son œuvre maîtresse? *Faust – Der Tragödie erster Teil*. Non. Ce doit être plus simple, une formule facile à mémoriser par n'importe quel fils de la Deutschland. Elle avale son thé d'un trait. Et si c'était seulement le nom du génie?

j-o-h-a-n-n – w-o-l-f-g-a-n-g – v-o-n – g-o-e-t-h-e
(23 lettres, pile)

Florence glisse une fois de plus le charabia initial dans la grille, suivant l'ordre alphabétique de la clé: les 45 premiers caractères sous le premier «a», les suivants sous le deuxième... Des mots surgissent à mesure que le carré se remplit, des mots à glacer le sang. Comme *bomben*. Et des nombres, des nombres écrits en toutes lettres: *einundfunfzig, sechs, neunundzwanzig*... Des coordonnées géographiques? Des sites britanniques à pilonner. *Oh Lord!*

Lorsqu'elle retrouve son calme, Florence mesure la portée de ce débrouillement. Des secrets militaires auraient été livrés à l'ennemi sous un manteau de vers, n'eût été d'un coup du sort: l'espion victime des feux de son propre camp. C'est dire que les nazis ont infiltré le commandement britannique. *Hell!*

13 h 33. Son premier réflexe est de téléphoner à l'Amirauté, où Rupert est incorporé, un numéro qu'elle peut composer sans délai. Là-bas, on saura bien l'aiguiller. La dame qui répond écoute son récit sans mot dire. Elle prolonge le silence une fois l'exposé terminé, l'ambulancière se demande bientôt si la ligne a été coupée, «hello?». La préposée médusée finit par relayer l'appel, «patientez un instant je vous prie», à sa supérieure immédiate. Qui écoute le même récit, suivi du même silence prolongé. Puis:

— Madame, ceci relève de l'Intelligence.

— De l'intelligence?

— S'il vous plaît ne bougez pas, on communiquera avec vous d'ici peu.

Une tranche de pain beurré, c'est tout ce que Florence a le temps d'avaler. En dix minutes, deux agents de l'Intelligence, un homme et une femme, se présentent à sa porte. La femme parle la première, d'une voix ferme.

— Mrs Gingell, vous devez venir avec nous à Westminster. Quelqu'un veut vous rencontrer.

De nature intimidable, Florence perd ses couleurs. L'homme la rassure aussitôt.

— Ne vous inquiétez pas, vous n'avez rien fait de mal. (jette un œil à sa montre) Il est 14 h, avant la fin de l'après-midi vous serez revenue à la maison. N'apportez qu'un manteau et le recueil.

La mention de l'heure rappelle à la volontaire qu'elle devrait être à la cantine, elle n'en blêmit que davantage. L'agente devant elle, experte dans l'art de lire dans les pensées, la décharge vite de ses tracas.

— Ne vous préoccupez pas de votre quart à la cantine, ni par ailleurs de votre service de nuit. Vous êtes libérée.

— Oh!

À cet instant, Florence réalise le sérieux de l'affaire. Elle en est mal à l'aise, elle qui a coutume de travailler dans l'ombre. Elle prend son manteau, le recueil, demande timidement:

— Nous allons sur Whitehall?

— Dans ce coin, oui.

Devant l'immeuble, une Rolls-Royce noire avec chauffeur. Les trois montent à l'arrière, Florence coincée au centre. La voiture démarre, cahote sur la chaussée défoncée en direction de Westminster. Le paysage qui défile frappe l'imaginaire; à droite, Hyde Park et sa flotte d'éléphants volants, à gauche, une rangée d'appartements luxueux que les bombardements ont rendus misérables. La guerre nivelle ainsi les classes. Près de St James's Park, la Rolls-Royce n'emprunte pas Whitehall, mais Broadway. Puis elle gagne une rue tranquille, s'immobilise devant le St. Ermin's Hotel.

14 h 29. Les deux agents descendent avec l'ambulancière, l'escortent étroitement, comme s'ils craignaient de laisser échapper une prise rare. Dans le bar de l'hôtel, désert, l'attend un homme d'âge mûr, attablé tout au fond. Il porte un chapeau qui lui obscurcit la moitié du

visage et lui confère, avec son complet sombre, des dehors inquiétants.

À la vue de Florence il se lève, se découvre et, d'un signe de tête, ordonne à ses sbires de disparaître. La jeune femme examine son vis-à-vis avec appréhension, la froideur de sa physionomie accentuée par une fine moustache, de petites lunettes rondes. Elle resserre son manteau, dépose nerveusement le recueil sur la table telle une patate chaude dont elle veut se décharger au plus vite, se défait aussi de son calepin où est consigné le message décrypté. «Je vous en prie, dit l'homme, asseyez-vous.» Florence obéit de suite, s'installe sur la banquette face à lui. «Je vous offre un verre ?» Elle secoue la tête, l'estomac noué, tandis qu'il commande pour lui-même un scotch. À son tour il la jauge, longuement. Au bout d'une minute qui paraît sans fin, ses yeux se tournent vers le recueil, qu'il ouvre à la dernière page pour désigner du doigt l'adresse parisienne. «Cet hôtel...» Il s'arrête, s'allume une cigarette le temps qu'on lui serve son whisky. Florence ne desserre pas les lèvres, ni le manteau. Le serveur s'éloigne, l'homme au complet sombre reprend. «Cet hôtel n'a rien de particulier, hormis sa situation stratégique. Il est à deux pas du boulevard Raspail et d'un autre hôtel dont la renommée n'est plus à faire. Vous connaissez le Lutetia, Mrs Gingell ?» Elle hésite en triturant son mouchoir. «Non, enfin, oui, de réputation.» Elle n'est jamais allée à Paris. Devant la candeur de sa jeune invitée, il lui décoche un sourire paternaliste, lui fait la longue énumération :

— Pablo Picasso, Josephine Baker, James Joyce, André Gide. D'illustres artistes et écrivains ont séjourné au 45 boulevard Raspail. Une véritable pépinière de talents ! C'était avant la guerre. Aujourd'hui, l'hôtel est un nid de vipères.

— Il a été réquisitionné par les nazis ?

Florence est perspicace.

Il se remet à la jauger, longuement. «Le lieu sert précisément d'antenne à l'Abwehr, le service de renseignement militaire allemand. Voilà le véritable destinataire de ce recueil, Mrs Gingell. Votre flair m'impressionne.»

Florence n'en tire aucune fierté. Elle aurait préféré que l'inconnu au visage défiguré ne soit pas un espion, mais un vrai amoureux de lettres et de poésie.

— Vous dissimulez bien mal votre dépit, Mrs Gingell.

L'homme au complet sombre lui refait ce sourire agaçant, ses yeux plantés dans les siens. Il me sonde, se dit Florence. Puis il se penche au-dessus de la table, son regard toujours pénétrant.

— Si on ne m'avait pas renseigné sur vous, j'aurais soudain des doutes sur votre loyauté.

Florence frisonne à l'idée qu'en moins d'une heure, c'est-à-dire depuis son appel à l'Amirauté, on a déjà disséqué son pedigree. Et pourquoi marteler ce «Mrs Gingell» à la fin de chaque phrase ? Comme si elle était coupable d'un crime ! Elle n'a fait que servir sa patrie, aujourd'hui plus que jamais.

— Monsieur ! Vous, qui semblez être au fait de tout, vous devez savoir que je suis une volontaire dévouée, sans malice aucune ! Plutôt que de vous intéresser à moi, vous feriez mieux de vous pencher sur ce recueil et le message qu'il cache.

Elle pousse son calepin vers lui. Lui le repousse.

— Je me fous de ce message, Mrs Gingell. C'est vous que nous sommes venus chercher.

Ce disant, il ne l'a pas quittée des yeux. Ce qui plonge Florence dans une affreuse confusion. Qui est cet homme? Œuvre-t-il réellement pour l'Intelligence? Et pourquoi cette désinvolture? On croirait qu'il connaît déjà intimement le recueil et le secret qu'il contient, on croirait qu'il en a lui-même composé le code! La femme se sent prise dans une souricière, l'affolement lui fait porter une main au bas-ventre. Un geste qui ne passe pas inaperçu. Pour la première fois, le visage du vautour s'adoucit. Son ton aussi. «Pardonnez-moi si je vous ai fait peur, ce n'était pas mon intention. Dans mon travail, on apprend vite à devenir impassible, ou on ne fait pas long feu.»

Il tire un cendrier, éteint sa cigarette. Puis s'avance davantage au-dessus de la table. «Je connais on ne peut mieux ce recueil et le message chiffré qu'il dissimule.» Sa voix devient un filet. «Parce qu'il a été conçu par mon équipe.»

Florence se crispe. Lui lève doucement une main en signe d'apaisement. Il s'explique. «L'homme qui est pratiquement mort dans vos bras est bel et bien allemand. Ce qui ne fait pas de lui un mauvais diable. Au contraire. Il était parmi nos meilleurs agents doubles. Vous comprenez?»

Non, elle ne comprend pas. Pourquoi vouloir expédier à l'Abwehr des renseignements hautement confidentiels? Pourquoi vouloir livrer à l'ennemi tous ces sites stratégiques, comme si les Anglais n'avaient pas assez souffert, comme si...

Soudain elle comprend.

L'agent esquisse un sourire de connivence. «Ne trouvez-vous pas que Londres a besoin d'un répit, Mrs Gingell?»

Oui, tout est maintenant limpide. Les coordonnées sont celles de cibles bidon, des bâtiments désaffectés, des granges abandonnées. Loin de Londres. L'homme au complet sombre avale d'un trait ce qui lui reste de scotch. Vous savez, dit-il, les Allemands sont de piètres espions. On les attrape aussitôt qu'ils débarquent en Angleterre, on dirait qu'ils se laissent cueillir. Ils font ensuite d'excellents agents doubles. Faut croire que personne ne porte Hitler dans son cœur, même dans sa propre cour.

Florence revoit les yeux implorants de l'agonisant. Elle a, dans l'instant, cette intime conviction. Qu'il ait été Allemand, Français ou Anglais, agent simple, double ou triple, ne change rien à ce qu'il brûlait de lui transmettre. Il était, avant tout – et après tout –, un amoureux de lettres et de poésie.

— Il n'est pas trop tard pour expédier le recueil à bon port, n'est-ce pas ?

— Laissez tomber le recueil. Il n'est pas le motif de cet entretien, ou si peu.

— Mais alors...

— Vous.

— Moi ?

— Oui, vous. En moins de deux vous avez dénoué un nœud gordien, comme ça, en prenant le thé du matin et après une nuit blanche. Dans mon propre service je n'ai jamais rien vu de tel. Vous êtes un génie, Mrs Gingell. Je ne vous laisserai pas croupir à Londres, surtout pas en tant qu'ambulancière.

— Ce n'est pas rien, ambulancière, chaque nuit nous sauvons des vies !

L'homme se lève et vient la rejoindre sur sa banquette, par souci de discrétion.

«Écoutez, dit-il, écoutez attentivement. Votre nouveau travail fera de vous une secouriste d'un tout autre ordre. Vous sauverez des milliers, des millions de vies. Nous parlons d'écourter cette guerre, Mrs Gingell, simplement en faisant assaut d'esprit, comme vous l'avez fait aujourd'hui. Il est question d'arrêter de subir et de penser à gagner. Oui, vous m'avez bien entendu, nous allons la gagner cette guerre, même si ça peut sembler impensable aujourd'hui, alors que nous vivons des heures difficiles. Nous allons la gagner avec un arsenal qui est fait, non pas de force brute, mais d'Intelligence. Croyez-moi, sur ce plan vous êtes une bombe, Mrs Gingell. Ce soir, vous allez faire votre valise. Vous quittez Londres.»

Florence est étourdie par tant d'exhortations et par cette journée qui n'en finit plus, ne sait que penser de cet homme qui fait irruption dans sa vie pour la chambouler de fond en comble.

— Où m'emmenez-vous? Qui êtes-vous? Et mon mari?

— À l'heure où on se parle, votre époux est déjà informé et rassuré. Puisqu'on vous emmène à la campagne, à l'abri des bombardements.

Il ne lui dit pas où, l'endroit est tenu secret. Il ne lui dit pas non plus qui il est, «dites-vous simplement que j'ai le bras long, très long, assez pour disposer d'une ligne téléphonique directe avec sir Winston Churchill, assez pour vous déchargez illico de toutes les tâches qui vous incombaient jusqu'à aujourd'hui et qui n'ont aucun lien avec les nouvelles responsabilités qui vous incomberont dès demain». La jeune femme tripote toujours son mouchoir d'une main, l'autre est restée plaquée sur son ventre, *que veut-il faire de moi?* Certes, elle a une idée vague de sa future occupation. Mais en quoi est-ce si déterminant, jusqu'à sceller l'issue de cette guerre? Le manitou ne tarde pas à lui donner des réponses.

«Avez-vous entendu parler de cette machine allemande appelée Enigma?»

Florence hoche la tête, confuse. Non, bien sûr. Son rang la place loin des secrets militaires. Il lui décrit donc cette machine à écrire, des plus complexes, qu'utilise quotidiennement l'ennemi pour crypter ses communications militaires. Un message transmis avec cette machine est encodé en utilisant une série de rotors et de câbles qui modifient automatiquement l'algorithme de chiffrement pour chaque lettre tapée. Le principe est le suivant: l'émetteur et le récepteur ont une machine réglée de la même façon, ils partagent la même clé, soit le code de positionnement des rotors et des câbles de permutation, lequel change quotidiennement. Les composantes sont nombreuses et toutes amovibles, les possibilités de réglages sont pour ainsi dire infinies, ça se chiffre en trillions. Et Hitler communique avec son haut commandement en utilisant une machine plus complexe encore, qui compte le double de rotors. «Les Allemands croient leurs codes incassables, vous me direz à juste titre.» Florence se trouble davantage, elle n'y connaît pas grand-chose aux machines. En quoi peut-elle aider? Et à quoi bon s'ingénier à déchiffrer l'indéchiffrable? L'homme au complet sombre remarque son embarras.

— Vous ne vous croyez pas à la hauteur de la tâche?

— C'est une tâche impossible! Je ne peux pas me mesurer à une machine.

— Vous avez tort de le penser. Parce que derrière chaque machine réputée infaillible, Mrs Gingell, il y a un humain faillible. Et vous savez quel est le talon d'Achille de cet humain?

— ...

— De se croire infaillible.

Il pouffe aussitôt de son petit rire circonspect. Il a beau multiplier les allusions sibyllines, songe la jeune femme, il est incapable de cacher cela, à savoir qu'il se trouve plein d'esprit. L'autre poursuit son laïus. «L'infaillibilité n'existe pas. Ou si elle existe, elle vous fragilise. Lorsqu'on est trop sûr de soi on finit par se laisser aller, par commettre quelques entorses aux procédures. Un Fritz peut, par exemple, communiquer dans un allemand clair une information jugée anodine, comme la météo, mais que le soldat d'à côté a déjà crypté en utilisant la clé du jour, la même utilisée pour donner l'heure et le lieu d'une attaque, ou le positionnement en mer des *U-Boots* – ces submersibles qui menacent chaque jour le navire sur lequel s'affaire votre époux, Mrs Gingell.»

Et il continue la liste des négligences qui font apparaître des failles dans un système présumé inviolable. C'est alors qu'entre en action l'armée anglaise de génies mathématiques, à des milles de toutes lignes de front, dans un manoir isolé de l'arrière-pays. «Vous voyez ce que je veux dire?»

Oui, elle voit. D'autant qu'il a prononcé ce mot, *U-Boot*, qui la pétrifie chaque fois qu'il est lâché, un mot qui peut faire d'elle une veuve aussi brutalement qu'une torpille est lancée. Il a bien choisi son exemple, l'homme au complet sombre. À l'évocation de ces requins d'acier, Florence sent les larmes lui monter aux yeux. Elle pense à Rupert, à l'enfant à naître.

«Je vous veux dans mon bataillon, poursuit l'homme. Car en plus d'être douée pour le chiffre et la statistique, ce qui est essentiel à la détection de ces failles, vous êtes un crack en linguistique et maîtrisez parfaitement l'allemand. Servez votre patrie comme il se doit, Mrs Gingell, c'est-à-dire avec ce qui fait votre force. En retour, vous serez la fleur de mon élite, rétribuée proprement, logée et nourrie le temps que doit durer la guerre. Nous nous chargeons également d'embaucher la nourrice qui bercera votre poupon pendant que vous serez occupée à déplacer des montagnes, parce qu'il faudrait être dupe pour ne pas voir que vous attendez "un événement". Et lorsque nous l'aurons gagnée, cette guerre, je veillerai personnellement à ce que vous repreniez les études que vous avez hélas abandonnées à l'Université de Cambridge. Vous serez un jour une sommité, je vous le prédis, même si à cette heure (jette un œil à sa montre), soit tout juste 15 h, vous êtes encore un trésor caché. À présent, Mrs Gingell, vous faites vos valises et venez avec moi.»

L'augure se rallume une cigarette, n'attend pas la réplique. Il n'y a pas de place à la réplique.

Journal d'un savant babylonien

octobre 2000

Un virtuose est avant tout un être doté d'un esprit mathématique. Qu'il soit peintre, compositeur ou poète, le génie appartient à celui qui maîtrise l'art du parfait dosage. Le grand Goethe lui-même ne faisait aucune distinction entre l'art et la science.

Couleurs, notes, lettres ou épices, la grandeur est dans la mesure, le calcul infinitésimal des proportions. Il s'agit de trouver la balance idéale des ingrédients, celle qui fera d'une œuvre un chef-d'œuvre.

De toutes les qualités du cuisinier, la plus indispensable est l'exactitude, écrivait Brillat-Savarin, dans sa Physiologie du goût.

Da Vinci, à la fois peintre, ingénieur et inventeur, le parfait représentant du génie universel. Cervantes et Shakespeare, équilibristes du verbe, connaissaient mieux que quiconque le poids de chaque mot. Bach et après lui Mozart, Beethoven, seigneurs de la mesure et de l'harmonie musicale.

Tous des mathématiciens. Autrement, comment un sourd peut composer la Neuvième symphonie ?

Même à l'avènement de la modernité, quand Picasso et Schoenberg s'ingénient à tout déconstruire, quand Breton veut tuer l'art, toujours, ils le font avec beauté et précision.

Ce qui me fait dire qu'en science, comme en art, il y a un sens à tout.

Même au non-sens.

Gare de triage de Pointe-Saint-Charles, Montréal, juillet 2016

3 h 47 de la nuit. Une nuit qui a fourni au graffeur Ángel Escobar une belle moisson, révélant une fois de plus l'étoffe du génie qu'il poursuit.

D'abord un premier joyau déniché peu après 1 h sur la jetée de la Pointe-du-Moulin, joyau attaché à cette lourde sculpture oubliée de tous. Dans l'enchevêtrement d'obélisques est apparue une autre œuvre, légère, mouvante... mélodique. Un orgue aérien suspendu au fardeau de la fonte. L'instrument a pris le tagueur par surprise, lui frappant tout à la fois l'œil, l'oreille et l'entendement. Le conquistador ne l'aurait pas remarqué, n'eût été les notes égrenées par la brise en glissant dans le jeu des tuyaux. On aurait dit des murmures lointains préservés par le vent, leur timbre variant selon la provenance des courants d'air et la position du spectateur. À 1 h 34, une bouffée a créé un long crescendo, une voix vibrante, cristalline. Pour Ángel cet ouvrage éthéré est une nouvelle preuve de l'inépuisable ingéniosité du Phénix, un spectacle à la fois musical et sculptural, rigoureusement calculé. La science dans l'art.

Et l'art dans l'art dans l'art...

Les virtuosités du maître s'emboîtent comme des poupées gigognes, architecte de l'impossible. Et cette signature orientale, minuscule, apposée sur la paroi d'un tuyau. Grandiose! Le portable a tout capturé: les notes, l'orgue, la calligraphie.

Maintenant, à 3 h 51, ce deuxième autoportrait. Ángel effleure la figure émaciée du bout des doigts. Le revoici donc, cette fois dans un wagon-tombereau hors service. Il s'est représenté dans la même posture, les mêmes loques, le même décharnement, mais le haut du crâne qui éclate en shrapnel. Une image d'une violence inouïe. *L'homme a vécu l'horreur*. De quelle sorte? On se le demande. Faut-il craindre sa propre personne pour s'autodétruire en autoportrait? Le graffeur n'a jamais vu harakiri aussi brutal, aussi poignant. Il consigne l'œuvre, comme chaque trace laissée par le prodige.

Ángel n'en démord pas. Des nuits qu'il est sur sa piste. Des nuits qu'il fouille les ruines des bas quartiers avec l'ardeur de l'orpailleur, il le cherchera encore des mois, des années s'il le faut. Dans les ténèbres du Vieux-Port et le long du canal, il a déjà tiré des dizaines d'œuvres de leur bauge, il est tel l'archéologue qui dégage des fresques dans les égouts de Rome. Or, jamais il ne le trouve LUI, le maître, en chair et en os. Le jeune Escobar espère le rencontrer en suivant ses traces, en les analysant à la loupe, pense découvrir dans leurs profondeurs quelques réponses à son incommensurable génie. Toujours ses œuvres ont deux visages. L'un n'est visible qu'après une contemplation soutenue, révélant des images et des écritures d'apparence si archaïque qu'elles semblent mortes depuis des siècles. *Comme lui*. Toujours l'ombre du trépas, omniprésent. En collectionnant ses traces, Ángel arrive à circonscrire son territoire. Ses fouilles l'amènent dans les vestiges inondés de tunnels, dans les anciens bains publics à sec, dans la décrépitude des silos, des convoyeurs, d'anciennes manufactures, mais surtout ici, dans l'enceinte de la gare de triage, surnommée «la Cité interdite». Ici, ses marques sont plus nombreuses: sur les rails, sous un wagon rouillé, sur la paroi défraîchie d'un conteneur. Cependant que l'artiste reste invisible. *Il doit se terrer dans une planque bien à lui.* Ángel songe à cette girafe tétanisée, coincée dans son étau d'acier. Si cette bête est à son image, il doit avoir fixé ses pénates dans la gare, peut-être dans un conteneur, à la fois cachot et bunker. Pour se protéger des autres. *Ou protéger les autres de lui-même.*

4 h 30. Le jour poindra à tout moment. Ángel reviendra encore bredouille de sa chasse à l'homme. Il maudit la clarté, quand il doit abandonner sa quête et se remettre à porter sa croix. Pour lui, la nuit est salvatrice alors que le jour est un cauchemar, le soleil n'a de cesse de lui brûler ses ailes. Qu'à cela ne tienne, si cette nuit n'est pas la bonne, demain ce sera. Ángel est patient. Au moment de rebrousser chemin, le pisteur discerne dans un rempart formé de conteneurs une percée qu'il n'avait jamais remarquée. *Eh ?!*

Au diable l'heure et la croix, le rôdeur s'engouffre dans l'étroit boyau.

Au-delà se déploie un nouveau monde, « ooh ! », un cimetière ferroviaire. La zone à l'abandon est constellée de wagons éventrés. Dans la lueur diffuse de l'aube, on croirait qu'ils ont été bombardés. Le cadre idéal pour les marginaux de toute espèce, le jeune homme en sait quelque chose, il n'aurait pu rêver d'un plus bel atelier. Et pourtant, aucune trace du Phénix, ni de celle d'un quelconque graffiteur. Le conquistador est devant une terre vierge, inexplorée. Fasciné par tant de possibles, il avance bouche bée, si abasourdi qu'il bute sur les restes d'une clôture. Le cliquètement du fil de fer l'arrache à sa contemplation, il se redresse, tous sens aux aguets.

Non loin de là, le bruit a réveillé le maître des lieux. Il a le sommeil léger, depuis 100 ans.

Ángel reste figé pendant de longues secondes, à l'affût du moindre écho. Il ne perçoit rien hormis sa respiration, le silence règne dans le cimetière. Rassuré, il poursuit la prospection.

Dans son repaire, le misanthrope est fort importuné par cette présence. Il sort de son terrier, furtivement, se cache derrière une vieille sapine. Il épie l'intrus, ses pas, ses moindres gestes.

Une terre vierge ! se répète Ángel. Personne n'y a mis les pieds, que de toiles prêtes à brosser ! Il sort sa bombe, cherche le support idéal, n'obéissant qu'à son instinct. Celui irrépressible de marquer son territoire, tel un chien, ou tel un grand explorateur – *cette Terra Nova est à moi*.

Seulement, il n'est pas le premier à poser les pieds ici. Il n'est pas non plus le bienvenu. Tapi dans l'ombre d'une grue, quelqu'un le guette, il n'aime pas voir sa quiétude outragée, surtout par un filou si prompt à balancer sa bombe.

4 h 47. Ángel aperçoit une épave pour lui servir de toile, se lance, se donne, s'applique à la moindre courbe. Il y trouve sa fierté, ses ailes, l'oxygène dont il est privé le jour. Il passe ainsi d'une épave à l'autre, les ressuscite tour à tour.

Le maître des lieux serre les mâchoires, son sanctuaire violé sous ses yeux. Nerveux, il se gratte frénétiquement la nuque, chasse un essaim de mouches fantômes. Il reconnaît la griffe du voyou, celui qui le poursuit depuis des semaines.

5 h 01. En vaquant à ses toiles, le graffeur remarque la présence d'une butte artificielle. À son sommet trône une citerne, elle fait penser à un petit château d'eau. Il s'approche, voit qu'une tranchée entoure le monticule de terre, elle semble fraîchement creusée. Le jeune en

fait le tour, à pas de loup. Il n'est peut-être pas le premier après tout. À l'arrière, la pente est plus abrupte et flanquée d'un mur de sacs de sable. Deux panneaux solaires le surplombent.

Son bunker.

C'est ici qu'il a établi sa baraque, il en est convaincu. «Y a quelqu'un?» Aucune réponse.

L'entrée, présume-t-il, doit être en trompe-l'œil. Ángel franchit une passerelle branlante puis longe la paroi en cherchant une brèche, la décèle lorsque le jute cède sous la pression de ses doigts. Les sacs deviennent des rideaux, qu'il tire. Une porte. *La ruse est brillante, comme d'habitude.* Il entre.

À deux pas de là, le maître frémit. Ses mains tremblent.

Dans le halo bleuté de son téléphone, le garçon réalise que cette planque est un conteneur à demi enfoui, que les sacs de sable fortifient. Inspectant les lieux, il repère d'abord un coin-cuisine. Il y a là un réchaud et des réserves considérables, de quoi survivre à une attaque nucléaire. L'essentiel pour tenir des semaines, des mois peut-être: des gallons d'eau, des conserves, des poches de café, des bougies par centaines. Et du savon. Des piles de pains de savon, *il a manifestement peur d'en manquer*, non moins que de nourriture. Sous le réservoir extérieur, un coin douche. Et sous un appareillage ingénieux de lampes fluorescentes, un jardin de verdures comestibles. Pas de doute, voici l'antre d'un survivaliste, de ceux qui craignent à tout moment un bombardement, voire la fin du monde. Inspectant plus à fond la grotte, Ángel voit un lit de camp coincé entre une bibliothèque et un établi couvert de matériel de peinture: des tubes de couleur, des encres, des pochoirs. *Son atelier*. Une ampoule est suspendue au plafond, en tirant sa chaînette, une lumière crue éclaire le bunker. Près du lit, à même le plancher, une boîte équipée d'un câble. Ángel ne l'avait pas vue dans la pénombre, engloutie dans le bric-à-brac. Il s'approche, soulève le couvercle.

Un vieux tourne-disque.

Dehors, le maître des lieux vient d'armer son mauser, tandis que le soleil perce l'horizon. L'homme quitte son affût, avance lentement vers sa bicoque.

À l'intérieur, Ángel est entièrement absorbé par sa trouvaille. Un disque repose sur la platine. La calligraphie de son étiquette s'apparente aux graffs, admirables, dénichés le long du canal. Un casque d'écoute traîne derrière l'appareil. Il le coiffe, actionne la platine, dépose l'aiguille sur le vinyle, gentiment, comme un baiser sur un front.

C'est le sortilège.

Une femme chante a cappella dans une langue inconnue. *Mais sa voix, rien que sa voix!* Ô combien lumineuse, ô combien bouleversante! La voix d'un ange, sinon d'une sirène, magnétique. On la dirait venue du fond des temps, ou d'une épopée. Le chant pénètre le jeune Escobar, prend possession de son corps, il est aspiré au bout du monde, transporté dans un siècle obscur. Cette voix qui s'étire en continu, sans jamais reprendre souffle, ça tient du supplice. *Le chant des déracinés.*

Ángel pleure. Il entend son propre calvaire. Comment peut-on ciseler ainsi une seule note, à l'infini? Comme si elle portait une histoire douloureuse, celle d'une vie, d'un peuple, d'un monde. Il revoit l'œuvre éthérée de la Pointe-du-Moulin, saisit la filiation. Il peut dorénavant rattacher toutes les œuvres du prodige à ce disque, cette unique voix. *Sa muse.* Envoûté par ce chant qui lui emmaillote l'âme et les sens, Ángel n'entend pas, derrière, les pas feutrés du maître qui regagne son antre.

Il s'immobilise à quelques coudées de l'intrus, braque sur lui son regard fou, son fusil à baïonnette.

Trop obnubilé par le tourne-disque, le jeune n'a conscience de rien d'autre. Il ne sait pas qu'il vient de profaner un autel sacré, la seule chose dans cette grotte qui mérite l'énergie du soleil, bien avant l'ampoule, bien avant les fluorescents, une voix qui vaut à elle seule toute la chaleur et la lumière du monde.

Arrive ce moment fatidique où l'aiguille termine son parcours, le chant s'éteint, et avec lui son charme. Le garçon sort de sa transe. Alors seulement a-t-il le sentiment d'une présence derrière, un courant d'air, un léger craquement. N'a-t-il pas eu le même sentiment dernièrement, dans la cabine d'un vieux pont pivotant? Cette fois, il peut l'entendre respirer. *Surtout, ne pas faire volte-face*, ne rien brusquer. «Je sais, dit Ángel, que t'es derrière moi.»

Pour réponse, une respiration haletante.

Les secondes passent, les minutes. Le jour est maintenant levé. Le jeune n'a toujours pas bougé, ses muscles tendus. Derrière, la respiration s'est accélérée, Ángel sent bientôt entre ses omoplates la pointe frémissante d'une lame. Le contact de la baïonnette sur son échine a l'effet d'une décharge électrique, un conducteur de palpitations. *Il tremble autant que moi, il a peur. Il a peut-être plus peur que moi.* «J'te cherche par admiration, juste par admiration. ¡Sólo eso!» L'énervement lui fait amalgamer sa langue maternelle et celle de la rue.

Aucune réaction derrière.

Le délinquant poursuit, il clame son innocence. «J'suis un fan, artista callejero como tú. Sans art j'suis rien, sans art j'suis mort! Tes créations... Jamais rien vu d'aussi beau, es adictivo!»

Est-ce la candeur du voyou ? La mention de la mort ? De l'*addiction* ? La tension se relâche. Ángel sent la lame se détacher de son échine. C'est le moment de faire face au mentor. Il se retourne, doucement.

Il est là, de chair et de sang.

Il est pareil à son autoportrait, ce regard d'homme terrassé. Le mauser tremble toujours, mais ne pointe plus personne. On dirait un soldat extirpé d'une tranchée, ou d'un passé lointain. Pendant qu'Ángel contemple l'objet de sa longue prospection, le Phénix l'examine de la même manière. Lui aussi voit. Il voit les joues du voyou mouillées par l'émotion, voit dans son regard comme dans un miroir, le reflet de sa propre vie et de ce qui le ronge depuis toutes ces années. L'insatiable quête.

— S'il te plaît, dit le jeune, apprends-moi.

L'autre ne répond pas. Le tagueur revient à la charge, « s'il te plaît, por favor ! ».

Cette fois la réplique ne tarde pas.

— Quoi ? ¿Qué?

Lui aussi mêle le français et l'espagnol, par un mimétisme spontané. Ángel répète.

— Por favor… Apprends-moi la perfection de ton art.

Les tremblements du Phénix se répandent des mains au reste du corps, et à sa voix.

— ¡No, jamás! Toi, tu ne réalises pas ! Tu n'es qu'un gamin, un chico, eres sólo un chico.

Les mots trébuchent d'une langue à l'autre, maladroitement, on les dirait sur un terrain brûlant.

— Tu ne réalises pas, no entiendes ! ¿La perfección? Rien de pire ! Nada peor... Une bombe à retardement ! Va-t'en d'ici, rápido, sauve-toi ! Loin de moi !

Le garçon est cloué sur place. Le soldat lève sur lui son fusil tremblant, le fixe d'un regard noir.

— Va-t'en, j'ai dit ! Ne tente pas el diablo !

Et il pousse ce hurlement effroyable d'une bête livrée aux flammes. La terreur rebondit sur Ángel, le petit rat détale, quitte le navire avant le naufrage. L'homme hurle encore lorsque le chico sort du cimetière, hurle encore lorsqu'il saute les barbelés de la gare, le cri se poursuit en un long gémissement, étouffé par les parois insonores du bunker et par le passage, à 6 h 16, du premier train en provenance de Mont-Saint-Hilaire.

Lorsqu'Ángel passe la fenêtre de sa chambre, le hurlement s'est transformé en un bourdonnement d'oreilles lancinant. Le souvenir d'un cri qui le hantera longtemps, tournera dans sa tête comme un disque, comme ce chant ensorcelant mû par l'énergie du soleil et qu'il associera à jamais à cette image obsédante du Phénix, le parfait calque d'un tableau de Munch.

Constantinople, automne 1920

Dire qu'autrefois cette ville était au centre du monde, qu'elle était la plaque tournante de tous les négoces, des marchandises les plus prisées en provenance des quatre points cardinaux. Dire qu'autrefois ses dômes étincelaient d'or, que son sultan avait trois continents à ses pieds, que sa magnanimité lui faisait ouvrir les bras aux hommes et aux arts de toutes origines.

Elle est bien pâle aujourd'hui, l'étoile de Soliman. Les splendeurs de son empire se sont fanées, son aura magnifique sur le point de s'éteindre. Le sultan est devenu la risée de l'Europe, une marionnette. Avant la guerre, déjà, l'Empire ottoman était moribond, sa capitale prise d'assaut par des étrangers tirant les ficelles du pouvoir, d'abord avec diplomatie, puis sans ménagement. À présent les vainqueurs de la Grande Guerre se disputent ses restes, à l'image d'une meute s'arrachant le cadavre d'un pacha. Dans la capitale déchue, les soldats alliés battent les rues et les venelles tortueuses. Ils sont partout, Anglais, Français, Italiens et d'autres encore, mercenaires et émissaires d'allégeances variées dont les joueurs, dans l'ombre, placent leurs pions. Sur les ruines de l'empire les pas de tous ces rôdeurs soulèvent une poussière grise imprégnée de la morosité ambiante. Les étrangers se fondent dans une population déjà disparate.

Byzance-Constantinople-Istanbul, tour à tour grecque, romaine et ottomane, tantôt asiatique, tantôt européenne. La ville-monde. Elle vous accueille que vous soyez chrétiens, juifs ou musulmans, vertu rare, une cité faite depuis des siècles de cette étoffe bigarrée qui se reflète jusque dans l'air que vous respirez. Ici, les effluves de tabac, de café et de sel marin s'entremêlent de vapeurs de charbon et de relents de poissons, de conduites d'égout vieilles comme Hérode. Nulle part ailleurs peut-on trouver une société aussi cosmopolite, à cheval sur l'Orient et l'Occident, le Sud et le Nord, entre la tradition et la modernité. Des antagonismes que délimite un estuaire, la Corne d'Or, et que relie un pont, celui de Galata, exhibé telle une icône sur les cartes postales de tous les bazars.

Le pont. Trait d'union entre Stamboul la surannée et Péra l'européenne. Notre conscrit à l'esprit vif s'apprête à traverser ce pont au moment où les muezzins lancent l'appel à la prière. Éternel soldat, le Poète s'en va comme tous les soirs noyer sa peine dans les cabarets de Galata. Entre 19 h et 19 h 10, de la rive sud à la rive nord, il aura fait le tour de la planète, croisera ombrelles, turbans, fez, képis et feutres à la britannique. Il apercevra, parmi les musulmans pressés d'aller à la mosquée, un groupe de marins grecs poussant la chansonnette, grisés par le vin et la reviviscence de la Grande Grèce, il rencontrera des porteurs d'eau, de thé ou de café aux clochettes tintinnabulantes et aux cris infatigables, des marchands turcs, arabes, perses ou juifs, remarquera une carriole d'Arméniens à la mine sombre des rescapés de naufrage, suivie d'une Citroën flambant neuve de quelque riche Levantin criant « Écartez-vous ! Écartez-vous ! » dans la langue de Voltaire – un parmi tant d'autres Occidentaux transplantés en terres orientales et qui ont su tirer parti des capitulations ottomanes. Le Poète n'a pas encore atteint la rive nord que passe le tram desservant les hauteurs de Péra. Son grincement monotone enterre un moment le sifflement des vapeurs du Bosphore et les cris des goélands. À travers les vitres du véhicule, notre conscrit entrevoit les jolies capelines des vacancières débarquées de l'Orient-Express. Elles ont le *Guide bleu* en main, ont lu tout Pierre Loti, sont en quête de romantisme et du rêve d'Orient. Ou de son fantôme. Le Poète voit l'une de ces touristes coller son visage à la fenêtre du tram, son regard rencontre le sien. Elle lui rappelle sa jeune épouse, son rossignol. Il se rembrunit.

Il est bien là le comble, l'ultime ironie du sort. Lui qui a survécu aux balles, aux grenades, aux obus, lui qui à travers mille combats a survécu aux froids sibériens, à la fournaise gallipolienne, au dénuement mésopotamien, aux poux, aux mouches farcies de germes, lui qui a vu mourir tous ses frères d'armes et qui par miracle a survécu à tout, il a même survécu à sa femme, sa muse, sa gemme, pourtant si loin des tranchées. Emportée par la grippe, comme 50 millions d'âmes de tous continents. Une réplique de la grande peste née de quatre années de noirceur inimaginable et qui a fait ex abrupto cinq fois plus de victimes que le nombre de soldats fraîchement sacrifiés au combat. Voilà la dernière couche d'annihilation recouvrant l'immense tableau de la barbarie. La ville doit dorénavant composer avec l'odeur de la mort, mais aussi les pénuries, l'inflation galopante, la corruption, les rumeurs d'une guerre civile. On dit qu'un malheur n'arrive jamais seul. En cet automne, dans ce microcosme qu'est Constantinople, l'atmosphère est viciée par la succession des calamités. Les passants se croisent d'un œil méfiant, chacun est suspect de spéculer sur le malheur d'autrui, sur la déchéance de cet empire qui n'en est déjà plus un. Chacun est suspect d'être l'Autre.

Au bout du pont, le Poète est à Galata. La destination des bougres atteints de chagrin et qui viennent y grappiller un peu de lumière, un crépuscule. Entre une mosquée et une synagogue se déploie un bel éventail de tavernes, de fumeries, de lupanars et de cabarets, des banques, des églises aussi. En terre de dissolutions les sources de réconfort ne manquent pas. Galata l'exutoire. On y rencontre des popes comme des putes, on y fume à bouche que veux-tu, la pipe, la cigarette, l'eau de rose ou l'opium. On y danse, on y boit, on s'aime ou on se bagarre, sans vergogne. L'air foisonne de notes de toutes sortes : des frémissements de harpes, de luths ou de cithares, des cantiques latins, des chœurs slaves ou hébraïques, des refrains grivois. Si Babel pouvait exister, on la situerait ici et aujourd'hui à l'ombre de la vieille tour génoise, près du port où transitent les êtres, les fortunes et les arts. Tous les soirs, le conscrit vient y accomplir son serment juré sur la tête de ses pigeons dans les ténèbres des tranchées. Chercher la beauté. Elle seule peut mettre un baume sur ses blessures. Il arrive à la trouver ici, à Galata, il arrive à la trouver ici, à Babylone. Si certaines nuits il rentre bredouille, d'autres lunes lui sont plus favorables. Il peut dénicher des joyaux n'importe où, parfois dans des taudis, suffit d'errer dans les bonnes ruelles, de tendre l'oreille. Cette nuit sera une bonne nuit, il le sent. Cette nuit, ce sera Byzance.

Son rituel commence avec un café pris sur le quai. Il aime les estaminets de bateliers, ceux qui n'ont pas de tables, seulement quelques tabourets tournés vers le détroit et sa myriade de barques amarrées. Mais les véritables rois ici ne sont pas les estaminets ni même les vapeurs qui accostent. Plutôt les volées de pigeons et de goélands. Chaque soir ils s'emparent du port, chaque soir le Poète les repaît avec un cérémonial religieux. Entouré de ses oiseaux, il regarde le soleil enflammer les eaux du Bosphore et les dômes de Stamboul. Un spectacle réconfortant qu'agrémentent les arômes de café et le clapotis des vagues sur les coques. Ce soir, parmi les voyageurs qui débarquent et les cireurs de chaussures, apparaît un bohémien. Il joue sur son violon un air qui n'a pas d'âge, le soldat écoute, absorbe, tandis que le crépuscule tombe, ajoutant à cette toile sa touche impressionniste. À l'horizon, la migration silencieuse des cigognes. *Combien ?* Combien de tempêtes endurent-elles, deux fois par année, poussées par des forces invisibles ? Elles inspirent la résilience. Sur ce quai notre conscrit élève son temple en sirotant deux ou trois cafés bien serrés, avec juste ce qu'il faut d'amertume pour lutter contre le sommeil et battre l'obscurité.

Lorsque l'horloge du débarcadère marque 23 h, il s'éloigne, enfile une de ces rues impudiques qui grimpent vers la tour. Les bordels donnent ici directement sur la rue, n'ont même pas de porte, et la moindre boîte de nuit est un Moulin Rouge qui veut renaître de ses cendres. Sur la chaussée maculée de suie dorment des chiens décharnés, que le Poète doit enjamber. Ces cabots restent nombreux en dépit des campagnes pour les éradiquer ; on les a naguère déportés par milliers vers un îlot désert où, pour survivre, ils ont dû s'entredévorer. Ce néanmoins, les réchappés se sont multipliés, leurs bandes règnent encore sur les boyaux de la ville comme elles régnaient jadis sur la cité antique. Ces chiens errants sont l'âme immortelle de Byzance. Eux aussi inspirent la résilience.

Au loin, un miaulement déchire l'obscurité, suivi d'un concert d'aboiements. Le tumulte réveille un enfant là-haut, au troisième étage d'un konak fait de ce vieux bois qui flambe à la moindre étincelle. À Constantinople, les incendies sont si fréquents et spectaculaires que les touristes s'en régalent à distance, « il ne faut les manquer pour rien au monde », dit le *Guide bleu*. Là-haut, l'enfant pleure toujours. Le conscrit s'immobilise sous l'encorbellement, lève la tête en direction des claires-voies. Son cœur se serre. Chez lui l'attend son fils. Il doit avoir quatre ou cinq ans, il ne le sait pas, ne le sait plus. Il a du mal à le regarder, ne serait-ce qu'en photo. C'est qu'il a les yeux de sa mère, ce gris-vert singulier, plein de vague à l'âme. L'enfant sera élevé par la parentèle. Lui ne peut pas, ne pourra jamais. Il reprend sa quête. Un soldat passe avec à son bras une Russe blanche. Elles sont nombreuses. Combien au fait? Combien de ces Russes blancs, aristocrates et bourgeois, qui ont traversé la mer Noire pour fuir l'Armée rouge? Ils se sont déversés en catastrophe dans le melting pot de la ville. Pour survivre, les femmes vendent leurs bijoux. Certaines, dont celle-ci, sont à court de bijoux.

Le Poète accoste maintenant à son port favori. Un cabaret qui ne paie pas de mine, mais qui est son île aux trésors. Les marches qui y mènent craquent comme des vieux os. L'étage n'a de cabaret que de nom, les murs y sont jaunis par le tabac, le plancher de bois paraît tanguer. On se croirait sur un navire. Ici, les humains sont aussi usés que les poutres. On revoit la mosaïque des peuples croisés sur le pont, sans les femmes, qui dans ce genre de lieu brillent par leur absence. On ne les verra que tout à l'heure, sur la petite scène du fond. Et encore, on ne les voit pas tous les soirs.

Il est minuit passé. Le local est bondé et déjà bien enfumé, l'atmosphère vaporeuse. Notre conscrit attablé commande son premier godet de raki. Il parcourt du regard la foule bruyante, reconnaît les habitués, repère aisément les néophytes, pour la plupart des marins de passage. Les soldats alliés occupent les tables près du bar, à chaque pays sa table. On dit «Alliés», or ils ne le sont déjà plus. Ils se regardent en chiens de faïence à l'image des espions de tous poils qui errent dans Galata. Ils viennent d'aussi loin que le Nouveau Monde.

Ainsi, cinq continents s'entassent dans un espace grand comme un gourbi de tranchée, aussi glauque, mais toujours moins glauque que les pensées qui y vagabondent. On ne s'étonnera pas de voir ces hommes, quelle que soit leur origine, chercher consolation à Galata. Certains la trouvent dans les notes, d'autres dans le raki, l'opium ou bien les belles-de-nuit. Sur la scène trône un modeste piano. On peut y jouer de tout, du classique au ragtime, ça dépend du soir, ça dépend du joueur. Une nuit, notre poète a entendu pour la première fois cette musique enfiévrée venue de l'Ouest, on dit qu'elle coule dans les veines de l'Amérique noire comme les eaux du Mississippi. C'était grisant, c'était l'équivalent, pour un explorateur, de découvrir un continent.

Minuit trente. Un homme s'installe au piano. Des spectateurs l'applaudissent, ceux venus pour la musique. Ceux-là s'installent invariablement près de la scène. Derrière, le brouhaha est incessant. Le pianiste prend quelques secondes pour se présenter dans un français approximatif – d'où qu'ils viennent les musiciens baragouinent la langue universelle. «Je suis Russe», que dit le pianiste, avec un mélange de fierté et de douleur. Dans son pays c'est la révolution, c'est surtout la débandade pour ceux qui ont le luxe de posséder un piano. Il se met à jouer.

Il joue bien.

Les notes gambadent, bientôt elles galopent à toute bride, elles sont une harde de chevaux dans la steppe eurasienne. Ce Russe est un maître, se dit le conscrit à l'esprit vif, ça s'entend. *Là-bas, a-t-il joué pour le tsar?* Combien de virtuoses se sont réfugiés à Constantinople? À la fin de la fugue, les bravos fusent aux abords de la scène. Au-delà, le brouhaha n'a pas cessé. Le Russe salue poliment son public et quitte les lieux.

Suivent des numéros de pacotille, un prestidigitateur, du french cancan, des pitres. Ils suscitent des rires gras et des «encore!» chez les militaires imbibés d'eau-de-vie. Il est près de deux heures lorsqu'entrent en scène deux jeunes chanteuses, deux sœurs, visiblement mal à l'aise. Apparaissent derrière elles deux flûtistes plus âgés, mais non moins embarrassés. Le frère et le père. Les deux filles ont le corps transi des novices, tandis que la foule masculine jette de l'huile sur le feu par une bordée de sifflements obscènes. À l'arrière ça se bidonne, ça éructe des grossièretés, ça se tape sur les cuisses. Pour le Poète, cette scène fait peine à voir. Il lit la honte dans le regard du père. La honte d'en être réduit à venir ici avec ses enfants. L'homme baisse les yeux, ne se présente même pas, commence à jouer un air descendu du vieux Caucase. Un air aussi ancien que sa flûte, dont le bois pourrait avoir essuyé le déluge. Le fils se joint au père, les deux flûtistes composent un duo lancinant. L'un fournit l'obsédante trame de fond pendant que l'autre trace la ligne mélodique, en forme de rêve agité. C'est saisissant. Non, c'est pénétrant. Cet air vous creuse les viscères à mesure qu'il progresse. Ce que ces flûtes racontent ! C'est à hérisser le poil du soldat le plus endurci, elles soufflent sur la salle un vent froid.

Arrive le coup de grâce, le chant des filles. *Ces voix !*

Elles personnifient la tragédie, l'angoisse de tout un chacun. Le chant s'étire, cherche à se hisser hors de l'abîme, s'élève, s'élève encore…

Se produit dans le cabaret un étrange renversement de situation. La honte du père se déplace vers le parterre. Les mines s'abaissent, les chaises deviennent inconfortables. Certains triturent leur verre, d'autres leur pipe ou leur moustache, un bouton de manchette.

Le chant des filles atteint bientôt des hauteurs célestes, il a l'éclat d'une étoile dans une nuit sans lune. Pour les spectateurs, c'est d'une brillance difficile à souffrir. De celles qui font ressurgir les souvenirs intenables et qui vous renvoient, tel un miroir, ce reflet grossier de vous-même. Ça ne rit plus, ça ne siffle plus, les visages des soldats deviennent blafards. Ceux qui ont connu les tranchées et les poux se grattent machinalement la nuque, alors que la mélopée poursuit son travail d'excavation viscérale. Ici et là, des sanglots s'étranglent dans les gorges. À l'arrière, un officier finit par craquer, trahi par des hoquets convulsifs, les soubresauts de ses épaules.

Quant à notre conscrit, que dire, il est foudroyé, sa respiration pantelante. *Cette voix revenue d'outre-tombe, cette voix sublime!* Ses mains tremblent, puis son corps en entier, il se revoit en cet après-midi brumeux où l'automne prit des allures de printemps. Le voilà englouti sous les flots de son Pactole, il s'y noie. Si la beauté était une note, une seule, ce serait celle-ci.

Au moment où le public n'est plus qu'un champ de ruines, au moment où le chant des filles gagne le firmament, une odeur de roussi se répand dans le cabaret. Elle atteint vite les narines des chanteuses, leur visage se crispe, leur voix se fêle. S'ensuit une clameur confuse. Des cris d'effroi achèvent de dissiper les doutes, quelque chose brûle. Peut-être ce vieux plancher de bois sur lequel est tombé, qui sait une cigarette, qui sait une allumette, les cendres chaudes d'une pipe. Ou peut-être est-ce ce projecteur installé trop près du rideau, ou encore l'embrasement d'une pellicule dans le cinéma adjacent. La cause, on ne la saura pas, les possibilités trop nombreuses. On sait seulement que le cabaret ne tarde pas à se remplir d'un brouillard de fumée, qui coupe court au spectacle. Une partie de la foule se précipite vers l'unique sortie, c'est-à-dire l'étroite cage d'escalier qui forcément refoule la marée humaine. Les soldats, eux, évitent d'instinct ce genre de goulet, prennent plutôt la direction des fenêtres. Ils sautent du deuxième étage comme s'il s'agissait d'un exercice militaire; en quatre années de guerre, ils ont vu pire.

Seul le Poète reste figé, empêtré dans son brouillard où se fondent tour à tour Naci, Dickinson et Baudelaire. *J'ai allumé mille brasiers avec une seule étincelle.* Peut-on mourir d'éblouissement? Oui. *La Beauté m'étreint jusqu'à la mort.*

Il mettra du temps à émerger de sa brume. Et ce ne sera pas pour fuir les flammes, mais pour retrouver ces voix qui lui ont glissé entre les doigts. Privé de son oxygène, il se lève, court maladroitement, imite les autres soldats en se jetant par la fenêtre. Dans la ruelle en contrebas, il crie « Où sont-elles ? » en claudiquant dans la cohue, le regard exorbité. Il a l'esprit incendié. « Où sont-elles ? » répète-t-il inlassablement aux quidams. En cette nuit de nouvelle lune, il ne les trouvera pas. Elles sont déjà loin, ont déguerpi avant tout le monde pour disparaître dans l'obscurité, habituées à s'effacer.

Ne restera qu'un souvenir, un diamant que notre poète polira avec un soin maladif pour le restant de ses jours. Ça le tiendra en vie. Une vie orientée à chercher une réplique, même pâle.

Où l'Homme, dont jamais l'espérance n'est lasse,
Pour trouver le repos court toujours comme un fou !

Journal d'un savant babylonien

novembre 2000

J'ai la conviction que l'art permet de survivre à tout. Même lorsque la vie ne tient plus qu'à un fil barbelé.

Depuis la nuit des temps, il permet d'échapper aux pires atrocités. Quand la peste noire fauche tout et qu'on meurt à la pelle, il se trouve des peintres pour cueillir le soufre et le transformer en fresque, il se trouve des sculpteurs pour ciseler la pierre et en faire de la dentelle. On a érigé des cathédrales.

Et lorsqu'on déracine l'Afrique pour planter l'Amérique, lorsqu'un esclave doit suer son sang dans un champ de coton, que fait-il pour soutenir l'insoutenable? Il chante.

On a trouvé l'art dans les tranchées de la Grande Guerre. On l'a trouvé dans les camps de la mort.

J'ai rencontré cette musicienne, centenaire, qui m'a dit devoir sa vie à un violoncelle. Une menue dame aux yeux souriants, le visage doux comme une berceuse. Une survivante de l'Holocauste. Elle a échappé à la chambre à gaz parce qu'elle avait l'immense fortune de savoir manier l'archet, de jouer Schubert avec une incomparable maestria. Quelle chance, m'a-t-elle raconté, d'avoir su toucher la corde sensible de mes bourreaux.

On dit que le génie germe dans la douleur. On dit que les étoiles naissent dans les nébuleuses. La beauté a-t-elle besoin de la noirceur?

Et si la beauté permet de survivre à tout, peut-elle aussi être délirante, obsédante, jusqu'à vous ravager entièrement la raison?

Canal de Lachine, Montréal, juillet 2016

Sarah va le reconquérir par la musique. Outre les poèmes, oui, la musique.

Elle connaît son amour pour les jolies notes qu'il disperse dans la métropole comme des semences d'immortelles. Hier, sur la Pointe-du-Moulin, elle s'est émerveillée avec Robin de cet orgue aérien camouflé dans la sculpture en fonte, celle-là même qui devait marquer le début d'une complicité tacite – c'était avant qu'une sirène ne ruine ses efforts. Aujourd'hui pourtant, elle va le reconquérir par la musique. Car après plusieurs jours sans nouvelles de lui, Sarah le croise fortuitement, à 16 h, en revenant chez elle à vélo. Le Phénix est là, occupé à nourrir les oiseaux du canal à l'ombre d'une bretelle d'autoroute. Saisie par cette apparition, elle s'immobilise au milieu de la piste cyclable, incapable de reprendre son chemin non plus que de l'approcher, elle ne veut surtout pas l'effaroucher. Les coups de sonnette des autres pédaleurs finissent par attirer l'attention du Phénix, qui se retourne. Il la reconnaît, « Florence ! Florence ! » lui fait un signe de la main. Il ne s'esquive pas, ce qui la surprend, elle qui avait craint de ne plus pouvoir l'approcher. Sarah prend quelques secondes pour se recoiffer puis descend de sa monture, s'approche, lentement, ne veut rien brusquer. Lui n'a pas l'air apeuré, seuls les canards et les mouettes ont déguerpi devant les couinements de la bécane.

— Bonjour soldat !

Il esquisse un sourire, son regard happe de nouveau la femme. *Ces iris !* Les eaux claires d'un lagon, l'envie d'y plonger. « Vous... vous avez l'air de bonne humeur », bafouille-t-elle, confuse. Tandis que lui aime sa voix, si douce, comme sortie d'un cocon. Une voix d'ange gardien.

— Florence, où étiez-vous vendredi soir ? demande-t-il à brûle-pourpoint, je vous ai cherchée.

— Vendredi ? (ressaisissement)

— Oui, vendredi, Florence, les bombardements ont recommencé, j'ai eu peur ! Et vous n'étiez pas là. Je vous ai cherchée.

Les bombardements ? Elle ne comprend pas.

Lui continue, « tous ces projectiles, ça me rend fou, ça me rend fou ». Il est essoufflé rien que d'en parler. « Et le lendemain à la même heure, Florence, ça recommençait ! Et vous n'étiez toujours pas là. »

Samedi. Ah ! Les feux d'artifice.

D'abord ceux du 1er juillet, vendredi. Le lendemain, le début de L'International. Le pauvre devra se blinder, songe Sarah, le festival ne fait que commencer. Il en a encore pour un mois à endurer, deux fois par semaine, ces « bombardements ».

— Faut pas s'inquiéter, ce sont des feux de joie !

— On fête l'Armistice ?

Sur son visage se lisent à la fois l'espoir et l'incrédulité.

— Si on veut, oui.

Comment apaiser un homme à ce point tourmenté? C'est alors que lui vient cette idée. Le reconquérir par la musique. À l'exemple d'une infirmière de première ligne, elle va lui fournir sa dose de tranquillisants.

— Vous aimez le jazz? La musique du monde?

— La musique du monde...

Elle le perd pendant une fraction de seconde, soudain il n'est plus là, catapulté dans sa Mésopotamie d'origine. Sarah s'emballe. «Je vous emmène au Festival de Jazz!» Il y a cette scène à l'écart des foules et tranquille le mercredi. «J'y fais souvent de belles découvertes.» Sarah se met à parler soul, latin, manouche, afro-cubain, swing, cool, funk, world, elle devise des nombreuses bifurcations du jazz. «Bref, c'est un peu Babylone.» Ce disant, elle surveille sa réaction. De fait, il est captivé. Voici que ses yeux étincellent, on dirait un prospecteur flairant le filon. «Oui, s'il vous plaît Florence, emmenez-moi!»

Sarah attache sa monture au premier poteau, ils iront à pied. Un détail reste à régler. Le centre-ville est étroitement surveillé pendant les festivals. Et le Phénix est recherché (faut-il le rappeler). En le sortant du couvert des silos désaffectés et de l'autoroute Bonaventure, elle le met en danger. Faut trouver une façon de se balader incognito.

En chemin, ils font un arrêt dans une boutique de babioles, nombreuses dans le Vieux-Montréal à vendre des souvenirs canadiens, tous fabriqués en Asie. Elle lui achète un chapeau à la Leonard Cohen et des lunettes fumées, lesquels lui donnent l'air, avec son bermuda et sa chemisette froissée, du touriste mélomane. Ce qu'il est, en quelque sorte. La travailleuse de rue passe la demi-heure suivante à cumuler les tâches les plus fastidieuses, qui consistent à se promener mine de rien avec l'ennemi public, assurant bien ses arrières tout en alimentant une conversation sans queue ni tête. Ainsi y va-t-elle de ses questions saugrenues. Dans quelle langue chante-t-on à Babylone ? Quelle musique joue-t-on à Babylone ? Il répond ce qui s'avère pour lui une évidence. « Toutes les langues ! Toutes les musiques ! » Et y a-t-il un lien entre Babylone et le désert du Kalahari ? Ou entre Babylone et les tranchées de Gallipoli ? Il frémit au dernier mot, se prend la tête à deux mains. « Ici tout s'enchevêtre. » Puis se tourne vers elle. « Tout se raccorde ! Il suffit d'un rien, une étincelle. » Le battement d'ailes d'un papillon brésilien qui déclenche la tempête au Texas.

Sarah aime cette théorie du chaos. « Je comprends », dit-elle à mi-voix. Avec un peu de persévérance, elle arrivera peut-être à cerner l'extrême complexité de cet esprit troublé. Elle a au moins saisi une chose, le prodige peut difficilement articuler une pensée sans que son esprit papillonne, ou court-circuite. Elle doit avancer sur des œufs et à tâtons, dans l'obscurité complète. Une ambulancière dans le black-out. « Je suis heureuse qu'on apprenne à se connaître, soldat ! » Ce disant, elle réalise l'absurdité du sobriquet dont elle l'affuble à tout bout de champ avec un sans-gêne qui lui donne soudain mauvaise conscience. Elle doit arrêter de l'appeler « soldat », ça ne colle pas. Au fond, c'est un doux. Et si d'autres l'appellent « le Phénix », ce n'est guère mieux. Trop impersonnel. Ça fait m'as-tu-vu, alors que l'homme est effacé, insaisissable. Le contraire du prétentieux. Elle interrompt sa marche, songeuse. Lui fait de même. « Comment aimeriez-vous qu'on vous appelle ? » Il la regarde sans répondre. Elle reprend vite sa marche, lui de même. « Ça vous prend un nom d'artiste, un nom de bohème. » Elle réfléchit encore.

— Django !

L'idée lui est venue d'un coup, surnom révéré, s'il en est.

« Ça vous plaît ? » Le soldat rebaptisé n'est pas offusqué, il sourit. À partir de maintenant, elle l'appellera donc Django. Le nom lui va comme un gant.

— C'est le prénom d'un virtuose du jazz manouche, un artiste apatride. Lui aussi a vécu la guerre.

— ...

— Un musicien errant, comme vous.

Sarah s'immobilise de nouveau, *comme mon père aussi*. Elle étouffe un soupir, *un autre anonyme*. Django la regarde du coin de l'œil, sourit toujours. Elle lui rend la pareille.

À 17 h tapant ils sont au Club Jazz du festival, cette scène appréciée pour son caractère intime. Sarah offre la bière et le hot-dog au bohème, jouant les mécènes sans soupçonner le moins du monde que son pauvre hère est en fait cousu d'or. Le premier spectacle de la soirée est donné par un groupe du Brésil aux influences jazz, swing et samba, qui galvanise l'auditoire avec ses guitares et ses cuivres débridés. Le cocktail musical fait la joie de Sarah, qui tape des mains. La musique plaît tout autant à Django, qui tape du pied. La scène absorbe entièrement son attention. L'accompagnatrice en profite pour sortir son téléphone, envoyer discrètement un message à Régine, *suis au club jazz avec phenix*. Le texto expédié, elle redirige son attention vers la musique, ignorant, dans la demi-heure subséquente, les lamentations de son portable.

Le groupe brésilien tire sa révérence à 18 h dans un tonnerre d'applaudissements. Django tape encore du pied lorsque le parterre retrouve son calme. Il se tourne bientôt vers sa compagne et se met à papoter dans une langue aux sonorités latines. Sans doute précisément cette langue qui vient d'être chantée. *Du portugais.* C'est dire que la musique a causé une sorte de commutation dans son cerveau, du même genre que celle observée à l'Accueil au temps où il la fréquentait, quand il pouvait passer du français à l'anglais, puis à l'arabe ou au cantonais, au gré des conversations entendues. Quel incroyable jaco, se dit Sarah.

C'est le moment choisi par Régine pour sourdre. L'arrivante feint la surprise de rencontrer sa copine là, «par hasard», lui balançant son sourire corrosif. Sarah répond par les embrassades d'usage, lui glissant dans le creux de l'oreille «très peu subtile ma chérie», suivi d'un «ne le fixe pas comme ça, tu vas le faire décamper».

Une heure auparavant, Régine prenait l'air sur l'un des trois sommets de la ville, le plus méconnu et difficile d'accès : le bois Summit. Non pas que le chemin pour s'y rendre soit particulièrement escarpé, il est simplement retranché dans les hauteurs dédaléennes de Westmount, où il est occulté par les plus fastueux palais de la ville, sinon du pays. La professeure s'y réfugie pour décompresser, après un coup dur, une dispute. Comme aujourd'hui alors qu'elle a reçu un appel du collège où Lucas fait du rattrapage scolaire (Régine dira *perfectionnement estival*). «Votre fils n'est pas en classe cet après-midi», de signaler la directrice. Le sang de la mère n'a fait qu'un tour. Elle a quitté son labo pour se précipiter chez elle, a trouvé l'adolescent claustré dans sa chambre, le nez plongé dans *Cent ans de solitude.*

Ils ont eu une engueulade monstre. Lui de vouloir tout lâcher, les cours estivaux, l'école, le piano. Elle de lui asséner ses arguments béton... Comment peut-on vouloir tout lâcher quand on est si brillant ? Ce n'est pas en lisant des briques, serait-ce le monument de García Márquez, qu'on arrive à gagner des galons ! «Si tu pouvais avoir juste un brin d'ambition.» Comme d'habitude, la querelle s'est terminée sur des claquements de portes, Lucas se murant dans son mutisme, sa mère grimpant la montagne en enchaînant les cigarettes et l'antiasthmatique. Là, dans la brise et la quiétude des hauteurs, Régine peut recouvrer ses esprits. Le belvédère offre une vue imprenable sur le centre-ville, le fleuve, Westmount, Saint-Henri. Elle peut y embrasser du regard le chemin parcouru en quatre décennies, ce qui suffit habituellement à la tranquilliser. Aujourd'hui toutefois, le tranquillisant s'est avéré inefficace. En attachant son regard sur Saint-Henri, elle a même laissé échapper un sanglot. La D^re^ Lagacé n'en verse pas souvent, des larmes. Chaque fois, c'est son cœur de mère qui passe un sale quart d'heure. À l'image de cette époque passée sur les rives du canal, dans la fumée noire du quartier ouvrier. L'impression d'être rattrapée par la poisse à travers le détachement de son fils. Comme quoi l'argent est un mauvais détergent. Et c'est au moment où elle déverse son amertume dans un mouchoir qu'arrive le texto de l'amie, «suis au club jazz avec phenix».

Le Phénix.

Coup de fouet immédiat. Régine tente sans succès de joindre Sarah, qui fait la sourde oreille, se contrefichant éperdument de l'émoi qu'elle vient de semer. À bout de nerfs, la psychologue descend la montagne en coup de vent, saute dans sa Audi pour gagner vite fait le centre-ville. Et la voici devant l'oiseau rare. *En chair et en os.*

Sarah fait les présentations, «Django, c'est mon amie Régine». Celle-ci lève un sourcil. «Django?» L'assistante sociale ne cille pas, cependant que Django se gratte la nuque, semble indisposé par le débarquement. Il ne salue ni ne regarde la nouvelle venue, qu'il n'aurait de toute façon jamais reconnue. Hors du sanctuaire ferroviaire, la Pietà a perdu son nimbe.

Régine est mélomane elle aussi, dit Sarah pour parer au faux départ. « La musique est même au cœur de son travail. » Ça y est, elle a touché une corde sensible. L'homme lève ses lunettes fumées, sa curiosité éveillée. « Vous êtes musicienne ? » demande-t-il, retrouvant spontanément son français. Son regard de Raspoutine suscite d'emblée la méfiance de Régine, à l'inverse de Sarah. L'universitaire braque sur lui ses yeux de grand duc. Elle mentionne sa spécialité, le cerveau humain, qu'elle aime sonder dans ses moindres recoins, pour le décrypter, le soigner, « la musique est mon instrument de travail ». Elle interrompt son exposé pour mesurer la portée de ses mots. Lui ne bouge pas, soutient le regard, comme il le fait rarement. Sarah est mal à l'aise. *Qu'est-ce qu'elle fait avec ses gros sabots ?* Elle ne sait pas que Régine est de mauvais poil, que pour cette raison elle n'ira pas de main morte. La pétulante poursuit, impassible, précise qu'elle a à sa disposition une belle panoplie d'appareils qui lui permettent d'observer le cerveau en action, et que la musique, par son effet vivifiant, est son terrain d'expérimentations. « Mon laboratoire. »

L'amie est carrément horripilée, *ça y est, il doit se sentir déshabillé, il va prendre la poudre d'escampette !*

Néanmoins Django ne bronche pas, à l'étonnement de la travailleuse de rue. Il continue de soutenir le regard de Régine, dans un jeu d'auscultation. C'est à qui pénètre le plus profondément l'âme de l'autre. Pour la disséquer. Après une longue minute, embarrassante pour Sarah, l'homme replace ses lunettes et déclare sans équivoque « vous êtes musicienne », revenant ainsi à sa question de départ. Seulement, ce n'est plus une question, mais une affirmation. Le minerai extrait de son forage psychique.

— Non, je ne suis pas musicienne. Je n'ai pas touché à un piano depuis l'âge de 10 ans.

— Ah ! Pourquoi ? demande-t-il sans détour, pourquoi ?

Sarah d'en ajouter.

— C'est vrai ça Régine ! Pourquoi tu t'es jamais remise au piano ?

Comment expliquer ? Comment expliquer qu'à l'instant où un huissier a saisi son piano voilà 35 ans, il aurait aussi bien pu lui couper les deux bras. Comment expliquer que cette perte fut la plus insupportable de sa douloureuse jeunesse, qu'elle en est ressortie plus meurtrie que de l'enterrement de son père. Comment expliquer que des années après, lorsque son blason redoré lui permit de regagner son cher instrument, elle réalisa avec effarement qu'elle avait perdu la main, qu'elle ne pouvait plus égrener un arpège sans trembloter de tous ses doigts. Alors autant ne plus toucher au clavier. Aujourd'hui, elle s'en remet totalement à son fils. Un lamentable mécanisme de projection, elle en est consciente, elle qui a dû se taper jadis tous ces insipides ouvrages de psychanalyse – elle n'en déteste que davantage Freud, ce misogyne à la con. Mais c'est plus fort qu'elle, elle se projette. Et plutôt mourir que de s'en confesser, elle dira « c'est comme ça, si je ne peux pas jouer parfaitement, je préfère ne pas jouer du tout ». Ce qui ne manque pas d'exaspérer Sarah. Régine ne se satisfait que de chefs-d'œuvre, *et c'est ce qu'elle exige des autres, la tête de mule.* Bien sûr, elle garde ses réflexions pour elle, connaissant la susceptibilité de sa copine. À l'évocation de la perfection, Django se gratte frénétiquement la tête, prend le mors aux dents. « La perfection, encore ! Citius, altius, fortius ! » Les deux femmes sursautent.

Régine raisonne aussitôt, s'adressant à Sarah, « c'est la devise olympique ». Plus vite, plus haut, plus fort. Lui se tourne également vers Sarah, poursuit sa diatribe.

— La beauté ne doit pas être parfaite ! Si par malheur elle l'est, elle perd son charme. La perfection est de la porcelaine, Florence.

— Parce qu'elle est fragile ?

— Parce qu'à la regarder de près, on voit qu'elle est toute craquelée.

Puis il bifurque, change de sujet. « Dites-moi, Florence, quelle heure est-il ? C'est l'heure de la musique ? » Sur la scène du Club Jazz, les techniciens font des tests de son.

— Bientôt Django. Le deuxième spectacle commence dans quelques minutes.

Au déplaisir de Régine, qui n'est pas ici pour le spectacle, mais pour pousser son enquête. Profitant des minutes de sursis, elle revient sur son terrain de prédilection.

— Sarah m'a dit que vous pouvez jouer Rachmaninov sans fausse note. Vous avez un faible pour les compositeurs russes ?

Elle pèse volontairement le dernier mot.

Django ne relève pas l'insistance.

— Les Russes, oui, j'aime bien les Russes...

Régine prend note, comme si les préférences musicales de l'homme pouvaient être un pont vers son identité. Or, lui ne s'arrête pas là.

— ... un faible aussi pour les compositeurs allemands et autrichiens. Mais les Italiens ne sont pas de reste, non ! Pas plus que les virtuoses de l'Amérique, de la Chine, du Japon. Ah ! J'allais oublier la France, oh la la !

(ses yeux s'embuent) Debussy, Satie. Tant de maestros ! Ils sont partout, partout.

Sarah glousse. Quant à la chercheuse, elle n'est pas tant désappointée par cette énumération éclectique que frappée par le dernier nom. « Satie ? » La mention du compositeur adulé par Lucas la ramène à son effroyable après-midi, la brûlure est encore vive. Le Phénix voit passer dans son regard un de ces papillons noirs, qu'il connaît bien. Parfois, souligne-t-il, la splendeur n'est pas dans la perfection, mais dans la simplicité. Régine n'a pas la force de s'obstiner. « Mon fils voue un culte à Satie », dit-elle tout bas. Sarah relève la tristesse dans sa voix. *Il s'est passé quelque chose avec Lucas.*

La mère escamote aussitôt le sujet.

— Alors, Django, il paraît que vous venez de Babylone ?

— Babylone, oui. (il se ravise) Mais ce n'est qu'une image, un tableau.

Hum, un tableau. Régine revoit ce mirage dans le désert d'un wagon-citerne.

— Vous parlez de la Babel de Brueghel ? Vous venez d'une peinture flamande ?

Il s'indigne.

— Ah non ! Non ! Cette Babel est trop aberrante.

Les deux femmes se regardent, perplexes. Elles veulent bien entrer dans son jeu, ne serait-ce que pour débusquer un fragment d'identité. Mais l'illusionniste condamne ce qu'il s'applique lui-même à créer ! Lui enfonce le clou.

— C'est trop sinistre, ce tableau de Brueghel. J'aime mieux Ziem ou Decamps. Oui, je préfère venir d'un Decamps. C'est doux, c'est lumineux.

Il ne fait plus l'ombre d'un doute que pour gagner la sympathie du Phénix il faut user d'art, dans le thème comme dans le verbe. C'est un artiste au plus haut degré, se dit Régine, celui de la folie.

La conversation est interrompue à 19 h par les applaudissements de la foule, alors qu'un groupe fait son apparition sur scène. Consultant le programme, Sarah exulte. La formation sud-africaine rendra hommage aux combattants de l'apartheid. Elle est déjà conquise. À l'évocation de l'Afrique, Django dévore des yeux la scène, subjugué dès les premiers battements de tambours. Les cuivres embarquent, puis le piano, les guitares, enfin les voix, dans une polyphonie aux couleurs chatoyantes. La travailleuse de rue se met à danser, tandis que l'universitaire reste immobile, affichant la curiosité des beaux esprits. Quant au Phénix, on le dirait projeté dans un autre espace-temps, ses yeux s'enflamment.

L'heure suivante passe en trombe. Sarah gambille dans son style aérien, Django plane lui aussi, quelque part dans sa galaxie. Régine, elle, s'est détachée de la scène, observe son sujet en analysant ses moindres gestes, ses tics, comme on observe un cobaye.

À 19 h 50, le band s'apprête à tirer sa révérence après avoir soufflé son tourbillon de notes. Avant de se retirer, il tient à rendre hommage à l'unique, l'éblouissante Mama Africa. Retentit la première strophe de *Qongqothwane*. Sarah sautille de joie, «c'est la *Click Song*!». Ou le surnom donné à la chanson par ceux qui sont incapables d'en prononcer le titre, étoffé de petits claquements de langue propres aux idiomes africains les plus complexes. Régine observe toujours son sujet, lequel fixe toujours la scène avec ce regard d'affamé, on dirait deux fauves aux aguets.

— C'est quoi déjà cette chanson? demande la docteure.

— La *Click Song* de Miriam Makeba.

— Et elle chante dans quelle langue, la dame Makeba ?

Sarah confesse son ignorance, d'autant que la pointe sud de l'Afrique abrite une mosaïque de peuples. La professeure, qui ne supporte pas l'ignorance, a déjà sorti son téléphone pour mener ses recherches. Et alors que le dernier morceau se dissipe dans les acclamations délirantes de la foule, la fureteuse obtient réponse à sa question, « pour ton information c'est du xhosa ». Elle ajoute à mi-voix : « ne lui parle pas tout de suite, laisse-le communiquer en premier ».

Peu après 20 h, la foule s'est dispersée, le parterre est tranquille. Régine en profite pour fredonner l'air de la dernière pièce, affectant la désinvolture, y glisse même des clappements de langue dissonants. Sarah doit se mordre les lèvres pour ne pas rire aux éclats, *on dirait qu'elle essaie de dresser un poulain*. Le manège, aussi farfelu soit-il, a un succès inattendu. Le regard encore accroché à la scène, Django réplique en utilisant des clappements similaires, quoiqu'avec davantage de souplesse. La scientifique enregistre, à la dérobée, ce tour de force sur son téléphone. Et bien qu'elle ne saisisse pas le babil, elle remarque vite quelques singularités. « Écoute », susurre-t-elle à sa voisine. Cette dernière lui répond en faisant les grands yeux, *je veux bien mais je ne comprends pas le xhosa*. Sa copine se penche de nouveau vers elle. « C'est pas ce qu'on a entendu sur scène, c'est plus complexe, plus riche en petits clics. »

Sarah écoute, opine du bonnet. « Je vois, ou plutôt j'entends. C'est peut-être une langue rare. » Elle songe à ce Kalahari qui revient constamment sur le tapis dans le verbiage de Django. Quant à Régine, elle est confondue. Qu'il puisse parler le français ou le portugais, voire le mandarin, soit. Ce sont des langues répandues, parlées par des millions de locuteurs. Mais qu'il puisse manier avec autant d'adresse un dialecte du fond de l'Afrique relève de la sorcellerie!

— Faut qu'on trouve une façon d'amener ce phénomène dans mon labo.

Elle a parlé un tantinet trop fort. Les mots échauffent les oreilles de Django, qui se prend la tête. «Non, jamais! Je ne suis pas un rat de laboratoire!» La travailleuse sociale doit se mettre en quatre pour réparer cette bourde et regagner la confiance de son protégé. «Bien sûr que non Django, on ne vous obligera jamais à rien!» Elle dit cela en refaisant les gros yeux à Régine. Laquelle considère toujours l'homme avec suspicion. La méfiance est réciproque.

— Bon! dit-elle, je rentre, Lucas doit m'attendre.

Mon œil! pense Sarah.

De fait, Régine est plus pressée d'aller analyser l'échantillon collecté sur son téléphone que de confronter à nouveau son fils, *je me demande quelle heure il est en Afrique du Sud*. Une heure avancée de la nuit, pour sûr. Trop tard, ou trop tôt, pour communiquer avec le département de linguistique de l'Université du Cap. De toute façon, mieux vaut se défiler pendant que Sarah tente de calmer son lunatique, qui ne cesse de répéter «je ne suis pas un rat de laboratoire, non, je ne suis pas un rat de laboratoire!». Avant de partir, Régine embrasse rapidement Sarah en lui glissant à l'oreille: «C'est vrai qu'il sent bon le savon, mais je te dis, il y a quelque chose de pas propre derrière son génie.» Puis s'éloigne. L'autre n'a pas le temps de s'offusquer, l'amie disparaît aussi vite qu'elle est apparue.

Le départ de la chercheuse détend immédiatement l'atmosphère, Django se radoucit.

— Florence, pourquoi fréquentez-vous ce genre de personne ? Vous qui êtes si gentille, vous qui êtes un ange.

L'ange sourit, d'un sourire tristounet.

— Lucas me dit la même chose. Il se dresse constamment contre sa mère.

— Lucas qui aime Satie ?

— Oui, c'est fou comme vous vous ressemblez. C'est un pianiste talentueux, très effacé. Je pense que vous l'aimeriez beaucoup.

— Lucas, répète-t-il.

Ces deux-là doivent faire connaissance, Sarah en est convaincue. À l'insu de Régine, évidemment, qui y sera opposée (soupir), *trop butée*. S'adressant à Django : « Au fond elle n'est pas méchante, c'est même une personne très sensible. Elle a une tête de cochon, c'est vrai, mais quand on y pense, c'est pour une bonne cause. Son acharnement a un seul but, trouver dans la musique un remède aux pires maladies. »

Il fait encore la moue. « Je ne suis pas un rat de laboratoire. » OK, se dit Sarah, passons. Elle opte pour le raccompagner vers le canal où elle pourra récupérer sa bécane. Ils marchent en prenant leur temps, s'arrêtent dans Griffintown pour se délecter d'un piano public.

— Tiens ! Joue-moi un morceau, Django. Joue-moi Satie !

La demande enthousiasme le musicien, qui s'assoit. Il ferme les yeux. Il pose ses longs doigts sur les touches.

Puis les notes s'égrènent avec délicatesse, tranquilles. Une petite neige aux flocons duveteux. *Ces mains !* s'émeut la femme. *Ces doigts si graciles.* L'homme serre les lèvres de temps à autre, fronce les sourcils, absorbé par chaque note. On dirait qu'il se donne plus de peine que pour le Rach 3, l'auditrice est agitée d'un frémissement. C'est si doux, si réconfortant, si... *divin.*

Cet homme est un surhomme.

Ici, le cœur de Sarah bascule. Elle fond tout à fait, en a des palpitations. *Inspire... Expire...* Elle pense à sa mère qui a eu la même défaillance en entendant son beau saxophoniste au tournant des années 1970. Elle s'effraie de ce talon d'Achille transmis de mère en fille.

Tâchant de se dominer, elle réalise que le pianiste est en train de lui susurrer des paroles. Elle se penche vers lui.

— Pardon?

— Parfois, la splendeur n'est pas dans la perfection, mais dans la simplicité.

— Ah...

Pourtant c'est divin, absolument divin, pense Sarah, les joues fiévreuses.

Le morceau terminé, il rouvre les yeux.

— Cette pièce, c'est une de ses *Gymnopédies*.

— Ah...

— Le mot est dérivé du grec ancien, il signifie «danser nu».

Les joues de Sarah s'empourprent davantage. *Vite, changer de sujet ou je prends feu,* elle fait mine de regarder sa montre. «Neuf heures et demie, oh la la! Faut que je rentre.»

Reprenant la marche vers le sud, elle tente comme elle peut de meubler le silence.

— C'était bien, le spectacle sud-africain.

— Bien? Oh Florence, ce mot ne fait pas le poids! Merci, merci, vous êtes trop bonne pour moi!

Sarah sent monter en elle une nouvelle bouffée de chaleur, bredouille un «tout le plaisir est pour moi». Puis elle décide tout à trac de rompre avec les convenances dictées par son métier. «Django, je pense qu'on peut se tutoyer.» Le visage du surdoué s'éclaire. «Ah oui, on peut se tutoyer!» Il répond d'un ton allègre, absolument platonique.

N'empêche que son humeur guillerette s'émousse à mesure que le duo s'approche du bassin Peel, où ils se sont rencontrés plus tôt. Sarah a soudain ce pressentiment qu'une menace plane au-dessus de l'air doux de cette soirée. L'impression d'entendre le sifflement lointain d'une bouilloire, ou le bourdonnement sourd précédant le hurlement d'une alarme. Django semble partager son stress, elle le sent se raidir. Il a cessé de parler. Ses tics se multiplient, indomptables, il se gratte la barbe, les tempes, même sa démarche s'altère. Il claudique.

«Ça va Django?» s'inquiète Sarah. Lui ne répond pas, occupé à chasser quelques mouches imaginaires. Rien de rassurant, sinon qu'il finit par balbutier: «Florence, je sens venir le vent du boulet.» Sa voix est aussi pâle que son visage. L'air est pourtant calme, on n'entend que la rumeur de la ville et le flap-flap lointain d'un hélicoptère. Est-ce l'hélico qui l'effraie?

Tout s'éclaire, à 22 h pile, lorsque fusent les premiers pétards de L'International. Une pétarade d'ordinaire réjouissante, mais pas cette fois. *Merde, les feux!* Les détonations ont déjà projeté Django par terre, ses lunettes pulvérisées dans sa chute, son chapeau neuf roule dans le canal. «Oh non! Oh non!» répète Sarah, pendant que l'homme se tord de convulsions, rampe pour chercher un abri. Sans attendre, elle endosse son rôle de secouriste de première ligne. « Calme-toi Django, c'est un feu d'artifice, rappelle-toi, les feux de joie ! » Lui n'entend rien, veut juste trouver un trou pour se mettre à couvert. La dévouée prend les grands moyens, plonge au sol pour le calmer et faire bouclier de son corps. « Calme-toi, je suis là ! » Il la fixe de ses yeux exorbités, la respiration sifflante du soldat qui se croit enseveli vivant. Sa terreur est telle qu'elle lui fait repousser son ange gardien, la pauvre secouriste bascule dans les buissons. L'homme se relève en tremblant de tout son être, incapable de maîtriser ses mouvements, non plus de raisonner. Sarah reste au sol, atterrée, impuissante à endiguer l'assaut de folie.

Ne lui reste qu'une chose à faire. Elle sort son téléphone, filme les symptômes de cette crise pour Régine et son mari, spécialiste des psychoses. Timothy saura peut-être identifier le mal et prescrire, avec un peu de chance, un remède efficace. Tandis qu'elle consigne l'événement, le forcené déguerpit, son tronc projeté vers l'avant comme sous le poids d'un fardeau. Il finit par disparaître dans un gouffre sous l'autoroute Bonaventure, au moment où, là-haut, dans un vacarme de tous les diables, l'ombre d'un hélicoptère traverse le ciel flamboyant.

Saigon, Viêtnam du Sud, avril 1975

I'm dreaming of a white Christmas
Just like the ones I used to know
Where the treetops glisten
and children listen
To hear sleigh bells in the snow

Jamais classique de Noël n'aura eu tonalité aussi pathétique, au moment où les tanks nord-vietnamiens engloutissent les derniers kilomètres qui les séparent de Saigon.

Au matin du 29 avril, lorsque le jeune chef Lê Vân Minh entend à la radio ces vers surréalistes, il en échappe son couperet. Lequel tombe telle une lame de guillotine sur le plancher des cuisines de l'ambassade américaine.

The temperature in Saigon is 105 degrees and rising.

Le chef éteint la radio. Le signal est clair, on l'avait prévenu. Au son du classique de Noël, l'ordre est d'évacuer. Une consigne qu'il n'avait pas prise au sérieux, personne n'y croyait, à cette capitulation. Dehors, les flap-flap des hélicoptères américains sont pourtant réels, ils résonnent comme les tambours d'une apocalypse. Pour Vân Minh, c'est bien la fin d'un monde. Il ramasse le couteau, l'essuie avec son torchon, le redépose sur le plan de travail. Puis défait son tablier. *Quelle heure est-il?* 10 h 57. Le cuisinier jette un regard par la fenêtre, on a converti la cour de l'ambassade en refuge d'urgence. Les demandeurs d'asile affluent par milliers. Derrière le bâtiment de la chancellerie, Vân Minh voit les *marines* vider le *parking*, exit les véhicules, il les voit aussi couper les arbres, dont le grand tamarinier. Ça lui tronçonne le cœur. Sans doute est-il le seul à s'apitoyer sur le sort d'un arbre centenaire à l'heure où la ville est en pleine débâcle, l'aéroport pilonné. D'où la nécessité d'improviser cette zone d'atterrissage pour les mammouths à pales de l'US Air Force. Le toit de l'ambassade ne suffit plus, n'est plus de taille à évacuer le flot continu de désespérés qui se déverse dans l'unique port de refuge. Exit, donc, le grand tamarinier.

À 11 h, le général Foster apparaît dans l'embrasure de la porte. Il est descendu dans les cuisines juste pour lui, son cook. Dans ses yeux se lit la panique associée aux cataclysmes. «Lê Vân Minh, prends tes affaires et monte avec moi sur le toit, maintenant! Pas le temps de faire la vaisselle!»

Il a de la veine, le chef Lê. Il s'est mérité les bonnes grâces des officiers supérieurs ainsi que celles des diplomates. Rares sont les natifs qui peuvent se targuer d'avoir quelques accointances chez les hauts gradés de l'armée américaine, au point d'avoir aujourd'hui un laissez-passer direct pour l'Amérique. En cet instant critique où les chars vietcongs foncent sur Saigon, une place lui est ainsi attitrée dans un hélicoptère, celui qui les attend sur le toit. C'est une chance inespérée. Ou, disons, un honneur mérité. Car en dépit de son jeune âge le chef a déjà éclipsé maints cordons-bleus, il détient un savoir-faire inégalé dans l'art de l'assaisonnement culinaire. Sa notoriété dépasse l'enceinte de l'ambassade, toute l'élite occidentale en visite à Saigon s'est délectée des mets du chef Lê. Si bien qu'on le compte aujourd'hui parmi les «éléments indispensables», c'est-à-dire ces Sud-Vietnamiens qu'on veut évacuer en priorité. Vân

Minh connaît sa chance. Lorsqu'on l'a sorti de la gargote familiale pour nourrir les seigneurs de l'ambassade, il a vite grimpé les échelons des cuisines, ce qui l'a tenu à l'écart de la guérilla livrée au cœur de la jungle, à l'écart des terrains vaseux truffés de pièges, des mines, des serpents, des grenades, bref, ce qui peut vous tomber dessus au détour d'une mare. Pour cela, il en saura toujours gré au général Foster.

Néanmoins, le cuisinier n'est pas disposé ce matin à le suivre sur le toit. Il se tient immobile devant le haut gradé, encore à 11 h 02, conservant un calme surprenant dans les circonstances. « Viens Lê Vân Minh ! » répète son supérieur, dont le visage traduit une incompréhension grandissante. Le jeune chef s'efforce de choisir les bons mots dans une langue qu'il maîtrise mal. « Impossible mon général. Pas maintenant. Je dois passer à la maison. » Ce qui laisse l'officier pantois. *Passer à la maison ?*

— Lê Vân Minh ! insiste-t-il pour en appeler au bon sens de son protégé, tu n'as rien pour te retenir ici. Viens vite !

Faux, se dit le cook. Impossible de partir sans elles.

Devant l'inertie du jeune homme, le général use d'épouvantails : « Si tu restes, s'ils te trouvent, les Vietcongs te mettront une balle dans la tête, tu le sais, c'en sera fait de toi et de tes divines soupes. » Son cuisinier ne réagit pas. Il essaie une autre approche.

— En Amérique tu seras libre, tu auras ton resto, tu te mitonneras une grande renommée. Allez, viens avec moi !

— Désolé, mon général.

Vân Minh ne bouge pas d'un poil. *C'est trop important.* Au loin résonnent les tirs de mortier, l'ennemi se rapproche, sans doute est-il déjà à la frontière de la ville. Les nerfs à vif, le militaire finit par disparaître, non sans avoir lancé un dernier avertissement. « Reviens avant la tombée du jour, ou il n'y aura plus d'hélicoptère pour toi. »

À 11 h 12, le général est déjà sur le toit, Vân Minh a pris la direction opposée. Il descend les marches qui mènent à la cour de l'ambassade, pleine de cette foule qu'on ne peut évacuer qu'au compte-gouttes. Les *marines* ont dû fermer les grilles pour parer au trop-plein, cependant que les hordes de civils continuent d'affluer en escaladant les murs d'enceinte. Plusieurs sont repoussés par les G.I , ils ne répondent pas aux critères d'évacuation – n'ont pas le laissez-passer. Le cuisinier se fraie un passage dans la cohue, jusqu'au portail. Il prend les sentinelles de court en leur demandant la permission de sortir. *Sortir ?* Eux peinent à contenir le raz de marée des malheureux qui tentent de pénétrer en territoire américain, *et ce rigolo veut sortir ?* Coup d'œil à l'intérieur de la cour, où quelque 2 500 personnes attendent d'être évacuées par hélicoptère, puis coup d'œil à l'extérieur, où quelque 10 000 demandeurs d'asile s'agglutinent autour de l'îlot américain. « S'il veut sortir, qu'il sorte », dit une sentinelle en haussant les épaules. On aide le fêlé à franchir le rempart.

Hors de l'enceinte, la foule est si dense qu'elle reflue dans les rues adjacentes. Vân Minh progresse avec peine et à contre-courant des vagues humaines, qui déferlent à l'image d'une crue de mousson. *Si je ne trouve pas d'issue je me noie.* Il décide de s'écarter des boulevards hérités des Français pour pénétrer dans le dédale des vieilles rues en boyau, qu'il connaît comme sa poche. Un choix avisé. Le tumulte s'apaise, la clameur étouffée dans ces venelles si étroites qu'on les dirait souterraines, on y voit à peine le ciel à travers le foisonnement des auvents. C'est l'œil du typhon, se dit l'homme en cavale.

Il peut recouvrer ses esprits. L'air s'est même rafraîchi légèrement, si on peut parler ainsi lorsque les températures dépassent les 100 °F dans un avril lourd et suintant. «Faut être né dans ce putain de pays pour supporter ce putain de climat!» rabâche sans cesse le général Foster, qui n'aura bientôt plus à se plaindre. Quant à Vân Minh, il n'est pas trop incommodé par la chaleur. Naître dans cette touffeur l'a blindé. Il n'est pas non plus dérouté par le lacis des ruelles, où il navigue aussi bien qu'un poisson-chat dans les canaux de la ville. Mais l'atmosphère calme le surprend. Ici, les allants et venants vaquent à leurs occupations en faisant fi du ballet nerveux des hélicos, du sifflement de la guerre, de la rumeur lointaine des chars vietcongs. Ces Saigonnais n'ont-ils pas capté le signal de l'Apocalypse? N'ont-ils pas entendu le Noël blanc sous les tropiques? Non. Et s'ils l'avaient entendu, rien n'aurait changé pour eux. La guerre, ils connaissent, l'ont toujours eue dans leur arrière-cour. Ils ont déjà vu passer les Français, les Japonais, les Américains, voici à présent les communistes. Pour eux, les envahisseurs se succèdent depuis un bon siècle. Au moins, le dernier n'arrive pas d'outre-mer. Vân Minh regarde autour de lui. Non, ces gens n'ont rien à craindre, ni aujourd'hui ni demain, ils font partie de cette tranche de population qui n'a jamais pactisé avec le diable. Les ruelles resteront intactes quand s'écrouleront les façades coloniales et que tombera le Paris de l'Orient. Ici, rien n'a changé et rien ne changera jamais, si ce n'est l'absence inusitée des G.I. et autres coloniaux. Autour, les gargotiers continuent de vendre leur soupe, les marchands bavardent en chiquant du bétel, les enfants rient en roulant sur des bicyclettes trop grandes pour eux. Dans une masure ouverte sur la ruelle, une famille partage calmement un repas. Non, eux n'ont rien à craindre. Vân Minh voudrait être à leur place. Lui fait partie de cette tranche de la population qui a servi le diable, jusqu'à le nourrir. Il a tout à craindre.

Lorsqu'il abandonne les profondeurs paisibles de la ville pour gagner la berge, le jeune cuisinier retrouve abruptement l'ambiance sauve-qui-peut, la capitale paralysée par la peur et les embouteillages de pousse-pousse. L'air est de nouveau alourdi par les nuages de poussières rouges, de nouveau déchiré par les tirs aveugles et les salves d'obus.

À 14 h 22, l'un d'eux éclate non loin de Vân Minh, le souffle de l'explosion est tel qu'il le projette au sol, lui pénètre le corps. Il en tremble. Il en tremblera encore tout à l'heure, et bien plus tard, au crépuscule de sa vie.

Dire qu'il aurait pu s'envoler avec le général, sans délai et sans encombre, mener une vie paisible dans un Little Saigon d'Amérique. Non, il n'a pas choisi la voie facile. Il se relève, résolu. *Passer à la maison, aller les chercher.* Après seulement il pourra s'enfuir, sauver sa peau. À l'instar de ces soldats sud-vietnamiens en train de balancer leurs armes à la rivière, et leur uniforme, les voilà qui se débarrassent de leur pantalon comme s'ils avaient le feu au derrière. Mais les Vietcongs ne sont pas dupes. Ils sauront les trouver – *ils sauront me trouver aussi, si je ne m'active pas.* Il n'y a plus de temps à perdre. Sur la rivière Saigon, ils sont déjà des centaines entassées sur des embarcations de fortune dans l'espoir de rejoindre le delta, puis le large, avant l'arrivée des blindés. Avec un peu de chance ces gens croiseront, avant la chute du jour et de la République, un navire de la US Navy, s'épargneront ainsi des mois, voire des années de galère. « Tu n'as rien pour te retenir ici », lui a dit le général. Au contraire, il a ses filles, *Rau Dên, Mông Toi, Tan Ô, Lá Chanh, Rau Muông*, jamais il ne partira sans elles.

Il est déjà 15 h lorsqu'il entend, à travers la pétarade des fusils, les coups de pagaie réguliers de son passeur attitré. Le sampan approche sereinement, l'eau à peine troublée par son sillage, qu'un doux clapotis. Le batelier est non moins placide, la cigarette collée au bec, comme si la guerre et son artillerie ne pouvaient pas les atteindre, lui et son embarcation, qui ne font qu'un. L'impartialité du passeur semble le prémunir contre tout, il peut aller et venir avec quiétude, son sampan se la coule douce. Il vous fera traverser que vous veniez du nord ou du sud, de l'est ou de l'ouest – on dit qu'il transporte des Américains de jour et des Vietcongs de nuit. La guerre est bonne pour le Charon. Vân Minh saute dans le batelet qui repart, le passeur manœuvre avec flegme en plein désastre. Le client n'a pas besoin de spécifier la destination, toujours la même. Seulement, une chose a changé cette fois. Cette fois, c'est la dernière. Dans la circonstance, la rivière exhale un autre parfum, des nuances qui se mêlent aux odeurs de marécages et de poudre à canon. C'est le parfum de la nostalgie, qui déjà fait son œuvre. À mesure que le sampan s'éloigne du chaos urbain en longeant discrètement les berges, le passager devient une éponge, absorbe, s'imprègne des effluves de forêt tropicale, du babil des perroquets, du paysage qui défile en égrenant son chapelet de baraques sur pilotis. Il se fait un balluchon de souvenirs.

Au bout de deux heures, l'esquif accoste dans une anse paisible, aux antipodes de la ville coloniale et de ses boulevards bruyants. On est ici sur l'autre rive, là où on n'a jamais vu la couleur d'un dollar. Vân Minh met pied à terre, puis se tourne vers le passeur. Si je te rétribue convenablement, dit-il, pourras-tu attendre mon retour et me conduire jusqu'à la mer? Le passeur acquiesce d'un signe de tête. Il connaît bien son passager, peut tabler sur un généreux pourboire. Le cuisinier s'éloigne aussitôt, pressé par le temps, *le jour avance trop vite*. Il sera incapable de revenir à l'ambassade avant le couchant, il le sait. Tant pis. Il a déjà renoncé à une échappée par le ciel.

Peu avant 18 h il pénètre son domaine, cette selve luxuriante qui lui sert à la fois de nid et de potager. Les plantes s'y étendent à l'horizontale comme à la verticale, véritables jardins suspendus où se superposent et s'entrelacent les comestibles de toutes sortes. Vân Minh ferme les yeux, inspire longuement. Son verger fleure bon les épices et le fruit mûr, bouquets de mangues, de menthe, de goyaves et de basilic cannelle, ces fragrances qui vous grisent à chaque bouffée, vous transportent sur-le-champ à Babylone. *Respire!* Une fois encore nourrir la nostalgie, faire le plein de souvenirs. Elle est ici sa passion. Celle qu'il cultive depuis toujours en multipliant à chaque saison le fabuleux potentiel de l'hybridation, le parfait mélange qui fera de chaque repas une promesse de mariage. Comment recréer ce jardin d'éden au bout du monde? Il doit les embarquer avec lui. *Rau Dên*, *Mông Toi*, *Tan Ô*, *Lá Chanh*, *Rau Muông*, qu'il répète tel un mantra tandis qu'il avance dans son oasis, effleurant une à une les plantes aromatiques. Qu'arrivera-t-il à sauver? Quelle variété d'épinard, d'aubergine ou de chrysanthème? «Je veux le secret de cette sauce!» lui demanda un jour le général. *Le secret n'est pas dans la sauce, le secret est ici.* Le plus grand des chefs est d'abord le plus humble des jardiniers, il doit courber l'échine devant le génie végétal.

Au crépuscule du soir il passe la porte de sa tanière, au cœur du verger, minuscule cahute ensevelie sous l'immensité verdoyante. En matière de toit le jeune homme se contente de peu, sa richesse est ailleurs, c'est-à-dire tout autour. Dans l'unique pièce de son logement il s'arrête devant l'autel domestique, allume l'encens, dépose les fruits mûrs du jour. Le temps presse, mais il ne manque pas d'honorer les ancêtres. Spécialement aujourd'hui.

18 h 37. Vân Minh s'affaire à extirper de sa cache la cassette qui contient sa fortune. Que renferme au juste

ce coffret pour mériter un tel détour sur le chemin de l'exil ? Ni saphir ni rubis, pas d'argent sonnant non plus. Plutôt des sachets. Ou son pécule de semences, ses filles. Elles n'ont pas de prix.

La nuit est maintenant tombée. Son capital exhumé, Vân Minh est prêt à gagner le large, pendant que le général Foster l'a déjà gagné, ce large, ainsi que la presque totalité du personnel diplomatique. Curieusement, ne reste à l'ambassade que l'ambassadeur. Sonné par la tournure des événements, il s'accroche à son poste, refuse de quitter avant l'évacuation complète des lieux. Naïve candeur qui exaspère tout Washington. Il est là, stationné à une fenêtre à ronger son utopisme, observant cette foule qui ne s'amenuise guère alors que des hélicoptères se posent et décollent en chaîne, saturés de passagers. *Damn! cette cour ne veut pas désemplir*, un tonneau des Danaïdes inversé. Reste encore dans l'enceinte des milliers de Sud-Viet agrippés à leur laissez-passer lorsque l'ambassadeur se voit forcé, sur ordre du président, de sauter dans un hélicoptère en rapatriant l'ultime poignée de G.I. chargés de protéger la démocratie. Au petit matin du 30 avril, pendant que les chars du nord s'engouffrent dans les rues de Saigon, s'envolent les espoirs de la jeune république vietnamienne. Pareils à des hirondelles qui ne font pas le printemps.

Pour ceux restés derrière, la route sera longue. Vân Minh mettra un an, précisément, à caboter d'une grève à l'autre jusqu'au soleil californien.

Saint-Henri, Montréal, juillet 2016

Le soleil déjà chaud du matin perce le rideau diaphane pour se répandre dans la chambre à coucher de Sarah, inondant de lumière l'îlot douillet où elle dort dénudée. Preuve que Montréal en pleine canicule peut évoquer un tableau tropical, comme ici, dans cette jolie toile de Gauguin. Un exotisme troublé à 7 h 14 par le bourdonnement du téléphone sur la table de chevet, ramenant brusquement la chambre à sa réalité.

Sarah se redresse, déboussolée. Qui appelle aussi tôt? La psychose filmée la veille lui revient à l'esprit, ce qui laisse croire à un appel de Régine. Son téléphone n'affiche pourtant pas le numéro de la neuropsychologue. Plutôt celui de l'amie Felicia, artiste de cirque. *Eh ben!* Felicia qui l'appelle à l'heure des poules, c'est grave. Elle répond.

— Felicia? Que me vaut...

La copine coupe court aux salutations.

— Ils ont arrêté Ángel!

Pour les raisons que nous connaissons, Ángel est vite replacé. «Ton neveu? Pourquoi? À cause de ses tags?» «Si c'était juste ça!» La voix de Felicia, d'ordinaire aussi assurée que la funambule sur sa corde, est aujourd'hui chancelante. Le neveu est détenu par les agents de la

GRC. À l'heure qu'il est, ils le cuisinent au quartier général de Westmount. On le soupçonne de terrorisme, « ma sœur est sens dessus dessous ! ». Sarah soupçonne plutôt son lien avec Django. Un raisonnement reposant sur une logique simple. Comme les graffs d'Ángel mènent systématiquement aux œuvres de celui qu'ils recherchent, les enquêteurs y voient une connivence. Incapables de mettre la main au collet du principal suspect, ils se rabattent sur le jeunot. Voici pour eux le parfait petit chien pisteur, qui les mènera au repaire de leur *terroriste*. Sarah craint pour son protégé. « Felicia, je te rejoins dans une demi-heure au QG de Westmount. » Elle lui rappelle les droits de son neveu, dont celui de garder le silence.

Raccrochant, notre Jeanne d'Arc ne prend ni le temps de se doucher ni d'avaler un café, s'habille à la hâte, enfourche sa bicyclette pour monter vers Westmount. Il n'est pas 8 h lorsqu'elle passe la porte d'entrée du quartier général, la crinière ébouriffée, les yeux pochés, un pan de chemise sorti de son capri. Felicia est déjà dans la salle d'attente, assise avec sa sœur qui est suffoquée par les pleurs. Le père du garçon fait les cent pas, le visage courroucé. Le couple Escobar est sous le choc d'avoir vu les policiers débarquer sans crier gare, réminiscence d'un passé pas si lointain vécu sous la botte du Major Bob. Sarah prend quelques secondes pour embrasser Felicia, « attends-moi ici », se rend directement au comptoir pour demander à parler à l'agent Bousquet. « Il me connaît, je travaille à l'Accueil Bonneau. S'il veut de l'info sur son "terroriste", qu'il vienne me chercher, le jeune n'a rien à voir là-dedans. »

À 7 h 57, elle est déjà dans le bureau de l'agent Bousquet, lequel se montre plus amusé que surpris par son irruption au QG.

— Sarah ! Quoi de neuf ? Toujours occupée à défendre la veuve et l'orphelin ?

La travailleuse de rue ne supporte pas cette familiarité à double face.

— Et vous ? Toujours à ficher les immigrants et leurs enfants ? Où est Ángel ?

— On le questionne.

— Vous avez un mandat ?

L'agent se tapote le ceinturon, n'aime pas subir l'interrogatoire. Il prend soudain un air grave pour justifier l'intervention.

— On a de bonnes raisons de croire que le jeune fait partie d'une cellule terroriste dont les graffitis sont des appels au djihad.

— Au djihad ! Vous êtes sérieux ?

— Des appels à la mort, oui.

Sarah, habituellement si douce, se déchaîne comme elle se déchaîne rarement, à se surprendre. Elle s'empresse de démolir l'argumentation boiteuse, voire fantaisiste, de son vis-à-vis. Ce n'est pas parce qu'un graff a des ailes d'ange qu'il est un appel à la mort, encore moins au djihad ! Ángel signe son nom, un point c'est tout, à l'instar de tous les tagueurs. Rien de bien menaçant là-dedans.

Le policier se défend.

— Les tags accompagnent toujours les graffitis macabres de notre suspect, signés dans une graphie arabe douteuse.

— Ah bon ? Vous avez fait une analyse linguistique ? J'imagine que vous avez fait aussi une datation des pigments, pour vous assurer que les soi-disant complices graffitent en même temps !

L'agent ne dit mot, tapote de nouveau son ceinturon. Ce qui a pour effet de hérisser davantage Sarah, que le manque de caféine rend particulièrement chatouilleuse. Si ça se trouve, lâche-t-elle, ils ne se sont jamais vus. Un artiste a le droit d'admirer le travail d'un autre, la splendeur des œuvres disculpe l'admirateur. Et une signature dans une langue orientale n'en fait pas des appels au djihad !

L'enquêteur en remet.

— On doit répondre aux nombreuses plaintes concernant ces graffitis. Et on a des raisons sérieuses de croire que...

— Vraiment ? Des plaintes concernant des graffitis cachés dans des zones inaccessibles ?

L'homme se crispe, une veine gonfle sur sa tempe droite. L'assistante sociale commence à lui échauffer le sang. Il se racle la gorge pour se lancer dans une vive tirade.

— Ça suffit ! Les graffitis de cet individu suspect inondent les réseaux sociaux, j'ai l'ordre de l'interroger. Il faut savoir d'où il vient, pourquoi il est ici. Il faut s'assurer que ses papiers, s'il en a (il souligne), sont en règle. Je fais mon travail, c'est mon devoir de protéger la population contre la moindre menace terroriste.

— Et quel lien avec Ángel, citoyen canadien en bonne et due forme ?

Le policier se met à tambouriner son bureau avec un stylo.

— On pense que le garçon sait où il se trouve. Ça se devine à son comportement nerveux quand il est questionné.

Sarah ne répond pas, hausse simplement un sourcil pour marquer la minceur de l'argument, *n'importe qui serait nerveux dans les circonstances*. L'agent demeure un moment silencieux. Puis :

— De toute façon, on était sur le point de le relâcher. Mais toi qui connais notre homme, Sarah, tu pourrais nous aider à...

— Je vous interdis de me tutoyer ! coupe-t-elle en le fusillant du regard.

Elle se lève, prend une profonde respiration pour mettre, plus calmement, un terme à l'entretien.

— Vous pouvez compter sur moi, monsieur Bousquet.

— Merci, madame Dutoit. (*ouf !*)

— Je vous appelle dès que je vois votre suspect en train de fabriquer une bombe ou d'égorger un passant avec son épée de Damas.

8 h 38. Sarah, Felicia et les Escobar sortent du quartier général, Ángel avec eux. Rue Sainte-Catherine, ils s'arrêtent dans un café pour décompresser – le père et la mère en ont bien besoin, n'ont pas vécu pareil émoi en 30 ans d'expatriation. La pieuse n'en finit plus de rendre grâces à Sarah comme si elle était la Sainte Vierge, jamais elle n'aurait cru éprouver un jour autant de gratitude pour une des « copines » de sa sœur. Quant à Felicia, elle regarde celle qui sirote (enfin) son café avec une autre sorte de dévotion. La même que Robin, Brandon et autres amoureux gentiment éconduits.

Ángel, lui, est ébranlé par l'interrogatoire qu'il vient de subir. « Ils t'ont pas brutalisé, quand même ? » s'inquiète la travailleuse de rue. Le garçon répond par la négative. Il est néanmoins vidé. Vidé d'avoir dû combattre à armes inégales, vidé de s'être escrimé à jouer les ignorants, d'avoir esquivé tant de questions pièges sans jamais plier l'échine. À sa mine de Che Guevara, Sarah comprend que s'il savait quelque chose, il n'a rien révélé. *C'est un résistant, comme moi.* Pour ce qui est du père du voyou, il a la tête encore chaude, ne fait que répéter « ¡Basta! ¡Basta de pintadas! », ne veut plus entendre parler de graffitis, « ¡jamás! ». Ça n'attire que le malheur. Personne ne fait carrière avec du barbouillage, ajoute-t-il, l'art ne paie pas, l'art ne nourrit pas une famille !

On ne sait trop s'il décharge sa bile sur Ángel ou sur sa belle-sœur, qui n'a pas un sou vaillant et dont il déplore la mauvaise influence sur son fils. Il termine son sermon sur une sempiternelle rengaine. « Tu dois te trouver un vrai gagne-pain. Informaticien, mécanicien, vendeur de voitures, n'importe quoi, sauf artiste ! » Le garçon ne répond pas. Felicia non plus, le moment serait mal choisi. Ce n'est pourtant pas l'envie qui manque, elle qui est à couteaux tirés avec le beau-frère, qu'elle surnomme « la brute ». Les deux amies se regardent sans mot dire, Sarah peut lire dans les pensées de Felicia. *L'art ne paie pas, mais ô combien il nourrit, l'âme plus que le ventre.*

Peu après 9 h, la famille Escobar s'en retourne à la maison, tandis que Sarah s'attarde au café avec Felicia. La première rompt la glace.

— Desserre les mâchoires, Feli, tu te vois pas ? Ángel s'en est bien tiré après tout.

— Bien tiré ? Pas si sûr. Faut maintenant qu'il compose avec la brute.

— Arrête un peu, c'est sa façon de s'inquiéter pour son fils.

Felicia refuse l'indulgence, elle fulmine. « Tu comprends pas ! Tu peux pas comprendre ! T'as pas vécu la guerre civile, les persécutions, la peur constante. Ça s'incruste, ça s'oublie pas. Le beau-frère aussi s'en souvient ! Il a eu ses bourreaux là-bas. Alors explique-moi pourquoi un homme qui a autant souffert pour ses idées recrée le même régime tyrannique, dans sa maison, avec sa femme et son fils ? » Elle est bouleversée. Dans un élan de compassion, Sarah lui prend les deux mains, un geste se voulant apaisant, mais qui produit un tout autre effet. Felicia est secouée d'un spasme qui lui traverse le corps, du bout des doigts jusqu'au bas-ventre. Au moins, la vapeur est renversée. De suite. « Merci Sarah… », souffle-t-elle, sans plus.

Il est 9 h 20 lorsque les *chou bi dou pou pou* d'Ella Fitzgerald se font entendre du fond d'un sac, ce qui sonne le glas de cette courte communion. « Ça doit être Régine, faut que je prenne l'appel, excuse-moi. » Sa vis-à-vis se renfrogne, dégage ses mains. Une moue qui traduit son appréciation de la neuropsychologue, qu'elle affectionne autant que son führer de beau-frère.

— Allo Régine ? Tu devineras jamais d'où je sors, je suis proche de chez toi en fait.

Pendant qu'elle raconte les événements du matin, Felicia se lève en soupirant. C'est une contrariété de trop. Elle n'a qu'une envie, déserter Westmount. Son amie lui fait signe d'attendre, mais la rupture de ton l'irrite, elle se défile. À la porte du café, l'artiste se retourne. En guise d'au revoir, colle une main à ses lèvres pour envoyer un baiser équivoque, ce qui laisse la destinataire sans voix.

Régine s'impatiente au bout de la ligne.

— Allo ?

— C'est Felicia, elle vient de partir.

— Ah.

S'ensuit un silence éloquent.

Puis la curiosité prend le dessus, la matinée mouvementée n'a pas effacé les événements de la veille.

— T'as vu la scène que je t'ai envoyée hier?

— Évidemment!

Évidemment que Régine a examiné avec attention les symptômes psychotiques filmés la veille. En attendant une réponse de l'Université du Cap, elle s'est lancée avec Timothy dans l'analyse de la dernière attaque nerveuse du Phénix, alias Django. Le couple a fouillé les archives psychiatriques pour trouver pareil cas de figure. Ils y ont pratiquement passé la nuit, remontant jusqu'aux premières études cliniques filmées, qui datent de la Première Guerre mondiale. On y voit des soldats internés à la suite du choc des tranchées. Ainsi, Régine et son mari en sont arrivés à un constat des plus surprenants.

— Les symptômes manifestés par ton Django sont en tous points identiques à ceux observés chez les soldats atteints d'obusite.

— L'obusite?

— Ça s'explique pas au téléphone. Viens chez moi, t'es à côté de toute façon. Je vais te montrer les archives.

Impossible, l'assistante sociale est attendue à l'Accueil. Elle ne s'est pas douchée, n'a rien avalé depuis son brusque réveil, hormis un café.

— Écoute, insiste Régine, t'es la mieux placée pour reconnaître les symptômes. Tu l'as vu péter les plombs, deux fois plutôt qu'une.

Elle convainc l'amie de passer par chez elle, « ton patron va comprendre, il est aussi bonasse que toi ». En outre, elle offre à Sarah la douche et le *full English breakfast*, cuisiné par nul autre que Timothy.

— Timothy !

— Il s'est offert, c'est dire à quel point il tient à te voir.

Sarah entend l'homme ajouter derrière : « Je te prépare une macédoine de fruits. » Voilà, c'est dit. Elle est maintenant appâtée. Ce n'est pas tous les jours que le Dr Anderson vous prépare des petits plats, lui qui nourrit d'ordinaire ses grands airs. Lorsque Sarah l'entend dire « macédoine de fruits » dans ce français craquant des anglos francophiles, elle est immédiatement charmée. Il aurait pu aussi bien dire « petits pots de confiture », une brèche s'ouvre dans sa façade de marbre. N'a-t-il pas charmé Régine de cette façon, jadis, quand pour gagner son cœur il a troqué la langue de Shakespeare pour celle de Molière ? Ces films d'archives doivent être saisissants, se dit Sarah. Qui plus est, le couple a pris congé aujourd'hui, une excentricité rare pour deux bourreaux de travail. C'en est assez pour l'affriander complètement.

La pédaleuse rembarque sur son vélo pour monter l'avenue Mount Pleasant en direction de la demeure des Lagacé-Anderson, dont l'impeccable style victorien est à l'image de ses propriétaires. Il est dépassé 10 h 30 lorsqu'elle est douchée et repue, assise avec un café dans le canapé confortable du sous-sol. Devant elle, un téléviseur géant connecté à l'ordinateur de Timothy. Le psychiatre fait défiler à l'écran des extraits de films muets aux images incolores et saccadées. La copie est mauvaise, tirée de pellicules visiblement ébréchées par le temps, on les dirait sorties des premières actualités Pathé. Le décor varie d'une tranche de documentaire à l'autre, tantôt un hôpital militaire, tantôt un asile d'aliénés. Les protagonistes, eux, sont invariablement les mêmes, des traumatisés de guerre flanqués d'hommes en blouse blanche. Bien que muettes et surannées, les images ne laissent planer aucun doute sur les ravages des bombardements continus sur les nerfs des soldats. Timothy fait le narrateur, avec cette voix ténébreuse qui fait de lui un conférencier redoutable.

«Pour comprendre l'obusite, Sarah, il faut se mettre dans la peau d'un soldat de la Première Guerre. Mais avant, je dois t'expliquer une notion fondamentale de psychologie. Disons que tu sens venir un danger colossal, une menace si puissante qu'il est impossible de t'y mesurer. Par exemple un tsunami, par exemple une pluie d'obus. Le réflexe le plus élémentaire pour n'importe quel individu est de fuir, de trouver un abri. Si tu ne fuis pas, tu meurs, c'est aussi simple que ça. Tous les animaux l'ont compris, ce qui nous inclut, ce qui t'inclut. Devant un danger, tu dois fuir ou te battre. La Première Guerre avait ceci de particulier qu'elle était une guerre de tranchées. Vois-tu, Sarah, une tranchée est comme une cage. Quand vient la pluie d'obus, le soldat ne peut pas fuir, il ne peut pas se battre non plus. Puisqu'il est impossible de fuir ou de se battre, ne reste qu'à essuyer la tempête. Avec la mort qui frappe au hasard, en faisant fi de la force ou de la bravoure des individus.»

10 h 41. À l'écran, un soldat interné s'affaisse lourdement sur le plancher dès qu'il perd le soutien des infirmiers, ceux-ci sont incapables de le redresser. Il a le corps plié en permanence, aussi raide qu'un piquet cassé.

Changement de plan, changement de patient. Le sujet est couché en chien de fusil, paralysé, les yeux exorbités.

«Lui a été projeté et enterré vivant par l'éclatement d'une mine. Lorsqu'on l'a déterré, il était sourd et muet, figé dans cette torpeur. Personne n'est ressorti indemne du clapier des tranchées, la Première Guerre a été une vraie boucherie pour les soldats. Les chanceux mouraient sur le coup. Les malchanceux ont fini estropiés, défigurés ou aliénés, parfois sans avoir livré combat. Imagine que chaque chute d'obus est une secousse sismique, multipliée par dix, par cent, par mille tonnes d'obus qui te tombent dessus dans un vacarme d'enfer. Imagine qu'un million d'obus ont été tirés rien que le premier jour de Verdun. Et on étale cet enfer sur des mois, des années. Ça te bousille complètement le système nerveux. C'est ça, Sarah, l'obusite.»

10 h 46. À l'écran, un autre invalide se tord dans tous les sens tel un ver au soleil, sous la loupe d'un clinicien. Sarah est révulsée. Timothy poursuit son exposé de sa voix profonde de baryton.

«Bien sûr, le stress post-traumatique n'était pas nouveau. On avait vu des cas avant, et on en documentera après. Toutefois, jamais il n'aura pris autant d'ampleur que dans ces années 14-18 où l'obusite est devenue épidémique. Elle affectait massivement et sans discrimination les soldats de toutes les armées et de tous les grades, avec des symptômes distinctifs, inédits. Ça me gêne un peu de te le dire, Sarah, c'est grâce à cette guerre que la psychiatrie a pris son essor. Parce que, vois-tu, il fallait d'urgence juguler l'épidémie. Les gouvernements ont mis le paquet pour remettre sur pieds les milliers de soldats affectés. Pour la raison qu'il fallait les renvoyer au plus vite au front. Tu comprends?»

10 h 49. À l'écran, un patient zigzague, le dos arqué, ses membres affreusement contractés. Changement de plan. Un soldat est agité d'irrépressibles tremblements, des pieds à la tête. Sarah blêmit à vue d'œil, se

décompose au fur et à mesure qu'elle reconnaît les symptômes observés chez Django, deux fois plutôt qu'une.

«Surtout, les autorités ne voulaient plus entendre parler de cette "hystérie", qu'ils considéraient avant 1914 comme une "maladie de bonnes femmes" – pardonnez-moi l'expression mesdames, c'était le terme employé à l'époque. Avec la Grande Guerre les cas étaient si nombreux, et chez des hommes de tous gabarits, que les médecins militaires ont craint l'effet contagieux. Il fallait endiguer l'infestation par des mesures draconiennes, ce qui avait le double avantage de soigner autant que de discipliner. Car bien des médecins, parmi lesquels le réputé docteur Freud, soupçonnaient qu'il y avait chez les malades de nombreux simulateurs. Ils étaient davantage obsédés par ces "lâches" – pardonnez-moi encore – que par les véritables impotents. Ils s'ingéniaient à les débusquer. Rien de tel, disaient-ils, qu'une série d'électrochocs pour décoincer un homme, lui faire retrouver sa virilité. Les soldats, pour la plupart réellement mal en point, finissaient par préférer le retour au front plutôt que de subir ce torpillage à répétition, voire le Conseil de guerre, être fusillé pour refus d'obéissance. Tant qu'à mourir, autant mourir dans la dignité en recevant un obus en pleine poire.»

La voix grave de Timothy devient sépulcrale.

«Naturellement, ces films d'époque ne montrent jamais les séances d'électrothérapie, puisqu'il s'agit ni plus ni moins de torture. Autrement dit, une mauvaise publicité. Les archives ne montrent que l'avant et l'après-traitement, la preuve d'un semblant de guérison – un peu forcée il faut dire. Après la guerre, plusieurs de ces soldats, encore dans la fleur de l'âge, sont allés finir leurs jours dans un asile psychiatrique, hantés par les cauchemars, tétanisés par une peur permanente, socialement irrécupérables.»

10 h 54. Sarah est rivée au téléviseur, le regard effaré. Régine, assise près d'elle, l'observe. Elle comprend à l'air suffoqué de son amie qu'elle ne va pas bien du tout, redoute même qu'elle soit amoureuse de ce Django. Craignant la crise d'asthme, elle tapote la cuisse de son mari «Tim, arrête le visionnement s'il te plaît».

L'époux s'exécute, interrompt son sinistre exposé. Sarah, livide, lève la tête vers Régine. Et pour une deuxième fois en un peu moins de trois heures, elle sort complètement de ses gonds.

— À quoi ça sert de me montrer des images vieilles de 100 ans ?! Oh pour l'effet de choc, bravo, c'est réussi ! Mais j'aimerais comprendre le motif derrière votre numéro. Régine, tu sais à quel point le spectacle de la cruauté me met hors de moi, alors pourquoi ça ?

La Dre Lagacé a sous-estimé l'impact émotionnel de ses travaux de recherche, ce qui n'est pas inhabituel. Elle tente de s'expliquer.

— C'est ce que nous avons trouvé de plus concordant, par rapport au film envoyé hier. On a cherché toute la nuit, on voulait que tu corrobores…

— Corroborer quoi, au juste ? Que Django est un rescapé de la Première Guerre ? Wow, la belle rigueur scientifique ! Ça lui fait quel âge ? Attends voir… au moins 120 ans ! Tu l'as pourtant vu Régine, il n'en fait pas la moitié.

Timothy, qui n'a pas senti venir le front froid, ne sait plus où se mettre. Il n'essaie pas d'intervenir, l'affaire est trop délicate. Il préfère s'éclipser, désarçonné comme il l'est rarement. Son épouse est moins désarçonnée que navrée. Elle a beau être de nature caustique, la dernière personne au monde qu'elle veut écorcher est Sarah. Ou son fils. Or, c'est précisément avec eux qu'elle se prend souvent les pieds dans le tapis, et magistralement.

— Je veux juste que tu fasses attention à qui tu donnes ton cœur, dit-elle en mettant des gants. Parce qu'il y a chez lui quelque chose de suspect (elle se ravise, essaie de mieux choisir ses mots), quelque chose de *pas naturel*. Comme si son intelligence n'était pas du domaine du génie, mais de l'ingénierie. Comme si son cerveau était une collection de cassettes, ou de programmes informatiques un peu bogués.

— Là, t'es à deux doigts de le traiter de cyborg! Ça me surprend de toi, qui es toujours d'une logique sans faille. Si Django était un programme informatique, il n'aurait certainement pas cette sensibilité à fleur de peau. C'est simple, me semble!

La psychologue reste coite. Non par manque d'arguments, mais pour ménager son amie, sa sœur, son ange gardien. Sarah finit par remarquer, à ses yeux contrits, son grand désarroi. Ce qui la prend de court. Les deux restent de longues minutes silencieuses, à regarder le plancher. Puis l'ange retrouve peu à peu sa nature candide, décide de ne pas pousser plus loin la confrontation. N'a-t-elle pas atteint, en un seul matin, son quota annuel de prises de bec?

Avant de partir, elle fait à Régine une gentille accolade, avec ces mots d'exhortation:

— Lâche-le, veux-tu? Il a déjà assez de la Gendarmerie à ses trousses.

Journal d'un savant babylonien

février 2001

Non, le cerveau n'est pas une machine. Les réseaux neuronaux et les systèmes informatiques sont deux choses bien différentes. L'informatique n'est qu'une vulgaire somme de 1 et de 0. Le cerveau humain est prodigieusement complexe, une merveille de l'évolution.

Ils font fausse route, ces chercheurs qui croient qu'une machine peut décoder l'intelligence de notre espèce. Ce n'est pas une affaire de codes binaires, au contraire, c'est une question d'émotion, d'excitabilité. Rien de ce qui caractérise la machine.

Le génie est un art. Et notre cerveau, une belle pâte qu'on peut façonner à sa guise. Comme Rodin modèle son Penseur. Une machine est incapable de créer une œuvre digne de ce nom, c'est-à-dire capable d'émouvoir. Parce qu'elle est dépourvue de l'essentiel, la sensibilité.

La clé du génie n'est pas dans les processeurs. Non. Pour la découvrir, il faut se mouiller. Il faut plonger, ainsi qu'un pêcheur de perles, vers les profondeurs les plus obscures.

Hambourg, République fédérale d'Allemagne, juin 1970

12 h 23. Dans la classe du maître Schulte, la vingtaine de garçons en uniforme se tient coite, c'est la règle, l'instituteur ne plaisante pas avec les indociles. « Concentrez-vous, regardez vers l'avant ! », et les élèves se concentrent, regardent vers l'avant. Vaut mieux pour eux, il est exigeant maître Schulte. Et c'est ce qu'on exige de lui. Les familles de ces écoliers figurent parmi les plus fortunées de la métropole, elle-même la locomotive économique d'une Allemagne de l'Ouest en plein boum. Ces enfants sont fils d'industriels ou de spéculateurs, futurs ingénieurs ou entrepreneurs, héritiers d'empires financiers. « Concentrez-vous, regardez vers l'avant ! », on n'attend rien de moins de ces loupiots âgés de sept ou huit ans. Dans la circonstance, leur attention se focalise impérativement sur l'instituteur. Tous !

Sauf un.

Il est assis à l'arrière, lui dont l'attention ne se porte pas sur le maître mais sur la fenêtre donnant sur l'Alster, ses rives verdoyantes, un couple de papillons qui voltigent devant des carreaux parfaitement nettoyés. Lui est rêveur, ses pensées s'éparpillent à tout moment, virevoltent tels ces deux lépidoptères aux ailes de velours. Lui, c'est le fils d'immigrés.

Il fait figure de mouton noir dans cette classe au décor immaculé, à l'image de la vingtaine de petites chemises impeccablement repassées. Il est le seul qui ne regarde pas en avant, le seul qui ne se projette pas dans un avenir lié au commerce, aux finances ou à l'ingénierie. Lui n'admire pas l'instituteur comme la dernière merveille du monde, non. Plutôt ces papillons-là, deux azurés dont chacune des ailes est une toile de Van Gogh. Cette beauté le magnétise à tous coups, *comment la reproduire?* Dans sa tête de chérubin, il croque la scène, plusieurs fois. Il fixe chaque mouvement d'ailes sur la pellicule souple de son cortex, à la manière d'un petit de Vinci, il enregistre, s'imprègne à fond. Il veut saisir l'essence du papillon, sa lumière, l'intelligence de son vol. Et s'il était à sa place? Comment verrait-il l'humain à travers la vitre? Comment verrait-il le reflet de ses ailes dans la fenêtre? Comment verrait-il le monde? Le mouton noir préfère l'ingénierie des êtres à l'ingénierie des choses. Voici l'obsédant leitmotiv que lui a inculqué son papi. «Rappelle-toi mon garçon. Le génie est dans l'art, lui-même tributaire du vivant, jamais du matériel.» Deux azurés voltigent devant les carreaux et l'élève enregistre la séquence dans ses moindres détails, il saura la reproduire dans son carnet lorsqu'aura sonné la cloche. *Quelle heure est-il?* 12 h 27 à la pendule. L'heure de patienter encore, car le maître le rabroue une fois de plus: «Concentrez-vous! Regardez vers l'avant petit insolent!» Et l'insolent fait mine de regarder vers l'avant, résigné.

Il sait qu'à 13 h, il sera enfin hors du bagne, pourra sortir ses pastels. Il les traîne toujours avec lui comme des lanternes multicolores, ses précieux talismans. Il les déploie sitôt après l'école sur le chemin qui longe l'Alster, quand il retrouve ses papillons, ses goélands, ses cygnes et tous ces êtres qui sont autant de chefs-d'œuvre. L'après-midi, le voilà devant son lac, qui est plutôt une rivière endiguée, la vitrine d'une économie qui repose depuis des siècles sur la maîtrise des cours d'eau, mais un enfant qui n'a pas huit ans se moque de tout cela. Il préfère l'ingénierie des êtres à l'ingénierie des choses. Chaque moment passé sur les berges est inoubliable. Et s'il était un cygne? S'il était à sa place à cet instant magique où il choisit de s'envoler? Comment verrait-il son reflet sur l'eau? Comment verrait-il le monde? Là-haut, une volée d'hirondelles dessine le ciel en de brusques entrelacs, le gamin enregistre, image par image, dans sa mémoire photographique. Là encore, deux azurés. À plat ventre sous un cerisier, il sort ses pastels, son carnet, puis développe sa pellicule à grands coups de crayon. Il est si absorbé qu'il en oublie son sandwich, dévoré par les fourmis. Passent les secondes, les minutes. Jusqu'à ce qu'il s'alarme, *quelle heure est-il?* L'heure de rentrer, «ora di tornare a casa». Sa mamma n'aime pas qu'il traîne.

Il range ses bijoux de croquis, autant de fleurs, d'insectes et d'oiseaux qui iront foisonner dans son cartable. Et il continue son petit bonhomme de chemin le long du lac et des villas qui lui font face. Elles appartiennent aux magnats à l'origine du miracle économique ouest-allemand, parmi lesquels figure le papa de notre rêvasseur. Les propriétés cossues qui jalonnent le parcours du garçon sont d'une majesté à l'image des cygnes de l'Alster. Elles ont été épargnées par les bombardements de 1943, contrastent ainsi avec les tours d'habitation qui ont proliféré comme des champignons sur les décombres de la ville. Les raids incendiaires des Alliés ont transformé Hambourg en champ de ruines, une dévastation qui lui vaudra, pour un temps, le surnom de «Hiroshima allemand». Des dizaines de milliers de victimes civiles et un million de sans-abris, «mais c'était bien mérité», que disent les bouquins en termes à peine voilés, même ceux que cite le maître Schulte. Puisqu'il fallait payer pour le Blitz de Londres, payer aussi pour Auschwitz, Neuengamme et tant d'autres, soixante millions d'envoyés au cimetière et six ans d'enfer. Il fallait expier, oui, ce que veut cette logique implacable qui existe depuis que le monde est monde : au peuple de payer pour la folie de ses dirigeants. Les Allemands en gardent un goût amer, c'est pourquoi tout Hambourg regarde vers l'avant, « concentrez-vous », jamais vers l'arrière, ou se serait s'empêtrer dans un malaise collectif encore vif après deux décennies de reconstruction. Il n'y a que le petit mouton noir pour flâner sur les rives de l'Alster, et il ne traîne jamais longtemps. On l'a bien dressé.

Apparaît au loin le palace familial. Le garçon sourit. Non à la vue de son domicile, qu'il juge peu chaleureux du haut de ses quatre étages ciselés dans l'ivoire, mais parce qu'il aperçoit sa sœur qui l'attend sous le porche, revenue de l'école des filles. Ces deux-là son liés comme les doigts de la main, ou comme les deux azurés entrevus dans le carreau d'une fenêtre. À 14 h sonnées les enfants franchissent le pas de la porte en courant, dans une cascade de rires qui se déversent dans la maison pour inonder ses pièces une après l'autre. « Careful! » avise la cousine anglaise qui a fait de la cuisine son château fort. Elle vient de préparer un gingerbread, délice d'épices dont le secret se transmet de mère en fille depuis maintenant sept générations. L'odeur du pain cuit surexcite le frère et la sœur, dont la folle course les mène bientôt au deuxième étage. Ici les pièces sont moins imprégnées des effluves d'épices que des harmonies au piano de la tante parisienne, laquelle a fixé ses pénates à Hambourg par dévotion pour Brahms et Mendelssohn. Dans son boudoir, elle lance un « Ne courez pas les enfants ! » tout en poursuivant sa sonate sans jamais perdre le doigté. Les diablotins cavalent vers leur chambre un étage plus haut où ils entendront le sermon de leur propre mère, qui, depuis son cabinet de lecture, les somme d'aller faire leur devoir, sans courir, « Senza correre! ». Ici on change de langue au gré des heures, des pièces ou du vent, bien qu'on utilise le plus souvent l'allemand ou l'anglais lorsqu'il s'agit de faire du *business*, tandis que le français s'impose à l'esprit quand on discute dans la bibliothèque familiale, au demeurant richement garnie. Pour ce qui est de l'italien, que dire, sinon qu'il est de préférence susurré dans l'intimité de la chambre à coucher. Encore qu'on peut parler de tout et dans n'importe quelle langue, sauf de la guerre. Un sujet tabou. Ici personne ne prononce jamais le mot, sauf par mégarde un visiteur malavisé. Un silence de plomb s'abat alors dans la demeure, instantanément, on pourrait entendre une mouche voler. Ce qui n'est certainement pas le cas à l'heure présente, du fait que les garnements font trembler les planchers.

À vrai dire, les remous provoqués par les jumeaux ne surprennent personne dans la maisonnée, c'est en quelque sorte une propension innée. Ils ont vu le jour au moment où deux vagues frappaient la ville, en 1962. L'une, catastrophique, a fait sortir l'Elbe de son lit, provoquant une inondation monstre. L'autre, festive, a propulsé vers la gloire de jeunes quidams de Liverpool venus faire leurs classes dans le red light de Hambourg. À l'aube des Swinging Sixties, les jumeaux n'ont été qu'un raz de marée de plus à déferler. Un événement familial inattendu, mais combien réjouissant, qu'on a affectueusement appelé «nouvelle vague», clin d'œil au mouvement qui soufflait en même temps sur l'adulée patrie des Lumières.

Le jeu de poursuite entraîne bientôt les enfants au quatrième étage, au tour de la fillette de se lancer aux trousses de son frère dans un concert de cris digne d'une jungle tropicale. De temps en temps retentit du fond d'une pièce un «Rennt nicht!» ou «On ne court pas!», pour la forme. Lorsqu'il est ainsi pourchassé, le garçon sait où se réfugier. Une planque à toute épreuve où jamais, au grand jamais, sa sœur n'ose le suivre. Il grimpe les premières marches de l'escalier menant au grenier, s'arrête à mi-parcours. Il se retourne. La gamine s'est immobilisée au pied de la cage, elle ne fera pas un pas de plus. Il l'a semée. En dehors de l'école, il n'y a pas d'endroit pour déparier la paire aussi abruptement. Elle est terrifiée par ce qui se trouve sous les combles, lui en a fait son oasis. D'un air de défi, le garçon regarde sa jumelle jusqu'au fond de ses yeux vert-de-gris. Elle serre les mâchoires et les poings quelques secondes. Puis se résigne à la défaite, incapable d'affronter son démon, qui est en réalité le démon de tous ceux logeant aux premiers niveaux de cette vaste demeure : oncles, tantes et cousins réunis. Seul le petit intrépide est parvenu à apprivoiser la bête qui a fait du dernier étage sa tanière. Dans cette famille, personne d'autre pour oser passer le Styx, soit l'entrée du grenier. Son sac d'écolier en bandoulière, le filou grimpe les dernières marches le séparant de l'antre, soulève doucement la trappe.

Chaque fois, il a le sentiment de pénétrer dans la caverne d'Ali-Baba. Un sanctuaire sorti des mille et une nuits et gorgé de richesses qui ne sont accessibles qu'à l'initié. L'initié c'est lui, le gamin. Le seul susceptible d'apaiser le fantôme du grenier, lequel ne dort jamais, ou si peu. Il est là, à sa table à dessin. Il est toujours (ou presque) à sa table à dessin, face à la lucarne, pour le point de vue sur l'Alster et pour le clair-obscur indispensable à son travail. D'où il est, l'enfant ne voit que son dos voûté, son crâne dégarni. Autour de lui sa fortune, fabuleux bric-à-brac d'œuvres au fusain ou à l'encre de chine, des bahuts pleins à craquer d'albums, des étagères ployant sous des charges outrageuses de disques, de recueils, d'opuscules et autres bouquins. Dans le coin-cuisine attend une casserole sur le feu, son café, qu'il aime frémissant et qu'il boit de jour comme de nuit. Aujourd'hui Satie tourne sur la platine. Satie tourne souvent sur la platine, égrène tranquillement ses notes. Le vieil homme affectionne cette musique. Pour sa quiétude.

Au grincement de la trappe, il s'est lentement redressé pour faire face à son invité. Le garçon n'a pas peur de lui. Il n'a jamais eu peur de lui. Cela, en dépit de sa gueule de mort-vivant, de sa chair tremblotante ravagée par cinquante ans de tourments, un demi-siècle d'insomnie. On dit qu'il a cette tête depuis qu'il a perdu sa femme ou depuis qu'on l'a extirpé des tranchées, ce qui, pour l'un comme pour l'autre, fait un sacré bail. Un demi-siècle à ne dormir que d'un œil et sous forme de cauchemars ou d'hallucinations, un demi-siècle à avoir mal aux tripes, à tenter de mater ses tremblements, à chercher du réconfort dans la musique, dans les livres, dans le dessin et, surtout, dans ce petit-fils qu'il aime comme la prunelle de ses yeux. En lui il voit l'âme du rêveur, l'intelligence des sens, une prédisposition naturelle à l'émerveillement. Il est par conséquent l'unique dépositaire de sa quête insatiable, des décennies de trésors cumulés. Sans doute cherche-t-il également, par le truchement du gamin, une forme de rédemption. D'une part, pour avoir jadis enfoncé sa baïonnette dans le ventre d'un poète, un fratricide qu'il continue d'expier tous les jours via des douleurs lancinantes aux boyaux. D'autre part, pour avoir (jadis encore) abandonné son propre enfant, déjà orphelin de mère. Une lâcheté sans nom qui a métamorphosé son fils en antithèse de l'artiste, un requin de la finance, multimillionnaire peut-être, mais pauvre de cœur et sans propension aucune à l'éblouissement. À force de courir après des obsessions plus pécuniaires, ce fils a lui aussi délaissé ses deux rejetons, qu'il ne croise à peu près jamais. On raconte dans les salons mondains qu'il s'agit d'une malédiction familiale. On s'inquiète pour les jumeaux. Ils ont leur mère, fort heureusement ! «Ils en ont même dix», ironiseront certains, en comptant mamies, tantes et cousines de toutes origines.

Le garçon avance sur la pointe des pieds, il ne court pas, ne court jamais dans le grenier. Son grand-père ne supporte pas les mouvements brusques, ça lui rappelle la guerre, les enjambées de barbelés, les attaques-surprises. La jumelle l'a appris à ses dépens, elle est venue une seule fois au grenier, trop vite, provoquant une psychose terrible. Elle n'est plus jamais remontée.

— Approche mon petit, dit le vieux.

Le petit le rejoint au moment où trois heures sonnent à l'horloge comtoise, un meuble que le doyen chérit autant que les autres pièces de sa collection. C'est qu'il est véritablement obsédé par le temps. Il n'a cependant jamais voulu porter de montre, il déteste les bracelets. Sans doute à cause de la guerre, cette satanée guerre, où les bracelets servaient à identifier les cadavres.

L'enfant s'installe sur le tabouret qui lui est réservé. Il observe son grand-père accomplir le rituel calligraphique d'une main étonnamment sûre et dans cette langue que lui seul ici peut manier. Une écriture qui est celle de sa lointaine enfance et qu'on pratiquait chez lui au pinceau de génération en génération. Elle fut abandonnée sur ordre d'État, il y a plusieurs décennies déjà. On la disait trop encombrante. La succession s'est donc rompue, son fils fut privé de l'héritage calligraphique. Une écriture morte, oubliée, que lui continue de nourrir telle une obsession. Parce que chaque caractère jeté aux oubliettes est un chef-d'œuvre à déterrer, une lanterne à rallumer. « On a laissé mourir une langue mon garçon, sans sépulture, rien ! » Comme un soldat qui tombe entre deux lignes de front. « Écoute-moi bien, petit. L'écriture est un art, dans la forme autant que dans le fond. Il ne faut jamais laisser mourir un art. Rappelle-toi que sans art nous ne sommes que des bêtes. » Le petit opine de la tête, silencieux.

«À toi je te montrerai, il faut que tu sois patient», répète-t-il inlassablement. Car l'art exige du temps. La beauté est rarement pratique. Et ce qui est pratique est rarement beau. À tout cela, le garçon acquiesce. Il est patient.

Accroché au mur, près de la lucarne, l'enfant aperçoit un fusain d'une magnificence à vous glacer le sang. Son dernier cauchemar. C'est la façon qu'a trouvée le vieil homme de maîtriser ses tremblements et de soigner sa douleur, en la projetant sur du papier. L'art comme exutoire. Chaque fois qu'il s'assoupit, le vieux replonge en enfer. Chaque fois, il y survit, en ressort avec une œuvre arrachée à l'abîme. Il a dessiné aujourd'hui un mort, un autre. Un corps décapité, dévoré par les mouches, lesquelles paraissent si réelles qu'on entend presque leur bourdonnement. Le gamin est à la fois fasciné et terrifié devant cette image née des ténèbres. Une de plus pour enrichir la série au charbon que l'artiste appelle «ses Nymphéas» et qui subjugue le jeune autant qu'un cabinet des horreurs. *Mon papi a survécu à ça!* Son admiration est sans bornes. *Il est invincible, il est immortel.* Le vieux sent le regard du chérubin accroché à son cauchemar. «Il s'appelait Levent, c'était mon copain là-bas, dans la tranchée.» Sa voix frémit au dernier mot prononcé. «La guerre lui a fait perdre la tête.» Le petit-fils ne répond pas. Il choisit néanmoins ce moment pour tirer de son cartable sa récolte du jour, la valse aérienne de deux papillons aux ailes azurées. «Montre-moi!» implore aussitôt l'aïeul. Il cueille le pastel froissé, l'examine sous toutes ses facettes tel un diamantaire devant un cristal. «Magnifique! Magnifique!» Les éloges du grand-père sont du petit-lait que l'enfant boit goulûment, ça le rend ivre de joie.

— Suis-moi mon bonhomme, c'est l'heure du cinéma.

Le vieux se lève. Il se déplace en claudiquant, l'échine courbée, le gamin à sa remorque. Passant devant le réchaud, il s'arrête. Le temps de se verser un café, qu'il sirote sur place, posément. Le garçon attend. Il est patient. Tous deux se dirigent ensuite vers le fond du grenier où trône un appareil que le jeune a baptisé «boîte magique», en réalité une lanterne bricolée, à double lentille. C'est ici que papi devient Merlin l'enchanteur.

— Regarde mon petit, regarde bien ce qu'il est advenu de ta dernière récolte. Observe ! Observe comment la beauté met en boîte la laideur, comment l'art se joue de l'horreur.

Une lampe s'allume, une manivelle est activée. Puis la lanterne projette sur la toile blanche son alchimie. La première chose à surgir est l'un de ces cauchemars sortis des *Nymphéas*. Un dessin si réaliste qu'il vous pétrifie sur-le-champ, un champ de bataille que les coups de charbon ont jonché de cadavres, certains dans un état de putréfaction si avancé qu'on ne reconnaît plus le visage, ni l'humain. Ne reste de vivant que la vermine, dont le frétillement à l'écran donne la mesure du festin. « C'était après les combats de juin, dans le no man's land.» Ses paroles vibrent à l'évocation de douloureux souvenirs.

No Man's Land. « C'est le titre de l'œuvre mon garçon. Ceux qui y ont mis les pieds, mes camarades, n'en sont jamais revenus.» Sa voix s'étrangle. «Morts sans avoir eu droit aux derniers honneurs, aucune stèle, pas même un bout de bois, ne serait-ce qu'un caillou.» Le gamin ne répond pas, ne répond jamais. Il n'y a rien à répondre. Il absorbe. Il sait que bientôt la magie opérera. De fait. La deuxième manivelle est activée. Un papillon entre en scène, côté jardin. Suivi d'un deuxième, d'un troisième et d'autres encore, une armée de lépidoptères. Des belles-dames, des flambés, des nacrés, des satyres, des paons-du-jour, des porte-queue, ils envahissent l'écran. L'enfant exulte, ce sont là ses personnages, ses menus soldats, l'armée qu'il a religieusement levée à coup de pastel, jour après jour. Zoom sur un couple de porte-queue, les jaunes s'entrelacent, travelling latéral sur les belles-dames, les paons, chaque battement d'ailes apporte une bouffée d'oxygène dans le vaste crématorium. Zoom arrière, c'est le clou du spectacle. Le no man's land métamorphosé en une prairie inondée de fleurs, chacune d'elles rapportée par l'apprenti sorcier, chacune d'elles devenue la digne sépulture d'un camarade tombé au combat. Voici l'immense dessein d'un gamin haut comme trois pommes et qui n'a pas ses huit ans, diffuseur de lumières au pays du cauchemar, petit guérilléro au service d'un ermite qui se terre dans son grenier comme dans un bunker.

On dit le grand-père misanthrope. Il est tellement cloîtré dans sa douleur qu'il est à Hambourg un personnage de légende. Le bruit court qu'il ne sort jamais de sa planque, mises à part les nuits de brouillard, lorsque la ville dort. Certains rapportent l'avoir vu rôder le long du lac ou d'un canal, ou encore au sud dans le red light, mais on n'est jamais tout à fait sûr. Il est le fantôme de l'Alster ou l'ombre de l'Elbe selon le quartier qu'il sillonne ou le cours d'eau qu'il longe, chevalier errant à la recherche d'une voix, d'un chant, introuvable depuis un demi-siècle. Il ne voit pour ainsi dire jamais le jour, sinon par les étroites lucarnes des combles ou par l'entremise des pastels de son petit-fils, lesquels apportent un baume sur ses plaies. On le dit fou. Il peut paraître invraisemblable qu'un halluciné de son espèce suscite autant d'admiration chez un garçon qui n'a pas huit ans. Or, le jeune le vénère jusqu'à l'idolâtrie. C'est qu'au-delà des plaies incurables, il voit surtout en lui le survivant, *l'immortel*. Celui qui est à la fois le plus doué des artistes et le plus prodigieux des alchimistes, capable de transformer n'importe quelle boue en or. *Je voudrais avoir son génie.*

Le film se termine sur les roucoulements de volatiles. L'enfant et le vieux sursautent. Car les oiseaux ne font pas partie de la distribution, du moins pas cette fois. Puis tous deux sourient en réalisant que les roucoulements viennent... du toit. *Quelle heure est-il ?*

L'heure du ravitaillement des troupes, l'horloge comtoise s'apprête à sonner quatre fois. « Nos amis ont faim », dit le grand-père. Le galopin se précipite à la fenêtre. « N'oublie pas le pain ! » Bien sûr qu'il n'oublie pas le pain, il n'oublie jamais le pain. Il s'empare de la poche accrochée au chambranle, toujours remplie de quignons secs, ouvre les battants, se glisse par l'ouverture avec l'aisance du lézard. En un instant le voilà sur le toit où il est attendu comme le Messie par une volée de pigeons. L'irruption du pourvoyeur accentue la cohue, les pigeons se multiplient et se bousculent dans un concert de battement d'ailes, de gloussements impatients. Eux aussi suscitent l'admiration du gamin. Car eux aussi ont fait la guerre. Ils font partie de la panoplie du vieil homme, ils en sont peut-être la pièce maîtresse.

Saint-Henri, Montréal, juillet 2016

16 h 22. Sarah arrive chez elle la mine basse, son pneu de vélo à plat – le moral aussi. Elle a mis près d'une heure à regagner ses pénates sur un trajet qui lui en prend 20 minutes lorsqu'elle est sur sa bécane et non à côté, à la pousser comme une impotente. Quelqu'un lui a éventré un pneu pendant qu'elle était à l'Accueil, une entaille qui n'est visiblement pas accidentelle. Elle ne comprend pas cet acte gratuit, aurait préféré un vol. La nécessité aurait rendu le larcin amnistiable, du moins au cœur de l'humaniste. «Merde!» lâche-t-elle en expédiant l'invalide au débarras.

Sur le balcon, sa bande de chats de gouttière l'attend déjà. Les bêtes affamées miaulent à tue-tête, on croirait qu'elles n'ont rien mangé depuis Noël. «Voyons mes gloutons! Je vous ai nourris ce matin.» Qu'importe, elle distribue bientôt des gamelles de croquettes, au bonheur des ogres. Sarah caresse un à un les félins en faisant fi de ses allergies, les yeux déjà rougis par son insouciance. «Heureusement que vous êtes là pour moi.» Vive la zoothérapie, songe-t-elle, en essayant d'endiguer une crise d'éternuements.

Quelqu'un observe la scène en contrebas, dans l'ombre d'un garage. Il est ému par ce tableau évoquant un Renoir, la *Femme au chat*. Ça lui rappelle ses propres escapades sur le toit à nourrir les pigeons, ce qui rend le spectacle d'autant plus attendrissant.

Mais l'homme tapi dans l'ombre se sent également honteux.

Pour assister à cette fête, il a dû commettre une bassesse dont il a encore le poids sur la conscience, *pardonne-moi Florence*. L'envie lui a pris de la revoir, il devait trouver le moyen de la suivre subtilement, à son rythme. Connaître le lieu de résidence de son ange gardien lui apporte une certaine forme d'apaisement, lui fait presque oublier son méfait. Il n'y a qu'un matou pour troubler sa contemplation en lui passant entre les jambes, à vive allure, ne voulant rien manquer du festin là-haut. Il accroche dans sa course un vieux chapeau de roue qui bascule dans un bruit de cymbale et alarme tous les chats, ainsi que Sarah. Elle se redresse, l'homme tente de se mettre à couvert. Trop tard. Il a été aperçu.

— Django ? C'est toi ?

Oui, c'est lui. Sarah lui trouve l'air piteux d'un enfant pris la main dans le sac. « Tu m'as suivie ? » demande-t-elle, sans obtenir de réponse. Cette filature est loin de l'importuner, au contraire. Elle fait grâce à l'épieur de son regard bienveillant, presque complice. Cette visite impromptue lui donne même des palpitations, elle en est toute émoustillée, les pommettes rosies. « Monte chez moi, bredouille-t-elle, je t'offre le café. »

16 h 43. La cuisine de l'appartement est imprégnée de l'odeur de l'arabica, toujours préparé avec soin. Il est versé dans les tasses sur des notes de jazz manouche, le remontant est en décoction comme en musique. L'homme n'a pas placé un seul mot, boit son café à petites gorgées. Il a la langue liée par la culpabilité, décuplée par la mansuétude de l'hôte. Sarah compense ce silence et l'exacerbation de sa libido (*non mais ces yeux !*) par une

volubilité inépuisable, elle raconte sa dure journée, la crevaison. Son vis-à-vis se tortille de malaise sur sa chaise.

À 16 h 48 apparaît une silhouette efflanquée à la porte-fenêtre donnant sur le balcon. «Lucas?!» s'exclame Sarah, ses pulsions libidinales anesthésiées d'un coup. L'adolescent reste muet et immobile devant l'inconnu qui a pris sa place dans la cuisine de sa marraine. Sarah sourit. Tout compte fait, elle ne peut qu'accueillir avec enthousiasme ce hasard providentiel.

— Reste pas là, Piano Man, entre!

D'un pas hésitant, le jeune vient les rejoindre à la table.

— C'est Django, je t'ai parlé de lui, tu te rappelles?

Bien sûr qu'il se rappelle. *Le génie vagabond.*

— Lui aussi fait des ravages lorsqu'il touche un piano, ajoute Sarah.

Et il aime Satie, Lucas n'a pas oublié.

La méfiance du garçon se transforme en curiosité, sa corde sensible touchée, celle de Django tout autant. Les deux se saluent d'un hochement de tête discret.

— Veux-tu une limonade, Lucas?

— Juste de l'eau, s'il te plaît.

— Et un verre d'eau pour le jeune maestro!

Servi dans un verre à vin, ce qui lui fait toujours plaisir.

Suivent quelques minutes de flottement où Sarah pallie le mutisme des deux autres par de longues palabres. «Et les leçons de piano, Lucas? Paraît que l'élève surpasse le maître. Es-tu venu à bout de *Cent ans de solitude*? Tu m'impressionnes, passer à travers ce monument à ton âge, et pour le fun!» L'hôte noie les convives sous un flot de paroles, prend soin d'éviter les sujets d'embarras, dont les cours de rattrapage estivaux. Son babillage finit par détendre les esprits. Les deux invités restent cois, mais à leurs yeux pétillants d'enthousiasme, on voit qu'ils sont plus à l'aise. Si bien que l'adolescent décide d'interrompre la tirade de sa marraine en plongeant un doigt dans son verre pour le glisser ensuite sur le buvant. Le glissement module un son limpide, aérien. Il sourit, «tu m'as servi un *mi*».

Voilà qui électrise brusquement l'atmosphère de la cuisine. Django demande à son tour un verre d'eau. «J'aimerais un *sol.*» *Un sol?* Perplexe, Sarah ne peut faire autrement que de vider son armoire sur la table, qui se couvre de coupes et de verres de toutes les tailles. Elle y dépose aussi un pichet d'eau. «Tenez! Je vous laisse accorder votre instrument.»

Le jeune choisit naturellement les plus petits récipients dont il remplit à peine le fond, laissant le vétéran veiller sur les grands verres. Ensemble ils ajustent la tonie de chaque note, au millimètre près. Puis la magie opère.

Mi sol fa# mi...

Commence un spectacle que Sarah n'aurait osé espérer, même en rêve. Les doigts glissent, les verres chantent, la *Gnossienne* déploie sa féerie. Django est aux basses, *ré# ré#...*, Lucas aux sopranos, *la la...*, la cuisine se dissipe, se transforme en jardin céleste. Chaque note prend son temps, enfonce son pieu à travers la mince cuirasse de Sarah.

17 h 11, les doigts glissent encore, les verres chantent toujours. Comment survivre à un tel assaut de grâce?

La femme en tremble, autant que chaque verre touché du bout des doigts dans ce chœur de cristal. À la porte-fenêtre apparaît la voisine du dessous, rejointe par son mari et l'étudiant qui habite au-dessus. Tous sont aspirés par le songe, saisis d'un vertige provoqué par la fonte du tangible : les murs, les portes, les balcons, rien n'existe plus, à l'exception d'une constellation de notes scintillantes. *Mi sol fa# mi...* Sarah fixe les doigts graciles de l'homme, mouillés, caressant les verres, ça devient un supplice.

Arrive l'instant cruel, celui de la dernière note, laquelle agite le spectre du trou noir. L'assistance reste sans voix pendant de longues secondes, sonnée par ce prodige né d'un service de vaisselle. À la porte-fenêtre, la voisine se décide à applaudir, imitée par son mari, l'étudiant suit le mouvement. Quant à Sarah, elle ne s'en remet pas, incapable de remuer une main ou de prononcer ne serait-ce qu'un bravo. *Non, le mot n'est pas de taille.* Sur le balcon, les vivats de l'assistance font éclater la bulle qui s'était formée autour des virtuoses. Gêné, Lucas se lève d'un bond, « faut que je me sauve ». « Hein ? » d'articuler la marraine, haletante d'émotion.

L'irruption du garçon chez Sarah n'était pas un hasard. Il commence aujourd'hui des cours de violoncelle, le professeur habite le square avoisinant. « Du violoncelle ? » Sarah est dubitative. « Et le piano ? » Le filleul hausse ses frêles épaules. Son professeur de piano n'a plus rien à lui apprendre. « Je dois passer à autre chose, j'ai soif », dit-il, devant une table jonchée de verres d'eau. La marraine ne peut rien répliquer, hormis un « eh ben ! ».

— Et quand j'en aurai assez du violoncelle, j'apprendrai le hautbois, ajoute-t-il, rougissant de son aplomb.

Le visage de Sarah s'illumine d'une fierté toute maternelle, le genre d'orgueil que Lucas n'a jamais pu déceler dans le regard de ses parents. Django, lui, prend un air grave, attachant sur le gringalet un regard pénétrant. Il se revoit jadis.

Confus, l'adolescent imite les voisins et s'éclipse, disparaît aussi spontanément qu'il est apparu. Il laisse d'un côté de la table un Django songeur, et de l'autre, une femme au sein palpitant, maintenant seule avec son beau ténébreux et sous l'empire de ce philtre qui l'imbibe de la tête aux pieds. Elle se lève chancelante, s'en va fermer la porte à double tour, s'efforçant comme elle peut de maîtriser les foyers d'incendie qui se multiplient dans sa chair comme autant de séquelles d'un assaut aérien. Le feu a déjà dévoré sa poitrine, ses entrailles, son entrecuisse. C'est trop d'embrasement, elle doit s'appuyer au chambranle de la porte. *Respire! Expire!* Elle se retourne, avance en direction de l'homme, lui prend la main, l'entraîne au pas de charge dans le couloir menant à sa chambre. Surpris, Django se laisse porter, happé par un vent qu'il n'a pas vu venir.

Sitôt dans l'alcôve, il est projeté sur le lit, sa chemise soufflée par le brûlant sirocco. Sarah est ivre d'émoi, le submerge de baisers enflammés, embrasse ses tempes de génie, ses yeux cristallins, son oreille musicale, glisse vers la gorge où elle s'attarde, descend encore, vers son cœur de soldat, son bas-ventre de surhomme. Elle en est à déboutonner son pantalon lorsqu'elle lève la tête. Alors seulement remarque-t-elle le regard affolé du Phénix. Le voici tétanisé comme un oisillon devant un rapace, ou comme un enfant épouvanté de voir sa mère perdre la tête.

Sarah voit le visage de Lucas se substituer à celui de Django. *Je suis un monstre!* Elle s'effondre.

Quant à l'agressé, ce n'est pas tant la figure maternelle qu'il voit ainsi dérailler, mais la secouriste, son ange, ce qui n'en fait pas moins un dérapage incestueux.

«Je m'excuse», réussit à murmurer l'assaillante, d'une voix blême de honte. Lui profite de l'étreinte relâchée pour se dégager. Il ressasse ses «Pérouse! Ce qui est arrivé à Pérouse!», puis quitte la chambre les jambes flageolantes, s'en va sans même récupérer sa chemise. Il laisse sur le lit une femme échouée, étalée sur la plage de son île désertée. *Ça se peut pas, c'est pas moi*, elle ne se reconnaît plus. La voilà éconduite et goûtant à sa propre médecine, elle qui en amour ne s'était jamais rien vu refuser. Il lui faudra une bonne demi-heure pour parvenir à remuer ses membres engourdis.

La mésaventure n'aura pourtant pas raison de sa flamme. Elle n'en sera que plus dévorante, la nuit ses fantasmes avivés, la torture.

La désespérée a besoin de s'épancher. Elle cherche son téléphone pour s'en remettre à ce qui lui reste de famille depuis la mort de sa mère, c'est-à-dire sa sœur, son agent stabilisateur. À 18 h 01, le téléphone de la Dre Lagacé exécute sa sonate, affichant le numéro de Sarah. Est-ce l'instinct associé aux amitiés séculaires? L'allegro de *La Tempête* lui semble plus déchaîné que d'habitude. La psychologue se dépêche de répondre, devinant la détresse de son amie. Celle-ci a la voix brisée. «Régine, je viens de...» Elle s'interrompt, étouffée de sanglots. «Je viens de violer Django!»

La docteure manque de tomber à la renverse. «T'as quoi?» La malheureuse est incapable de répéter, doit prendre une bouffée de son bronchodilatateur. Au bout de la ligne, l'incrédulité est complète. Sarah, l'ange et la douceur incarnée, une violeuse? *Quand les poules auront des dents!* Ou... *quand les cochons pourront voler!* (l'expression est britannique, dixit Timothy) Ou bien *quand l'écrevisse sifflera sur la montagne!* (celle-ci lui vient de sa grand-mère russe) Les formules se bousculent dans sa tête, quoiqu'aucune n'arrive à décrire un tel degré d'invraisemblance. «Sarah, tu me fais marcher!»

Pas de réponse, qu'un long gémissement. Régine comprend, à sa respiration sifflante, qu'elle n'a pas le cœur à plaisanter, ni à mettre en boîte âme qui vive (poule, cochon ou écrevisse). « T'as essayé de l'embrasser ? » Pas plus de réponse. Si elle avait été chez elle ou même au travail, elle se serait rendue d'urgence à Saint-Henri pour renflouer l'épave. Seulement, elle n'est pas à la maison ni au travail. Elle est à l'aéroport, à quelques mètres de la porte d'embarquement et de l'aéronef qui doit la transporter à 12 000 kilomètres de Montréal. Le départ est si imminent qu'il est à l'instant claironné dans les haut-parleurs du terminal. Ce qu'entend immédiatement Sarah, qui est certes chavirée, mais pas sourde.

— T'es où Régine ? (reniflement)

Régine hésite, bredouille, comme si elle était coupable d'une dérive aussi condamnable que ce viol dont s'accuse l'amie avec tant d'épanchement.

— Je... je suis à l'aéroport. J'ai décidé de prendre congé, m'en vais dans le Sud.

Sarah reste muette. Une travailleuse compulsive qui prend soudain congé pour aller dans le Sud ? *En plein mois de juillet ?* Régine, qui l'entend penser, clarifie tout de suite.

— Il y a un colloque en Californie qui réunit la crème des neuropsychologues. Je vais y faire un saut, mais je veux surtout relaxer, aller à la plage. J'ai le droit de me reposer, moi aussi, des fois.

— Des fois ?!

Dubitative, Sarah sèche vite ses larmes. Elle connaît assez la scientifique pour savoir qu'elle déteste le tourisme balnéaire autant que les colloques, un et l'autre lui font perdre son précieux temps. Et ses paroles transpirent à ce point de mauvaise foi qu'elles n'arriveraient à convaincre personne, pas même le plus naïf des benêts.

À sa défense, elle ne ment qu'à moitié. S'il est en effet farfelu d'imaginer l'infatigable docte en train de se prélasser sous les palmiers, il est en revanche indéniable qu'elle a pris un congé précipité et qu'elle est bel et bien en partance pour le Sud. Pas exactement la Californie, non, trop peu pour elle, les palmiers de Santa Monica ou de Malibu. Elle convoite le vrai Sud, celui du bout du monde. Elle ira fouler une étendue de sable digne de ce nom et dont la simple appellation fascine et déborde d'exotisme : le Kalahari. Comment avouer à Sarah, qui hier encore lui faisait promettre de ne plus «cuisiner» son protégé, comment donc lui avouer qu'avec le concours des chercheurs du département de linguistique de l'Université du Cap, elle a identifié une piste prometteuse dans son enquête visant à démasquer l'imposture du Phénix ? Car pour Régine, il est manifeste que sa chère sœur s'est entichée d'un individu interlope, dangereux miroir aux alouettes. Mais comment lui dire ? Comment lui dire qu'elle ne s'en va pas se reposer, au contraire ? Régine s'acharne, s'accroche à cette obsession de déchiffrer un cerveau tordu. Elle est prête, pour cela, à transpirer à grosses gouttes sous un soleil de plomb, là où il est impitoyable, quelque part sous le 25e parallèle, dans un territoire imprécis couvrant les frontières de la Namibie, du Botswana et de l'Afrique du Sud. Un lieu perdu où, il y a un peu plus d'une décennie, s'est éteint le dernier locuteur d'un dialecte rare du groupe khoïsan. Du moins croyait-on à la disparition de cette langue, hier encore. À la stupéfaction générale des universitaires, un vagabond qui n'a rien du Bushman la parle parfaitement à Montréal.

Cela dit, cette avancée spectaculaire de l'enquête ne doit pas être criée sur les toits, surtout pas celui de Sarah, pour ce qu'elle jugera l'affaire comme une chasse aux sorcières, un coup de poignard dans le dos de son bien-aimé – et dans son dos à elle, par procuration.

«Tu vas où exactement?» s'enquiert Sarah, qui ne sait trop si elle doit s'inquiéter ou se méfier. Il va sans dire, elle tient ce voyage improvisé pour alarmant. Surtout que les réponses de Régine ne viennent pas d'emblée, mais au bout d'instants d'hésitation.

— Dans la région de San Francisco, à Stanford.

L'autre est sceptique, l'amie lui cache quelque chose. *Une grosse anguille sous une petite roche.*

— Lucas était ici tout à l'heure, il m'a rien dit de ta soudaine soif de margarita. Comment t'expliques ça?

Mal lui en prit de la mettre à l'épreuve, puisque Régine ne relève pas la question (Lucas ne fait jamais grand cas du va-et-vient de ses parents), mais la redoutable probabilité que son fils ait été chez Sarah en même temps que l'interlope, ce qui l'affole tout à fait.

— Lucas et le Phénix étaient chez toi ensemble!

L'arroseur arrosé. Sarah doit se dépêtrer, elle ment à son tour.

— Euh, non. Lucas est à son cours de violoncelle, il était déjà parti quand Django est arrivé pour...

— Pour se faire violer?

18 h 07. Sarah préfère mettre un terme à la conversation plutôt que de souffrir l'escalade verbale et davantage de salades, qui ne sauraient être dignes de leur amitié. De toute façon elle a eu ce qu'elle voulait, d'une certaine manière. Elle est maintenant requinquée.

— Où que tu ailles (*parce que je ne crois pas un seul mot de cette histoire de colloque californien*), donne-moi des nouvelles. Et fais attention à toi.

De même, Régine décide de passer l'éponge pour faire ses recommandations.

— Arrête de roucouler pour un homme qui n'a visiblement rien du saint (*tout du charlatan*) et surveille mon Piano Man, veux-tu?

Bien sûr qu'elle veillera sur Lucas. Elle le fait toujours, que ses parents soient à la maison ou au bout du monde. Et ce bout du monde, Régine l'atteint trois jours plus tard avec sa valise ainsi qu'un nom sur un bout de papier: *Papa !Xóõ.*

Un voyage irrationnel, fantasque, dira-t-on, pour une scientifique de la trempe de Régine. Or il n'est pas ici question de fantaisie, mais d'obstination, ce vent qui pousse le chercheur toujours plus loin, lui fait entreprendre les plus improbables odyssées.

Garni, République socialiste soviétique d'Arménie, juillet 1982

« Mademoiselle Dorian, ne vous éloignez pas trop ! » prévient la guide recrutée par le voyagiste moscovite. Cependant que la demoiselle ignore l'avertissement pour s'engager à pas prudents dans un sentier pentu, s'éloignant de l'attraction touristique du coin : un temple gréco-romain tout juste relevé de ses ruines. Il surplombe, pimpant, les profondes gorges de Garni, où s'enfonce ledit sentier. Précisons que la jeune touriste est venue de loin dans l'unique but de visiter Garni. Non pas le temple, mais les gorges.

Elle a fait des pieds et des mains pour faire ce voyage, son visa obtenu en souffrant une paperasserie lourde comme un rideau de fer. Cela, pour entrer dans un État d'où tout le monde veut sortir. Mais c'était irréfrénable. « N'y va pas », lui ont dit parents et professeurs, « c'est un pays fermé », encore, « c'est un pays froid », enfin, « c'est un pays en guerre ». Mais la guerre est en Afghanistan, alors que l'étudiante convoite les environs tranquilles de Garni, un site qui n'est ni fermé ni froid, sous ce soleil implacable. Davantage qu'un voyage, c'est un pèlerinage. Voire une odyssée. Celle-là dont elle rêve depuis l'enfance, depuis qu'on lui a dit et redit « ton bien le plus précieux est ta voix ».

Ton bien le plus précieux est ta voix.

La même voix que sa mère et avant elle sa grand-mère, son arrière-grand-mère. Dans cette famille, on ne se lègue pas de bijoux, le chant est l'unique dot. De mère en fille on se transmet une voix, et laquelle ! Si belle qu'elle laisse n'importe qui foudroyé. Toute une lignée de sirènes, lumineuses, qui sèment leurs notes partout, dans les églises comme dans les salons, les cabarets, dehors aussi, par les fenêtres et à travers les venelles, les brouillards, les champs, les montagnes, jusqu'au fond des gorges obscures.

Ton bien le plus précieux est ta voix.

Mais d'où vient cette voix, *cette voix ancestrale*? Elle en a fait sa thèse universitaire. Elle en a fait son obsession. Au matin de sa vingtaine elle creuse son matrilignage, elle creuse, elle creuse. Jusqu'où peut-on creuser pour trouver la source de ces vertigineux cantiques? Qui donc fut la première à faire fondre le tangible, à mettre à genoux le simple mortel et sans doute un évêque ou deux, un prince ou deux, un général et ses troupes?

À force de creuser elle a exhumé, du sous-sol d'une bibliothèque, un livre poussiéreux. De ce livre fut déterré un nom : Sahagadoukht. Une chantre de plus de 1000 ans, à la fois professeure et compositrice, bénéficiant d'une grande réputation sur l'antique route de la soie. Sur la foi de ce vieux bouquin, Sahagadoukht aimait exercer son art dans une grotte, précisément au fond des gorges de Garni. On venait de loin pour entendre cette femme, son ancêtre. Qui, voilée par la tenture d'un baldaquin, enseignait le chant a cappella.

Depuis cette révélation, mademoiselle Dorian est hantée par le chant de la matriarche, elle en rêve toutes les nuits, tente de s'en faire une image. *Sahagadoukht.* Elle l'imagine dans son baldaquin, petite, pudique, le visage voilé en permanence. Et cette voix pourtant titanesque ! *Sahagadoukht.* La souche de quelques lignées de chantres prodigieuses. Parmi lesquelles celle des Dorian.

Mythe ou réalité ? *Qu'importe.* Venant d'un bouquin poussiéreux, c'est un trésor exhumé, une lueur dorée flottant sur ses origines.

« Mademoiselle Dorian ! » répète celle qui lui sert officiellement d'interprète, officieusement de chaperon. La guide est au service de la demoiselle, mais surtout, au service du Soviet suprême. « Mademoiselle, vous vous éloignez de l'itinéraire planifié. » Sa voix est dure. Néanmoins, on y décèle, comme chez tous les agents Intourist, un arrière-fond de tristesse.

— Le sentier qui va en bas est escarpé, mademoiselle, s'il vous plaît !

— Je ne suis pas venue ici pour voir un édifice, insiste l'étudiante, mais pour voir les gorges.

— Pourquoi tenez-vous tant à ce ravin ?

La voyageuse réfléchit à une réponse sensée, la plus inoffensive à donner à cette agente soviétique. Elle finit par jeter l'éponge et s'en remettre à la vérité. Qu'a-t-elle à perdre ?

— Je suis sur les traces d'une lointaine ancêtre. Elle chantait dans une grotte de ce ravin.

Silence.

La guide est visiblement décontenancée, ce genre de visée ne fait pas partie de l'*itinéraire planifié.* « Son nom ? » finit-elle par demander, toujours avec une pointe de tristesse. À moins que ce ne soit, à peine perceptible, un début d'empathie, le sentiment de quelques affinités. « On l'appelait Sahagadoukht », répond la demoiselle Dorian.

Le chaperon en reste coi, démuni devant l'improbable. Il est déjà à peine concevable que cette fille ait parcouru des milliers de kilomètres depuis les Amériques pour visiter, par-delà la mer Noire, la plus petite et la plus polluée des républiques soviétiques. Voilà maintenant qu'elle mentionne cette légende locale, méconnue, un personnage relevant de la confidence familiale.

Un ange passe.

Puis :

— Le sentier est abrupt, prenez garde au faux pas.

Elle n'en dit pas davantage.

La visiteuse estime le consentement tacite, elle s'engage dans l'escarpement, descend la pente sans encombre ni faux pas. Elle glisse en revanche dans un profond ébahissement, tout en bas.

Car ce qui l'attend dans le gouffre dépasse l'entendement, le spectacle plus grandiose que n'importe quel temple relevé de ses ruines. Autour de la demoiselle, les falaises grimpent vers l'azur sous forme d'orgues basaltiques, colonnes innombrables, transformant cet abysse en cathédrale à ciel ouvert.

La beauté frappe d'autant plus fort qu'on ne l'attend pas. Voici l'unique église qui ait gardé quelque dignité au cœur de l'athéisme soviétique. Ne manque qu'une chorale, songe la jeune femme, pour accompagner la symphonie de pierres. Et comme elle se fait la remarque, soudain...

Une brise.

Une brise venue du fond des temps, de celles qui portent les cantiques millénaires et les histoires douloureuses. *Un chant.* D'où vient-il ? Est-il seulement réel ou imaginé ? La demoiselle ne saurait dire dans ce qui lui semble un rêve éveillé. *Cette voix*. Elle ressemble à la sienne. Ou celle de sa mère, de sa grand-mère… Ce chant a la profondeur de cette gorge. Peut-être a-t-il survécu au déluge, préservé par le vent et les hauteurs du mont Ararat. *D'où vient-il?* La chercheuse scrute les alentours, les anfractuosités de chaque falaise. Certes, il pourrait émaner d'une grotte. Autant qu'il pourrait sortir d'une fenêtre, nombreux sont les couvents et les monastères tombés en désuétude, qui s'accrochent aux falaises comme à l'espoir de jours meilleurs. Ce chant pourrait aussi descendre du plateau, là-haut, il pourrait être celui d'une bergère, d'une paysanne. Il pourrait être celui de sa guide, ce chaperon au visage de marbre dont elle a vu luire les yeux gris. Elle se tourne vers le sentier qui l'a menée jusqu'ici, lève les yeux vers les orgues puis le plateau, où l'attend une frêle silhouette.

Oui, ce chant pourrait être le sien.

Elle prend alors conscience de la grossièreté de son obsession, le reflet d'une présomptueuse vanité. Peut-on être si obnubilé par l'objet de son désir qu'on devient aveugle à tout le reste? *Et si l'exploration était plus importante que la découverte?*

La demoiselle Dorian se fait à l'instant une promesse. Chercheuse elle est, chercheuse elle restera. À la mémoire de ses ancêtres, à la mémoire de tous ceux et celles dont on a spolié la curiosité. Elle le réalise maintenant, les détours sont infiniment plus salutaires que la destination. Cette grotte, elle la cherchera encore et encore.

Puisse-t-elle ne jamais la trouver.

Journal d'un savant babylonien

mars 2007

L'obsession. Celle d'avoir, celle d'être, celle d'atteindre. Notre espèce est bien ferrée dans ce domaine.

Peut-on, à force de vouloir s'approprier l'art, à force de chercher non pas la beauté, mais la perfection, devenir parfaitement inhumain ?

Leni Riefenstahl. Cinéaste du Troisième Reich, cinéaste prodigieuse, brillante, peut-être la plus brillante que le monde ait connue. Une perfectionniste. Qui, au nom de l'esthétisme pur, a fait ce pacte avec le mauvais ange. Pauvre Leni. C'est ce que l'on retiendra d'elle, comme de Faust. Comme de moi.

Il faudrait se protéger de nous-mêmes.

Pourquoi ne peut-on pas se contenter d'être ce que l'on est, humain ? Ce qui, en matière de biologie animale, est déjà pour le moins remarquable. On pourrait se satisfaire de vivre pour s'extasier, en ne faisant rien, ou rien que l'amour, comme les bonobos. S'émerveiller devant les choses les plus simples. Or, nous avons cette folie des grandeurs, l'obsession de la quête, de la conquête, franchir l'infranchissable, édifier des tours démesurées.

Qui cherchons-nous à défier ? Dieu ? Ce serait trop facile. Nous-mêmes ? Ou le temps. Oui, le Temps, le vrai maître, souverain absolu et despote. Lui seul est sans faille, lui seul avance et complète tout, disait Whitman.

Je connais un peuple qui ne possède rien et qui vit au milieu de rien. Le seul qui ne soit pas sous l'emprise du Temps. Un peuple qui, n'ayant rien, peut s'extasier de tout, et pour qui l'art n'est pas un trophée, mais un besoin aussi vital que l'eau. C'est fort, pour des gens du désert.

Un chef-d'œuvre de peuple.

Désert du Kalahari, juillet 2016

À l'heure où le soleil s'allonge sur le sol sablonneux, Régine descend de la jeep qui l'a conduite du Cap au néant, à travers 1 000 kilomètres de brousse. En posant le pied sur la terre orangée, à 18 h 01, son choc est immense. Non qu'elle soit incommodée par la chaleur, qui n'est pas si suffocante en plein hiver. L'esthète est plutôt victime d'une extase vertigineuse, *tout ce vide!* Le sentiment d'être plongée dans un tableau, peut-être justement ce pastel réalisé de la main du Phénix et qui, sitôt créé, a été réduit en charpie. Voici la Montréalaise bouleversée de la même façon qu'a pu l'être l'artiste impétueux au même endroit, dans un paysage où la lumière est la reine absolue. Car il n'y a rien ici pour lui faire de l'ombre, que des molécules d'air et des milliards de cristaux de roches, comme autant de miroirs qui lui sont dévoués. Rares sont les endroits dans le monde où le soleil peut autant s'éclater. Régine est si éblouie qu'elle en oublie le pourboire promis au chauffeur. Il se racle la gorge pour tirer la femme de sa rêverie. Elle le remercie enfin, dépose dans sa paume une liasse de billets. «Où est le village?»

Il pointe le soleil couchant.

La chercheuse cligne les yeux, porte une main au front. Elle doit se couvrir le regard pour apercevoir, sous l'astre aveuglant, la silhouette vaporeuse d'un hameau.

C'est là. Là, dans ce bled perdu, qu'elle va découvrir le pot aux roses. Et, réflexion faite, quel décor idyllique, magistral, pour faire la lumière sur l'affaire du Phénix. Devant elle, l'ombre d'un individu se détache du crépuscule. Quelqu'un là-bas a entendu le ronronnement d'un moteur, on vient l'accueillir. L'ombre approche, se précise. Un échalas dont le port fier se moque du dénuement ambiant, il lève une main en guise de salutation. Lorsqu'il la rejoint, la jeep a déjà pris le large, laissant dans son sillage un épais nuage de poussière. Le nouveau venu déleste la globetrotteuse de sa valise, il se présente. «Je suis Papa !Xóõ, soyez la bienvenue madame Lagacé.» Il a manifestement été informé de sa visite. Elle se demande comment, son téléphone ne capte plus rien depuis trois bonnes heures. À l'Université du Cap, on lui a présenté cet homme comme l'âme du veld. Il est aussi – en parallèle – l'un des plus éminents linguistes du pays, bien qu'il se tienne maintenant loin des universités. Il préfère le terrain. Il n'en est pas moins le spécialiste incontesté des langues du groupe khoïsan, lui-même à demi San. Un *Coloured*. «Si quelqu'un peut vous renseigner sur l'inconnu du Vieux-Port, c'est assurément Papa !Xóõ», lui a-t-on signalé au Cap, en lui transmettant les coordonnées du bout du monde. Régine s'attendait à rencontrer un homme au teint un peu plus basané. Or sa peau est d'une blancheur d'ivoire. Lui paraît lire dans ses pensées, l'air hébété de la voyageuse l'amuse. Elle n'est pas la première à faire cette tête en le rencontrant.

Sur le chemin du village, il lui fait le récit de sa vie.

— Ne vous fiez pas aux apparences, je suis bien un *Coloured*. D'autres diront *Baster*, ça m'est égal. *Coloured* ou *Baster*, c'est du pareil au même. Les deux mots ont longtemps été prononcés avec dédain par les colonialistes, parce qu'ils expriment cette idée d'une union interraciale, autant dire une aberration. Vous l'avez constaté, je suis plus blanc que noir. C'est dire qu'à la loterie de la génétique, j'ai tiré le bon numéro... façon de parler. Ça m'a permis de fréquenter les meilleures écoles. Mon patronyme afrikaner a aussi pesé lourd dans la balance.

— À propos, l'interrompt Régine, je ne connais pas votre vrai nom.

— Mon vrai nom ! Vous me faites rire, vous, les Blancs. Cette manie de l'exactitude. Dans votre monde cartésien, aucune place à la nuance. C'est blanc ou noir, mais règle générale, c'est bien blanc.

Comme s'il n'était pas lui-même Blanc, note Régine.

Lui se tourne pour faire face au couchant.

— Vous avez vu ce soleil? Ces nuances? Ça, ce n'est pas cartésien.

— Désolée, je ne voulais pas vous offusquer.

— Je comprends, vous êtes une scientifique après tout.

Comme s'il n'était pas lui-même scientifique, note encore Régine.

Il répond néanmoins à son interrogation, décline son nom officiel, donc celui apposé sur son acte de naissance: ʘôõ Badenhorst. La discordance des deux appellations frappe la visiteuse, qui fronce involontairement les sourcils. Elle serait incapable de répéter le prénom, qui s'amorce par un de ces imprononçables clics. Le Bushman sourit, précise que son père était Afrikaner. Et d'une famille occupant le sommet de la hiérarchie administrative du pays. Malgré cela, et peut-être à cause de cela, ce père s'est distancié des siens pour devenir ethnologue. Il voulait sauvegarder, par l'enregistrement, les langues autochtones de l'Afrique australe. Certaines étaient très rares et anciennes, vouées à l'extinction, notamment des branches inexplorées de la langue !xóõ.

Régine l'écoute religieusement, fascinée par sa façon singulière de prononcer le mot *!xóõ*. On dirait un griot. Un griot blanc – *malgré lui*.

«Mon père a eu la bonne fortune de naître dans un pays considéré comme la mecque de l'anthropologie. Et la mauvaise fortune de vivre au royaume de la ségrégation raciale. Toute sa vie, il s'est battu contre l'apartheid. Il a poussé l'audace jusqu'à s'éprendre d'une femme du peuple san, lequel croupit encore aujourd'hui au bas de l'échelle sociale sud-africaine. Moi, je suis le fruit de l'impossible. Mon prénom en !xóõ signifie "rêve". Dans ma jeunesse, plus qu'un enfant, j'ai été un symbole, l'étendard de la dissidence. Je suis fier de ce rôle initial, même passif. J'aurais tant voulu que mon père puisse assister à la chute du régime, qu'il appelait "la Barbarie". Il est mort en 1989, trop tôt, trop jeune. Il n'a pas vu la libération du vieux Mandela.»

Il l'a manquée de peu! Régine est ébranlée.

— Et votre mère?

— Morte avant mon père, je n'étais qu'un enfant. Un oncle, blanc, m'a dit un jour que c'était un mal pour un bien, que je n'aurais plus de soucis avec les autorités. Je le détestais pour ce genre d'indélicatesse dont il était passé maître. Force est d'admettre, avec amertume, qu'il n'avait pas tort. Du moins à l'époque. Pour le gouvernement, le décès de ma mère sonnait le glas de mon côté *nègre*.

La Québécoise est prise d'un frisson, le mot lui fait mal aux oreilles. Elle passe vite à un autre sujet.

— On dit que vous êtes le meilleur linguiste du pays. Vous avez suivi les traces de votre père?

— Et ses obsessions, oui. Les mêmes obsessions que celui que vous appelez le Phénix. C'est pour cette raison qu'on s'est liés d'amitié, lui et moi. Nous avions en commun cette mission de sauvegarde. Sans compter que lui aussi se voyait comme un *Coloured*, un sang-mêlé.

Qu'il aborde spontanément l'objet de sa quête arrange grandement l'investigatrice. Les questions se bousculent.

— Vous le connaissez bien ? Qui est-il ? D'où vient-il ? Que faisait-il ici, au bout de l'Afrique ?

— D'où vient-il ? La question est aussi complexe que sa généalogie ! Quant à ce que venait faire Aydin ici : la même chose que moi et que mon père avant moi.

— Aydin ?

— Pour les intimes. Sinon, presque tout le monde l'appelait monsieur K, à l'époque.

Le visage de Régine s'éclaire chaque fois que l'homme lui tend une pièce de puzzle, son insatiable curiosité saute aux yeux. Le griot s'étonne de l'intérêt qu'il suscite chez la Canadienne.

— Je n'ai jamais su son nom complet. Son « vrai nom », comme vous dites.

Si elle est déçue, elle n'en laisse rien paraître. Elle a un prénom et une lettre, Aydin K, *c'est déjà ça*. Du reste, son hôte est amène, elle ne fera pas sa pointilleuse (pas cette fois). « Venez », dit-il, l'invitant à partager le repas familial. « J'aimerais comprendre ce qu'il est advenu de mon ami. »

Là-dessus, elle peut le renseigner.

Il est 18 h 25 à la montre de la Montréalaise lorsqu'ils franchissent la barrière d'épineux entourant le village. Et « village » est ici un grand mot. Régine comprend alors ce que Papa !Xóõ entend par *le bas de l'échelle sociale*. En périphérie se dressent les habitations les plus misérables, faites de bâches, tandis que des baraques de tôle forment le cœur du bled. Sur leur seuil, on tisonne le feu pour le repas du soir. Il y a quelques décennies, raconte Papa, ces gens vivaient de chasse et de cueillette. Ils se déplaçaient dans le veld au rythme des saisons. Mais voilà. On les a sortis du veld pour créer les réserves fauniques. Il fallait protéger les girafes et les éléphants, il fallait surtout «civiliser» les San. En réalité, on a couplé l'exploitation du diamant à l'attraction touristique, les réserves sont devenues des sanctuaires du veau d'or, l'eldorado des prospecteurs miniers et des amateurs de safari. Aujourd'hui, les gouvernements amassent de jolis magots en redevances. Et les nomades qui peuplaient la savane ont été transplantés, «pour leur bien», dans les abords désertiques des parcs et des frontières nationales. Ici, par exemple. Un village de relocalisation parmi tant d'autres. On y trouve des génératrices, des dispensaires et des écoles, certes, mais les enfants reçoivent une éducation bantoue et non khoïsan. Ils sont transformés en sédentaires, deviendront éleveurs, fermiers, mineurs ou chasseurs du dimanche, pour divertir les touristes avec leur arc et leur carquois. La majorité des San ont déjà perdu le souvenir même de cette langue, belle et rare, parlée par leurs aïeux. Ils se battent pour le peu qu'il reste à se battre. Dont le droit de vivre et de se déplacer sur les terres ancestrales. «Regardez bien les habitations qui nous entourent, les matériaux qui les composent.» Les maisons en dur, qu'elles soient de tôle ou de briques, ont été érigées par les pessimistes. Les huttes et les abris plus rudimentaires, en paille sèche ou en bâche, sont occupés par les optimistes.

Régine regarde autour d'elle. L'impression d'avoir été parachutée dans un camp de déportés, comme ceux qui apparaissent périodiquement dans les journaux télévisés. Si le bout du monde pouvait avoir un cul-de-sac, le voici. Des chiens amaigris errent entre les cahutes, reniflent les cadavres de bière et de spiritueux. Un coup de museau fait rouler une bouteille jusqu'à ses pieds. Du rhum zoulou. Papa ne l'a pas remarqué, ou il a cessé de s'en formaliser. Il poursuit son récit. «Ne vous méprenez pas, je n'ai rien contre les éléphants et les girafes. La girafe est au cœur de notre art, nous la chantons, elle est peinte telle une reine sur les rochers du Kalahari. Tous les êtres méritent une protection. Ce que je me tue chaque jour à signaler, voyez-vous, c'est que pendant qu'on est occupés à photographier la mégafaune, un peuple se meurt, sa langue est d'ores et déjà éteinte.»

Se considère-t-il lui-même comme un San? Pour Régine, ce n'est pas clair. Il parle parfois de «nous», parfois d'«eux». Ce qui la met davantage dans l'embarras, c'est qu'elle aurait certainement été la première touriste à payer dans les cinq chiffres pour photographier zèbres et lions. Elle regarde une fois de plus autour d'elle, tente de comprendre où elle est exactement. «Est-ce qu'on est encore en Afrique du Sud?» Papa hausse les épaules. «Ça dépend à qui vous parlez.» Le gouvernement du Botswana dira que le village est en Afrique du Sud. Les autorités sud-africaines jureront au contraire qu'il est au Botswana. La vérité est que ce bled n'apparaît sur aucune carte. Il est à cheval sur une frontière mouvante comme le sable rouge du désert. Sa population n'existe plus pour personne, invisible, sauf peut-être pour les anthropologues de l'Université du Cap.

Le soleil est tout à fait couché. Sur la place centrale, on vient d'allumer le grand feu. Régine n'a pas vu passer le temps. Elle jette un coup d'œil à sa montre, 18 h 57. Ce geste, bien que subtil, n'échappe pas à l'Africain. Il rit. «Vous êtes donc, même ici, soucieuse de l'heure qu'il est? Au fond, vous lui ressemblez. À Aydin. Tous deux obsédés par le temps, tous deux des universitaires passionnés.»

Régine tombe de son haut. Parle-t-il de ce clochard halluciné ?

— Un universitaire ! bafouille-t-elle. Mais il est affilié à quelle université ?

— À quelle université ? Ouf! Heidelberg, Oxford, Harvard, Stanford, le MIT... La liste est longue et illustre. Difficile de réciter de mémoire tous les établissements de renom où l'homme a mis les pieds à un moment ou à un autre de son parcours anarchique. Le plus étonnant est qu'il n'est attaché à aucune université en particulier. Du moins, à l'époque où je l'ai connu.

La docteure demeure interdite. Dire qu'on la croit actuellement à Stanford. Dire que si elle s'était pointée à l'un de ces ennuyeux colloques, il y a quelques années, elle aurait pu y croiser le Phénix en costume-cravate, l'aurait ainsi reconnu à Montréal, n'aurait pas eu à se déplacer jusque dans les confins reculés de l'Afrique pour lever le voile sur son identité. Mais bon. Elle déteste les colloques et se voit maintenant au milieu du désert à s'enquérir d'un nom, d'un curriculum.

L'épouse de Papa les accueille à l'entrée de la case. La chercheuse abandonne un instant les investigations pour répondre à ses salutations. Elle est belle, songe Régine. Des yeux vifs, un visage façonné par le soleil aussi bien que par un sourire perpétuel. L'épouse prend spontanément les mains de la voyageuse entre les siennes. Ses poignets sont bardés de ces petites billes de verre multicolores, étincelantes sous l'éclairage bleuté d'une lanterne solaire pendue à la porte. Le regard de Régine passe des bracelets à la lanterne.

— C'est une création d'Aydin, précise Papa en pointant le fanal. Dans ma vie, je n'ai pas connu de plus brillant ingénieur.

— Un ingénieur ?!

— Ingénieur, biophysicien, informaticien... Entrez, vous devez avoir faim.

L'habitation est constituée d'une seule pièce, qui sert à la fois de chambre et de séjour ; la cuisine est à l'extérieur. Tous trois s'installent autour d'une table déjà dressée, où trône le ragoût.

— Vous cuisinez au feu de bois ?

— Sur un gril solaire. Encore une invention de notre ami.

Décidément ! Régine sort de son sac un carnet et un stylo, qu'elle dépose sur son giron, discrètement. Et au moment où on lui sert une assiettée, elle a déjà eu le temps de noter la liste des universités énumérées précédemment, ainsi que ce surnom occulte, « monsieur K ». *Comment écrit-on « Aydin » ?*

Pendant le repas, au demeurant délicieux, Papa raconte les prémices de son amitié avec le Phénix. La première fois qu'on lui a parlé de lui, c'était au tournant des années 2000. Aydin se trouvait alors à l'Université de Stanford en tant que chercheur invité. Il était au département de bioingénierie où il s'intéressait à la linguistique, travaillait au développement d'un engin pouvant recueillir, compiler et analyser l'extraordinaire diversité des sons des dialectes khoïsans. Il se passionnait pour un dialecte en particulier, le !xóõ du sud. La rumeur de la disparition imminente de cette langue complexe était parvenue jusqu'en Californie, il voulait aller sur le terrain avec sa machine. À l'Université du Cap, on lui a fait savoir qu'il n'y avait pas d'électricité sur place. Lui s'en moquait, l'appareil fonctionnait à l'énergie solaire. « Et vous remarquerez, madame Lagacé, que le soleil ne manque pas dans le Kalahari. »

Du ragoût comme de l'histoire, Régine n'en perd pas une miette. Les paroles du griot lui obnubilent l'esprit, elle en oublie pour la soirée sa montre.

«À l'époque, j'étais moi-même occupé à courir les campements San pour enregistrer les langues moribondes, sur le modèle de mon père. Certains dialectes n'étaient plus parlés que par une poignée de locuteurs très âgés, parfois un seul. Le !xóõ du sud, par exemple. L'unique personne qui pouvait encore manier cette langue était un vieillard vivant dans les méandres asséchés de la Molopo. Aydin et moi, on s'était mis, sans le savoir, à chercher la même perle rare à travers les vents et les sables du Kalahari. Bien sûr on a fini par se rencontrer, tous les trois.»

Régine se gratte machinalement le menton. Elle a du mal à faire un rapprochement entre cet homme de science, que Papa a pris en amitié, et le vagabond du Vieux-Port, talentueux certes, mais surtout asocial et complètement égaré.

— À Montréal, il est difficile, voire impossible, d'avoir une conversation sensée avec lui. Il semble avoir perdu tous ses repères. On a remarqué ses aptitudes pour les langues, mais il nous a principalement emballés par ses facultés artistiques. En fait, il s'illustre dans à peu près tous les domaines, qu'on parle d'art visuel, musical ou même culinaire.

Ce brio ne surprend pas l'Africain. Il y met un bémol.

— Aydin me semblait surtout intéressé par le génie derrière l'art. Pour lui, l'art n'était qu'une façade, ou l'expression d'une force plus grande. Il était complètement obsédé par la mécanique du génie. Le domaine importait peu : musique, peinture, mathématiques, gastronomie. La langue aussi, évidemment. Il ne faisait aucun doute pour lui que les virtuoses de la langue étaient les San. Ça surprenait beaucoup de monde qu'il puisse s'intéresser à la langue d'un peuple misérable du bout de l'Afrique, plus qu'à celle de Goethe ou de Voltaire.

— Ce dialecte, le... (elle tâtonne) *xoo du sud*. Qu'a-t-il de si particulier, mis à part les clics ?

— Ces consonnes *à clics*, comme vous dites, ne sont qu'une facette d'une langue magistrale.

Il marque une pause, a l'air éprouvé. Puis se lance dans un fervent plaidoyer. « C'était un chef-d'œuvre de dialecte ! Imaginez que la vaste majorité des langues parlées dans le monde emploie chacune moins de 40 sons, en réunissant voyelles et consonnes. J'inclus dans ce lot l'anglais, le français, l'espagnol, le mandarin et autres langues usuelles. Imaginez maintenant que le !xóõ du sud puisse déployer à lui seul plus de 30 voyelles et 160 consonnes. Pour chaque parole prononcée, le vieillard pigeait dans une collection de près de 200 phonèmes, plus que toutes autres langues connues, mortes ou vivantes, et davantage que les cordes d'une harpe ou le clavier d'un piano. Il suffisait de quelques mots pour nous éblouir, Aydin et moi ! »

Il s'arrête, trop ému.

C'était une langue autant qu'une musique, souffle-t-il d'une voix hantée par la nostalgie du paradis perdu. Une langue brillant de mille feux, comme le sable du Kalahari quand le soleil tire sa révérence. Il hoche la tête, se ressaisit pour chasser la mélancolie que lui inspire ce double crépuscule. « Allons ! Ressasser le passé ne mène à rien. »

Il se lève, débarrasse la table pendant que son épouse sort pour mettre une bouilloire sur le gril. « Café, thé noir ou rooibos ? demande Papa. C'est à votre convenance.

Et ne vous inquiétez pas, j'ai du vrai café. Aydin m'a bien dressé!»

Une seule fois a-t-il osé offrir à monsieur K du café soluble.

Régine se garde de lui avouer qu'elle est aussi fine gueule. Ce néanmoins, son corps de caféïnomane se trouve dans un tel état de manque qu'elle aurait accepté n'importe quoi, même l'insipide poudre. Donc, oui, elle prendrait un café, «sans lait ni sucre s'il vous plaît».

La boisson servie a été préparée à l'ancienne, c'est-à-dire en décoction, sans filtre, ce qui fait le bonheur de l'invitée. Elle aime son café noir, avec du coffre. Celui qu'on dépose devant elle exhale des arômes de Grand Rift, pénétrants, délicieusement citronnés. Les narines frémissent. Que dire de la première gorgée après deux jours d'abstinence, l'équivalent d'une eucharistie pour la Montréalaise, qui se retient de pousser un amen. Seul Papa la fera redescendre de son nuage avec une phrase aussi percutante que le café ingurgité.

— Venons-en au sujet qui nous préoccupe aujourd'hui, le Phénix.

L'hôte revient sur les derniers événements. La veille, il a eu la surprise de sa vie lorsque le livreur de denrées lui a relayé un message de l'Université du Cap l'informant de la présence au Québec d'un clochard anonyme, blanc, parlant le !xóõ du sud sans difficulté aucune.

— Pour saisir, ça m'a saisi! Mais j'ai vite compris de qui il s'agissait.

Pour l'Africain, ces faits déconcertants laissaient entendre deux sons de cloche, suscitant des sentiments ambivalents. S'il pouvait se réjouir de l'apparente résurrection du dialecte, il était surtout inquiet du naufrage d'un ami. Le même livreur l'informait de la visite de

Régine. «Que vous dire de plus, sinon qu'Aydin doit avoir réussi à enregistrer le !xóõ du sud à la perfection, jusqu'à l'avoir assimilé totalement et pouvoir l'employer spontanément. Jusqu'à en dérailler.» Désemparé, le griot lève la tête, fixe son interlocutrice qui vient de vider sa tasse. «C'est mon impression, j'aimerais avoir la vôtre, madame Lagacé. Puisque vous nous avez rapporté les faits, puisque vous l'avez vu tout récemment. Et puisque vous avez fait le voyage jusqu'ici.»

Régine raconte à son tour. Elle lui parle du travail de Sarah, de l'inconnu qui s'est pointé un jour à l'Accueil avec, pour tout bagage, une kyrielle de dons aussi incroyables que disparates, ainsi que plusieurs tics et une psychose engendrée par les souvenirs de guerres qu'il ne peut vraisemblablement pas avoir vécues. Elle lui fait le récit de sa propre rencontre avec le Phénix, un soir de festival et sur fond d'ethno-jazz, précisément ce soir où elle a enregistré le soliloque khoïsan. Elle insiste sur cette soirée, relate l'épisode psychotique filmé lors des feux d'artifice. «C'est un syndrome qu'on ne voit plus aujourd'hui, mais qui était répandu pendant la Première Guerre. L'obusite.»

Cette partie de l'exposé surprend Papa et son épouse. Ils n'ont jamais été témoins de ce genre de crise, n'ont pas remarqué ces tics qui l'accablent aujourd'hui. Régine entend alors pour la première fois la maîtresse de maison. Elle s'exprime laborieusement, quoiqu'avec conviction, dans cette langue qui n'est pas la sienne. «Aydin a toute sa tête! Un savant. Un chercheur. Comme vous.»

Au bout de la table, Papa s'est rembruni. Il reste un moment silencieux, fixant le mur devant lui, cherchant un sens à ce qu'on vient de lui transmettre. Puis un souvenir lui revient, il l'évoque sans détacher le regard de ce point invisible sur le mur. «Aydin m'a confié que son grand-père avait beaucoup souffert de la Première Guerre. Les tranchées, les obus, la mort omniprésente.

Ça lui avait miné le corps et l'âme. Huit décennies plus tard, il était encore dévasté par les cauchemars, les tremblements, la phobie des mouches et du bruit. Le vétéran est resté un pied dans la fosse depuis 1915. Lorsque j'ai connu Aydin en 1999, son aïeul était toujours vivant. Il avait dépassé les cent ans, la vie s'acharnait sur lui comme une malédiction sans fin. Il a vécu combien de temps encore? Je n'en sais rien. Aydin n'est resté que quelques mois en Afrique. Quand le vieux !Xóõ est mort, j'avais déjà perdu la trace du scientifique, parti étudié sous d'autres cieux. Quant à son grand-père, il aura sans doute attendu cent sept ans.»

Papa détache enfin ses yeux du mur pour les braquer sur ceux de Régine. Elle-même le fixe avec intensité, longuement, sans mot dire, chacun suivant dans le regard de l'autre le fil de ses propres cogitations, chacun voyant en ce centenaire un élément clé de l'énigme.

— L'appareil d'enregistrement, murmure Régine, pourriez-vous me le décrire?

— L'appareil d'Aydin? Malheureusement, non. Par respect pour l'ancien, on entrait un seul à la fois dans sa case, surtout lorsqu'on voulait procéder à un enregistrement. Je n'ai jamais vu le matériel de mon confrère, qu'il traînait dans une valise. Puis l'ingénieur a levé le camp, moi je suis demeuré avec le patriarche jusqu'à sa mort. Quand il a fait son attaque, je l'ai veillé, sans appareil, rien, seulement ma déférence. En quelques heures s'est éteint le dernier locuteur d'un dialecte unique, exceptionnel.

— Il a fait un infarctus?

— Plausiblement. C'est sa fille qui l'a vu s'effondrer. Après, elle ne faisait que répéter «La foudre!», «La foudre a frappé mon papa!». Or le ciel était d'un bleu implacable, comme toujours dans le Kalahari. On a donc supposé l'infarctus cardiaque ou cérébral.

Régine rumine de plus belle. Elle sent qu'elle tient une piste, mais il faut creuser davantage.

— Le grand-père d'Aydin, ce centenaire... Était-il doté d'un talent dans un domaine particulier ? Au point, pour son petit-fils, de vouloir le sauvegarder ?

L'œil du griot s'éclaire, comprenant sur quelle voie l'amène la chercheuse.

— Aydin disait qu'en dépit de son âge vénérable, il était resté un peintre et un calligraphe prodigieux. L'art était pour lui un baume.

La voyageuse est fébrile. Après des semaines de navigation en eaux troubles, elle voit poindre un continent. Sans arriver à comprendre exactement cette «chose» qu'a bricolée le Phénix, elle est persuadée de son caractère ingénieux, voire révolutionnaire. A-t-il encore l'appareil ? Pourrait-il l'avoir caché quelque part dans le Vieux-Port ? La docteure se lève, ne tient plus en place (le café n'aidant pas), tourne dans la case telle une lionne en cage. Elle qui est si bien renseignée sur les milieux universitaires en général, les neurosciences en particulier, comment se fait-il qu'elle n'ait jamais entendu parler de cet homme et de son instrument ? Et comment un appareil, aussi sophistiqué soit-il, peut arriver à enregistrer les infimes connexions neuronales associées à la virtuosité ? *Il s'est opéré une sorte de transfert.*

— D'où vient-il ? Lui reste-t-il une famille ?

— Je vous l'ai dit, Aydin vient d'un peu partout. Il a couru le monde pour étudier dans les meilleures écoles. Quant à sa parenté, elle est éparpillée aux quatre coins de l'Europe et du Proche-Orient.

Soudain il s'arrête. Un flash. «Il a une sœur en Suisse.» Oui, ça lui revient maintenant. Elle était à l'époque professeure à Genève.

Régine barbouille son carnet de notes, frénétique. Ce voyage au bout de l'Afrique n'aura pas été vain, elle a ce qu'il faut pour poursuivre ses recherches plus au nord, à l'Université de Genève. Par hasard, demande-t-elle, vous souvenez-vous de son département ou de son domaine d'études ? Papa fronce le front, replonge dans ses souvenirs. « Quelque chose à voir avec la médecine. (il réfléchit encore) Ou la thérapeutique expérimentale. »

— Comme moi ! s'étonne la psychologue.

Papa continue sa rétrospection, ajoute qu'au tournant du millénaire le frère et la sœur étaient en brouille, ce qui désolait profondément Aydin vu qu'ils avaient été autrefois très proches.

— Vous a-t-il donné la raison de cette brouille ?

— Il n'aimait pas parler de ce sujet. Il a mentionné sa sœur une seule fois, le vague à l'âme, disant qu'ils étaient en froid.

Un froid en lien avec cet appareil. La scientifique en est convaincue.

Chemin de la Tour, Montréal, janvier 2014

20 h 51. Dans une nuit glaciale, un taxi contourne le flanc nord du mont Royal, longeant le vaste cimetière sur le chemin de la Tour. La neige pèse lourdement sur les tombes, comme pour les museler davantage. Sur la banquette arrière du véhicule, un homme interroge du regard cette ville qu'il explore pour la première fois. Rarement visite-t-il une ville pour un autre motif que l'appréciation de son profil universitaire, lui qui est d'un pragmatisme sans faille. Aujourd'hui pourtant, le taxi passera sans s'arrêter devant le département de neurosciences de l'Université de Montréal, où les lumières sont encore allumées dans les laboratoires des ergomanes. Il passera, sans s'arrêter non plus, devant l'imposante tour du pavillon principal. Aujourd'hui, le chercheur ne cherche ni laboratoire ni âme au quotient de génie. Non. Il cherche une âme, point. Bientôt le taxi s'éloigne du campus pour prendre le chemin de la Côte-Sainte-Catherine.

Il l'a rencontrée virtuellement, ainsi qu'il est d'usage en ce 21e siècle. Leurs recherches respectives se sont entrechoquées sur la Toile, à l'instar d'une décharge neuronale. Il a suffi que leurs fils se touchent pour que les connexions se multiplient, tout de suite. Elle lui a annoncé qu'ils avaient, au Proche-Orient, une racine généalogique commune. Elle lui a écrit qu'elle-même s'attachait à perpétuer un art ancien pratiqué par leur trisaïeule, un art qui a déferlé il y a des siècles depuis la vallée de la mer Morte jusqu'aux hauteurs du mont Ararat, puis sur le pourtour méditerranéen, a pénétré l'Europe tel le vent doux du Midi, a traversé l'Atlantique avec les alizés. *Un art très ancien*. Sa curiosité était piquée. Ils se sont découverts bien des affinités. Elle a à cœur, autant que lui, de ne pas oublier, le même souci de préservation, la même ferveur dans la recherche. Au fil de leurs communications écrites, la curiosité s'est changée en fascination. Puis en désir trouble. Il n'avait pas vu cette lointaine cousine qu'il n'avait d'yeux que pour elle, elle dont même le nom est une gemme, la plus belle qui soit. Où qu'elle se trouvât, il voulait la rencontrer en personne. Il se trouva qu'elle était Montréalaise.

Elle lui a donné rendez-vous aujourd'hui, un jour clé, a-t-elle spécifié, pour ce qu'elle veut lui partager. 20 h 59, le chauffeur tourne sur l'avenue Stuart. En dépit du froid de janvier, il fait chaud dans l'habitacle, les mains du passager sont moites. Il a peut-être des palpitations, lui, l'impassible homme de science.

À peine un kilomètre au nord de la tour, le véhicule s'immobilise devant une église orthodoxe orientale. Improbable destination pour un athée à la logique cartésienne, qui n'a jamais mis les pieds dans une église pas plus que dans une mosquée ou une synagogue. Il le fera aujourd'hui, en vertu du seul culte auquel il veut sacrifier. *Pour la voir, l'entendre*. Pour serrer sa main dont il est persuadé de la douceur. 21 h 05, il s'empresse de payer la course.

Dehors, la bise lui mord le visage tandis qu'il se dirige d'un pas nerveux vers la porte de l'église, escalade deux à deux les marches du perron. Qu'importe la furie du vent, *il importe seulement de la voir, de l'entendre*.

Lorsqu'il entre, un autre vent le happe, un vent doux cette fois. Une brise orientale.

De celles qui portent les cantiques millénaires, bouffée chaude qui le cloue sur place. Il sera incapable d'aller au-delà du vestibule, *surtout, ne rien perturber*. L'église est pleine à craquer en ce jour d'Épiphanie, lui veut rester derrière, a l'impression d'être un intrus. Ce qu'il est sans contredit, un impie dans le temple. Sur le tapis rouge couvrant le chœur, une chorale chante. L'hymne s'élève au-dessus du maître-autel pour se répandre dans la nef telle une fumée d'encensoir, flotte sur la mer de fidèles, au-dessus des hommes et des choses. Le temps se fige. Soudain, cette chorale pourrait avoir 100 ans, 1000 ans, 10 000 ans, cette église pourrait être une grotte. *Ces voix!* Elles ont la profondeur des siècles obscurs, n'en sont que plus lumineuses. N'ont-elles jamais cessé de chanter?

Comme pour répondre à l'interrogation, elles s'estompent. Pour en laisser poindre une autre, celle de la soliste. *La soliste...* Mezzo-soprano, a cappella. *C'est elle, ça ne peut qu'être elle!* Sa voix monte, elle vibre, elle brille. C'est une flamme ondoyante qui peut à elle seule réchauffer une église en plein hiver, soulever la voûte d'une cathédrale. Le souffle d'un ange, se dit l'homme du vestibule, qui est foudroyé. Ses yeux se gonflent. Dans cette brume, il n'arrive pas à voir son visage, mais il sait, *c'est elle!* Rien que son chant suffit à lui embraser le cœur.

C'en est fait de lui et de son scepticisme d'acier, il pantelle. Il la marierait là, à l'instant, même si tout les sépare. À 21 h 23, il est frappé d'une épiphanie identique à celle de son grand-père voilà cent ans, ce jour où, assis sous la treille d'un estaminet, le brouillard l'enveloppa, donna une résonance douce à la mélopée exhalée d'une fenêtre. Il l'aime déjà, sa muse. *Cette voix...* cette voix revenue d'outre-tombe.

Ne l'a-t-il pas déjà entendue ?

Cette mélodie qui le hante depuis si longtemps. Au bout d'un siècle à la chercher, la voici déterrée dans un hiver sibérien, intacte, cristalline. Il en tremble, lui qui n'avait encore jamais tremblé. Le cantique pénètre le savant jusqu'à lui emmailloter l'âme et les sens, jusqu'à prendre possession de son corps, il est aspiré, immergé dans cet air du bout du monde. Les larmes glissent sur ses joues, il pleure, lui qui n'avait encore jamais pleuré. Il voudrait se soûler de ce chant, s'y noyer comme dans les flots du Pactole. *Allumer mille brasiers avec une seule étincelle.* Si la beauté était une note, une seule, ce serait celle-ci.

Comment s'en approcher ? Il ne veut pas l'effrayer, petit rossignol. Qu'a-t-il à offrir ? Il n'a rien, il n'est rien, ou rien qu'un cerveau engraissé, ses propres lumières ne font pas le poids devant soleil aussi éblouissant. *Comment l'approcher ?* La gêne l'étouffe.

21 h 27. Au cœur du chœur, le rossignol entrouvre les yeux. Elle remarque dans le vestibule l'ombre d'un homme. *C'est lui.* Elle distingue mal son visage, mais elle sait que c'est lui, *lui dont le génie surpasse tous les autres.* Le grand chercheur est là, il est venu pour elle. Elle referme les yeux, son cœur galope. Puis sa voix se met à gravir, pianissimo, les échelons de la sublimité. Pour que le miracle se reproduise, à cent ans d'intervalle.

Journal d'un savant babylonien

janvier 2014

Que m'arrive-t-il ? Je ne me reconnais pas. Où est passée ma science ? Je perds la tête. Je n'ai qu'une obsession, ça me rend fou.

La revoir.

Revoir son visage, son sourire. Revoir ses yeux qui sont deux turquoises dans une nuit d'hiver, qui brillent à vous transpercer l'âme, à vous éblouir la pensée. Je ne réfléchis plus, je ne raisonne plus. Elle est Soleil. Elle est Voie lactée. Non, elle est l'Univers entier, elle est Big Bang !

Et moi je ne suis qu'un trou noir, qui aspire tout. Son visage, son parfum, sa voix, sa voix ! L'entendre encore, toujours, ne jamais me lasser. Revenir à Montréal.

Mon cœur s'emballe, je tremble, je ne dors plus, je n'ai plus d'appétit pour rien, ou pour rien d'autre. Que m'arrive-t-il ? Je le sais pourtant. Ce n'est pas le cœur, non, le cœur n'est pas responsable, pauvre viscère.

Le ravage est là-haut, un immense brasier dans ma boîte crânienne. Un foudroiement activé par de vulgaires hormones : testostérone, adrénaline, cortisol, ocytocine… Je suis sous leur joug, je ne suis qu'un système limbique. Qu'une bête pareille aux autres, poussée par l'instinct. Je ne réfléchis plus, je ne raisonne plus. Où est passée ma science ? Il ne reste rien, que des hormones. Et elle, sa voix, le Cantique des Cantiques.

Là, maintenant, faire disparaître les barrières qui nous séparent : l'océan, les cultes, les guerres ancestrales, les murs, les vêtements, les téguments. Me couler en elle.

Toucher tous les recoins de son anatomie, chacune de ses cellules, irriguer sa peau, sa gorge, sa poitrine, son sexe, la moindre circonvolution cérébrale, 1600 fois par jour, gravir l'échelle de son ADN !

Elle est tout, tout.

Et moi, je ne suis qu'un misérable globule.

Accueil Bonneau, Vieux-Montréal, juillet 2016

Sarah arpente de long en large les locaux de l'Accueil, les yeux gonflés, les ongles rongés à vif. Elle tire tantôt sur les nerfs du directeur, tantôt sur ceux du cuisinier, entre deux bouffées d'antiasthmatique. Jean-Pierre et Jérôme tentent de la tranquilliser, à tout le moins de l'asseoir, sans succès. C'est que le Phénix ne donne aucun signe de vie depuis trois jours, ne s'est montré nulle part, ni par ici, ni le long du canal, ni dans un autre refuge montréalais. Même le vieux Tuan, chargé de mission et soldat clé de la Résistance, n'a pas vu son compagnon, lui qui avait toujours trouvé le moyen de ravitailler le fugitif. Et bien que tous soient inquiets, Sarah a une raison de plus de se tourmenter. Son dernier contact avec Django n'était pas édifiant, mais cela, elle ne s'en confessera ni à Jérôme ni à Jean-Pierre. Les collègues n'ont jamais vu la biche dans un tel état, ils en sont un peu embarrassés, le directeur en particulier, qui la soupçonne d'avoir donné son cœur à ce traîne-misère.

— Calme-toi, on est en plein été, Django ne va pas mourir de froid ni de faim. Il est parti explorer un nouveau secteur, c'est tout.

Elle n'est pas rassurée. Jean-Pierre insiste.

— Voyons ! Il va revenir, et juste pour toi.

Pour réponse, un hoquet nerveux.

La pauvre. Il lui faudrait, pour assommer ses tracas, un ou deux coups de théâtre. Dont voici un premier, asséné par le Dr Timothy Anderson en personne. Il surgit dans l'Accueil Bonneau comme le bon grain dans l'ivraie, vient de traverser pour la première fois le boulevard Saint-Laurent pour s'aventurer dans l'est impécunieux de la ville. Dans une cantine pour sans-abris, qui plus est. Le docteur a l'air effondré, son visage trahit une détresse que la travailleuse de rue n'avait jamais observée chez le psychiatre, au sang-froid proverbial.

— Sarah, bafouille-t-il, ça fait trois quarts d'heure que j'essaie de te joindre !

Mon téléphone.

Dans son agitation, elle a dû l'abandonner avec son sac, sous un bureau ou dans un placard.

— Il est arrivé quelque chose à Régine ! s'alarme-t-elle, la coupe déjà pleine.

— Elle est disparue…

Retour sur les événements du matin. Timothy a reçu un appel de l'organisateur du colloque californien auquel devait participer Régine. Elle a insisté pour s'y inscrire, à la dernière minute. Or, elle ne s'est jamais présentée aux conférences et ne donne aucun signe de vie, même son téléphone ne répond plus.

Sarah s'énerve. Elle ne peut quand même pas être dans un désert d'ondes, « surtout pas dans la région de San Francisco ! ».

— Justement, elle n'est pas à Stanford.

Pour en avoir le cœur net, Timothy a fait géolocaliser l'appareil. Et les derniers signaux émis proviennent d'Afrique, quelque part entre le Cap et le Botswana, dans le Kalahari.

— Sarah, qu'est-ce qui se passe avec Régine ? Je ne la reconnais plus.

Le mari est complètement dépité.

Quant à la travailleuse sociale, elle met à peine quelques secondes pour voir clair dans le jeu de l'amie. *La vlimeuse !* Puis rassure l'époux éploré.

— Régine a pas vraiment perdu le nord. Elle est juste obstinée, la pire tête de pioche que je connaisse !

Timothy s'accroche à ces paroles tel un dévot aux grains bénits d'un chapelet. Au fond, il n'a toujours été stoïque qu'en apparence. C'est qu'il l'aime, sa Régine, à la folie. Ce que d'aucuns considèrent comme un handicap embarrassant chez un psychiatre. On chuchote dans les couloirs de l'Université McGill que pour voler au secours de sa femme, le docteur se jetterait du haut d'une falaise. L'amour est l'unique entorse à son implacable logique ; là-dessus, il est carrément mystique. Sarah envie au couple cette flamme qui brûle immuablement depuis 20 ans, c'est-à-dire depuis leur première rencontre, « when the man got the Froggie out of her swamp », pour reprendre les mots tendres du beau-père de la dulcinée. Ainsi, en dépit du travail qui accapare l'un et l'autre, en dépit des absences prolongées et des froideurs apparentes, ou peut-être grâce à elles, les nuits passées ensemble n'en sont que plus chaudes, pour ne pas dire fusionnelles. Ce qui rend incompréhensible, aux yeux du mari, ce safari clandestin.

En guise d'explication, Sarah raconte dans les détails la soirée avec Django, son étonnante maîtrise d'une langue qui n'est parlée que dans certains recoins d'Afrique australe.

— D'après moi, Régine poursuit ses recherches sur le terrain. Elle est allée puiser aux sources.

Si on peut parler de sources dans un désert.

Encore ébranlé, Timothy tente de se ressaisir. L'hypothèse lui apparaît plausible. Il connaît, lui aussi, l'entêtement farouche de sa bien-aimée.

— Pourquoi elle nous a rien dit ?

Le rouge monte au visage de Sarah. *Parce que je l'aurais empêchée de partir en lui arrachant les yeux.* Elle feint l'ignorance d'un haussement d'épaules.

— Telle que je la connais, elle a préféré mentir plutôt que de nous savoir inquiets.

Toujours est-il que les avis de recherche se multiplient, l'Accueil est sens dessus dessous. C'est le moment choisi par les agents Bousquet et Ross pour débarquer dans l'établissement. Deuxième coup de théâtre, *les mouches*. À l'exaspération générale. C'est que les policiers ont pris leurs habitudes, on les voit passer deux fois par semaine, ils accablent chaque fois les prestataires de questions. Néanmoins, Sarah leur trouve aujourd'hui un caractère étrangement amène, les agents s'excusent de déranger, soudain dépourvus d'aiguillon.

Il faut dire que leur enquête a drôlement progressé depuis la dernière visite. Il leur a suffi, à l'instar de Régine, de flairer une piste. La leur a été décelée dans le Golden Square Mile du centre-ville, au Ritz-Carlton, dont la gérance certifie avoir abrité, à quelques reprises, le prétendu sans-abri. De sorte que les limiers ont pu mettre le doigt sur un nom. Et lequel ! De famille richissime. Puis les clés se sont multipliées, ouvrant les portes d'institutions réputées à Paris, Londres, Oxford, Cambridge, Stanford... Chaque portail franchi débouchant sur un autre, plus imposant. Les mouches se sont vite senties ravalées au rang de moucherons, les voilà aujourd'hui tout sucre tout miel, ont cessé de jouer les inquisiteurs, ont même changé leur fusil d'épaule. Ils ne cherchent plus à mettre le Phénix en examen ou à le réexpédier d'où il vient. Non. On veut maintenant lui tendre la main, et accessoirement un visa. Si par hasard vous le croisez, lance l'agent Bousquet, dites-lui que les hautes instances gouvernementales et universitaires lui offrent de travailler ici à titre de chercheur invité.

Les derniers mots interpellent Timothy. Il aimerait en savoir davantage, ne serait-ce que pour glaner un nom. Mais la sonnerie de son portable coupe court au questionnement. « C'est Régine ! » s'écrie le psychiatre, sur le ton fiévreux de celui qui annonce le Messie. L'homme s'éloigne pour gagner un peu d'intimité, au grand dam de Sarah. Elle voudrait être mise dans la confidence, séance tenante. Mais l'époux a la primeur.

Ainsi, Régine a retrouvé la civilisation, si tant est que *civilisation* rime avec un accès aux réseaux. Elle est de retour au Cap où elle s'est magasiné un billet d'avion pour Genève. Et, telle une boulimique affamée devant un buffet d'ondes, elle a déjà, avant d'avoir cherché à rassurer son monde, communiqué avec le département de bioingénierie de l'Université de Stanford. Là, on l'a invitée à s'adresser à l'Institut de neurologie cognitive de l'University College de Londres, où on l'a renvoyée à Oxford, puis à Cambridge, Paris, Barcelone ; Régine a remonté le fil des nombreux cursus du Phénix, jusqu'à Heidelberg en Allemagne, où, à peine sorti de l'adolescence, il a étudié la biologie moléculaire. Tous ses interlocuteurs ont servi à la Montréalaise le même discours flou, ce qui lui a permis d'observer un certain *pattern* dans le comportement de l'insaisissable génie. Ainsi abrège-t-il volontairement ses séjours dans les distinguées institutions. Il s'intègre mal aux groupes de recherche, travaille invariablement en vase clos. Pour ne pas se mettre à dos les confrères, il alimente par la bande leurs travaux, un apport parcimonieux quoiqu'inestimable, selon les personnes consultées. Curieusement, il décline tout crédit, refuse de voir son nom apparaître aux côtés d'autres chercheurs dans les publications scientifiques, n'a pas l'air d'aspirer aux lauriers de la renommée. De sorte qu'il offre gracieusement à la communauté savante quelques bribes de ces trouvailles ingénieuses, sans jamais rien demander en retour sinon l'accès aux équipements de pointe et aux laboratoires les mieux pourvus du monde. Il tient à préserver son anonymat. Il se fait appeler monsieur K par les stagiaires qu'il prend sous son aile, pour la plupart des étudiants surdoués. Régine a été bien incapable d'en savoir plus au sujet de ces *auxiliaires*, demeurés dans l'ombre en vertu d'ententes de confidentialité. En fait, elle n'a réussi à pêcher qu'un seul nom : Lê Vân Minh. Un chef californien d'origine vietnamienne.

Avec cette unique clé, Régine a pu investiguer davantage. Le cook a fui Saigon en 1975 comme bon nombre de ses concitoyens, a refait sa vie à San Francisco où il s'est épris d'une maraîchère péruvienne. Ensemble, ils ont ouvert un restaurant fort réputé dans les années 1980. Ils se sont ensuite lancés dans une ambitieuse entreprise de multiplication de semences rapportées d'Asie et d'Amérique tropicale. Cela, en partenariat avec le département d'agronomie de Berkeley et un certain monsieur K, bailleur de fonds. À en croire la direction départementale, cette pépinière abritait dans les années 1990, au plus fort du programme, quelque 70 % de la biodiversité alimentaire mondiale. On s'y affairait à préserver et à enrichir la complexité végétale, pour le pur ravissement des papilles. Il s'agit du seul projet connu financé par le Phénix et qui a laissé une trace tangible, sans doute parce qu'il a ses racines (littéralement) à l'extérieur des laboratoires universitaires. On ne sait à peu près rien sur ses autres recherches, hermétiques, sinon qu'elles portent sur le génie humain. Personne ne semble lui tenir rigueur de ces zones d'ombre, dans la mesure où les percées commanditées par ce chercheur fantôme sont toujours appréciables et libres de droits.

Ce qui justifie amplement cette sollicitude empressée des agents Bousquet et Ross, à Montréal, au nom des instances les plus compétentes. Tandis que pour Régine, ce parcours tortueux confirme les dires du griot sud-africain quant aux obsessions du Phénix. « Ou plutôt Aydin Kahveci, né à Hambourg. »

Elle dévoile son nom triomphalement, comme on sort un lapin d'un chapeau. Et alors que la neuropsychologue relate l'odyssée de ce scientifique « à la fois complètement dément et absolument fascinant », sa voix vibre d'une fébrilité que Timothy ne lui a jamais connue, même dans l'intimité de leur chambre à coucher. Ce qui lui laisse un arrière-goût âcre, considérant, par-dessus le marché, le sang d'encre qu'il s'est fait pour elle.

— Pourquoi tu m'as menti ?

Voilà Régine dans de beaux draps. Dans sa vive effervescence, elle a oublié le bateau qu'elle a monté à la diablo pour entreprendre sa quête.

— Je voulais pas t'inquiéter…

Timothy soupire gentiment, telle une demi-réprobation. Ses foudres n'iront jamais au-delà, à quoi bon monter sur ses ergots ? Son épouse est le seul être au monde sur lequel il ne pourra jamais exercer son emprise. Pour cette raison, sans doute, il n'aura toujours d'yeux que pour elle. Vaincu, le psychiatre cherche l'échappatoire.

— Ça ne fait pas très allemand, Aydin Kahveci.

Ah ! Là-dessus, Régine a des réponses.

— Son patronyme est turc. Mais il a aussi du sang arménien, arabe, grec, italien, anglais, français... Faut croire qu'il est vraiment babylonien. J'en saurai plus à Genève, où j'ai rendez-vous demain avec Su Kahveci.

— Un parent?

— Sa sœur jumelle.

Et qu'est-il advenu du couple Lê, en Californie? Régine a bien tenté de les contacter. L'homme est décédé il y a quelques années déjà, après quoi sa femme a coupé tous les liens avec Berkeley, a légué la banque de semences à un OBNL avant de retourner chez les siens, dans la jungle péruvienne. On a perdu sa trace, dissipée dans les forêts brumeuses anciennes. Le projet de croisement de semences existe toujours, mais il n'est plus ce qu'il était depuis la disparition du couple fondateur et du philanthrope qui les soutenait.

À l'Accueil, Sarah ronge son frein. Elle a les yeux braqués sur Timothy, son portable surtout. On croirait que l'appareil recèle les réponses aux énigmes de l'Univers, ou les clés d'un jardin secret.

Au même moment, à 12 000 kilomètres de là, Régine soubresaute. Son monologue terminé, elle perçoit le brouhaha anormal dans lequel baigne son mari. *Une cafétéria?* Ce qui ne lui sied pas, alors pas du tout.

— T'es où Tim?

— Je suis avec Sarah, à l'Accueil Bonneau.

La D^re^ Lacacé est frappée de stupeur, autant que devant un phénomène inexplicable – un ovni dans la basse-ville.

— Régine, t'es toujours là?

Silence radio.

Timothy devine l'embarras de sa chérie, elle-même n'a jamais mis les pieds dans ce bâtiment, ne serait-ce que pour y rejoindre l'amie. Elle se tient loin de la soupe populaire qui lui inspire une terreur superstitieuse, comme si on pouvait y attraper la poisse.

— Écoute, se justifie Timothy, je suis descendu jusqu'ici parce que tu t'étais volatilisée. Et il y a autre chose. Je te passe Sarah, elle t'expliquera la situation mieux que moi.

La situation?

Sarah prend voracement l'appareil. Et, sans préambule, annonce la disparition de Django. Elle aurait annoncé un rapt d'enfant que son émoi eût été identique, elle en tremble.

— Personne n'a de nouvelles de lui ici. Alors, s'il te plaît, si t'as des pistes...

Des pistes!

— D'abord, son vrai nom est Aydin Kahveci, dit Régine, retrouvant instantanément sa loquacité. Ensuite, t'arrêtes de t'apitoyer sur son sort, qui n'est pas misérable du tout. Ce gars, c'est l'Homme de 6 millions! Si tu savais... Faut absolument découvrir sa cachette. Organise une battue, mets dans le coup Robin, Felicia, Ángel et toute ta clique d'explorateurs urbains.

La travailleuse de rue est abasourdie. Quelles sortes de révélations ont été entendues en Afrique pour que la docteure mettre ainsi sur un piédestal l'homme qu'elle mettait, hier encore, plus bas que terre? Sarah ne se gêne pas pour le lui signifier, «passer comme ça du mépris au respect, ça me rappelle nos débuts, à toi et moi». Régine encaisse. Sarah poursuit.

— En fait, t'as besoin de lui pour faire aboutir tes recherches, pas vrai? Django est pour toi le cobaye idéal!

— Tu te trompes sur mes intentions.

En effet. S'il est vrai que Régine a développé un grand intérêt pour cette créature omnisciente et l'appareil de son invention, elle est aussi incapable de se défaire de sa méfiance initiale. Le sentiment d'une imposture. «Sarah, trouve-le vite, faut pas qu'il s'échappe!» L'assistante sociale ne comprend pas ce ton grave qui donne l'impression d'avoir laissé filer un assassin. *Comme si Django pouvait faire du mal à quelqu'un!*

Journal d'un savant babylonien

octobre 2015

Je m'en vais expédier ma science, toute ma science, au bûcher. C'est ce qu'elle mérite. Le bûcher. On ne retrouvera rien, ou rien que des cendres.

Et s'il reste des étincelles, ce sera bien malgré moi.

C'est fini. Je veux disparaître. Mais comment fuir ce que l'on est devenu ? Pour l'assassin contrit, la mort n'est pas un refuge.

Ne reste d'issue que la folie.

Université de Genève, département des neurosciences, juillet 2016

Elle a les mêmes yeux que son frère, troublants d'amalgame. Elle a les mêmes yeux que lui, quoique le regard est moins égaré, moins fou. *Elle a toute sa tête, elle.*

— Madame Kahveci, j'imagine que nous pouvons échanger en français ?

— Bien sûr !

Régine aurait demandé « Aimez-vous les fleurs ? » que la réaction eût été identique. Elle est enchantée.

— Et je vous en prie, appelez-moi Su. Nous avons toujours eu chez moi la plus tendre affection pour la langue des Lumières. Mais vous pourriez parler allemand, italien, anglais, on échangerait de toute manière. Dans ma famille, la patrie est un concept flou.

— N'êtes-vous pas d'origine allemande, Su ?

Une question en apparence simple. Or, rien n'est limpide et monochrome chez les jumeaux Kahveci.

— Un peu allemande, oui. Aussi, un peu turque, italienne, arménienne, grecque, juive, arabe, française, anglaise et slovène. Mon arbre généalogique est une véritable tour de Babel.

La visiteuse lève un sourcil, *décidément, cette tour.* La mimique n'échappe pas à l'hôte, qui ne s'en formalise pas. Son invitée n'est pas la première incrédule à se demander comment on arrive à réunir dans une seule lignée tous ces peuples qui se sont bagarrés, et qui, pour certains, sont encore à couteaux tirés. « Les mauvaises langues diront que notre sang est un cocktail Molotov. Et pourtant ! C'est l'amour qui nous a fait. Quoi d'autre ? Comme la haine, voilà un mot sensible, si peu rationnel, que prononce maladroitement une femme de science. C'est toutefois un fait. Mon frère et moi sommes le fruit d'une suite ininterrompue d'amours interdits. Et à travers deux guerres mondiales par-dessus le marché. » C'est dit avec une pointe de tristesse dans la voix.

À travers deux guerres mondiales. Le regard de Régine se tourne d'instinct vers la fenêtre du bureau, comme si au-delà du Rhône, des Alpes et de l'Atlantique, elle pouvait apercevoir la silhouette lointaine du Vieux-Port, où planent l'ombre du Phénix et son lot de mystères. Des mystères qui se dissiperont d'ici peu, l'investigatrice le pressent, les pièces du puzzle s'emboîteront grâce au récit de la dame Kahveci. Des battements d'ailes la ramènent à Genève, où un pigeon s'est posé sur l'appui de la fenêtre. Le voici qui dodeline de la tête, scrutant sans gêne les deux femmes. Puis, flairant on ne sait quel fantôme, il s'envole.

— Votre frère, dit Régine, parle souvent de la Première Guerre, précisément de la bataille de Gallipoli. Il semble souffrir d'une forme de stress post-traumatique qui provoque des crises. Sa terreur est vive, si spontanée qu'elle paraît viscérale.

Des propos qui ébranlent la Genevoise. Un nuage lourd lui traverse les pupilles. Régine continue.

— D'un point de vue scientifique, il présente tous les symptômes de l'obusite, un syndrome qu'on associe typiquement à la guerre de tranchées. C'est invraisemblable je sais, mais on jurerait qu'il en est un survivant.

Cette fois, la remarque plonge Su dans la torpeur. Lorsqu'elle recouvre la parole, son ton a changé, plus sombre.

— Je sais ce qu'est l'obusite, j'en connais trop bien les symptômes. Mon grand-père Kahveci en a souffert pendant près d'un siècle, jusqu'à sa mort.

— Ce grand-père qu'Aydin admirait ?

— Admirer ? Le mot est faible. Il l'adulait.

— Au point de se prendre pour lui ? De reproduire la même psychose ?

La question muselle son interlocutrice. Régine poursuit.

— Ce genre de mimétisme pathologique est difficile à comprendre. Mais il y a autre chose. Apparemment, il n'est pas le seul modèle qu'Aydin a cherché à reproduire.

Les yeux scrutateurs de la chercheuse québécoise dardent ceux de la chercheuse suisse, *je soupçonne des choses que j'aimerais vous faire déballer*. Su baisse la tête, incapable de soutenir ce regard.

— Je peux vous fournir certaines explications, madame Lagacé. Toutefois, ne brûlons pas d'étapes. Pour comprendre mon frère, il faut d'abord comprendre mon grand-père. Et pour comprendre celui-ci, il faut reculer plus loin, beaucoup plus loin.

Elle fait une pause, relève la tête.

— Je vous offre le café ? Nous avons le temps, des siècles à remonter.

La voyageuse avait déjà humé les arômes du bon grain en pénétrant dans la pièce, voilà une proposition qui promet d'assouvir toutes ses soifs.

— Volontiers ! Et appelez-moi Régine, insiste-t-elle, dans un tressaillement de volupté difficile à réprimer.

Su l'invite à s'asseoir dans ce qu'elle appelle le « coin-café », avant de disparaître dans son officine. Le temps qu'il faut pour moudre les grains d'arabica fraîchement torréfiés. Elle en ressort avec un plateau déniché dans on ne sait quel bazar oriental et chargé de quelques instruments d'alambiqueur : brûleur et cafetière turque au cuivre richement ciselé, porcelaines émaillées de floraisons outremer et, trônant au milieu du plateau, un ravier contenant la plus fine des moutures – l'or marron – au parfum enivrant. La dame dépose le plateau sur la petite table en marqueterie, puis s'installe dans sa bergère, face à Régine. Dès que la Montréalaise est entrée dans la pièce, l'hôte a deviné, au frémissement de ses narines, qu'elle ne se contenterait pas du jus brunâtre servi à la cantine. Et puisqu'il faut remonter le fil des siècles, autant le faire avec les papilles par la même occasion, « mon histoire vous fera découvrir les origines de ce qui doit être votre nectar favori ». Régine ne peut rien lui cacher.

Il s'avère, précise Su, que le berceau de ce délice séculaire est également celui des ancêtres Kahveci. « Je vous emmène à Istanbul, que les Européens appelaient encore Constantinople en 1916, quand est né mon père. » L'invitée se cale dans son fauteuil, son attention oscillant entre la table, portant son trésor de brocante, et sa vis-à-vis, qui enchaîne.

— Le café... Aussi bien dire notre beurre, la source de l'immense fortune des Kahveci.

— Vraiment ?

L'histoire promet d'être savoureuse. Et la dame Kahveci vient d'acquérir une aura d'enchanteresse.

— Vraiment ! répète cette dernière.

Le caféier n'est pas originaire du Moyen-Orient, souligne d'emblée Su. Plutôt des plateaux de l'Éthiopie. Il faut imaginer les bergers abyssiniens qui ont avalé pour la première fois les grains de cet arbrisseau, par curiosité. Ils ont dû se tordre en grimaces. Cela dit, ils ont assurément découvert, derrière le goût âpre, quelques vertus. Dont celle de combattre la fatigue. Et pour un berger, cette vertu vaut toutes les grimaces.

Dans le bureau de Genève, la cuillère à café plonge dans le ravier, en ressort remplie de la fine mouture.

— Je sers le café à l'état brut, sans lait ni sucre, sans cardamome non plus. Tout ça n'est qu'artifice destiné à masquer les flaveurs d'un grain rôti à point, ici, dans ma cuisinette.

Un tintement cristallin annonce l'immersion de la cuillère dans le cezve rempli d'eau. Le conte se poursuit, immergeant de la même manière Régine.

Au 13e siècle, lorsque des caravanes de marchands arabes parcourent l'Abyssinie, ils découvrent à leur tour les propriétés revigorantes du grain de café. Ils l'importent dans la péninsule arabique, où il va acquérir ses lettres de noblesse. Là-bas, on apprend à l'infuser dans l'eau bouillante pour en faire une décoction appelée « vin d'Arabie ». Parce qu'il chasse le sommeil, ce vin est apprécié des érudits musulmans, particulièrement des confréries soufies.

La narratrice marque une pause, comme si elle venait d'introduire un élément clé de son histoire. *Les soufis ?* Régine n'y connaît pas grand-chose en religions, outre le catéchisme qu'on lui a fait avaler à l'école. C'est la branche mystique de l'islam, précise la conteuse. Dans les monastères soufis, le vin d'Arabie permet de s'adonner jusqu'aux aurores à la poésie, à la calligraphie, à la danse ou au chant. Les soufis sont toujours en quête d'extase, de contemplation. Les arts sont pour eux vitaux, « voyez-vous ? ».

Régine voit très bien.

— Vous avez des ancêtres soufis ?

— Oui, mais je vous l'ai dit, mon arbre généalogique est broussailleux.

Avec sa cuillère, la dame remue délicatement le liquide pour entamer la dispersion des molécules responsables des arômes, un petit miracle de la chimie qui ne saurait être complet sans la complicité du feu. D'un geste mesuré elle allume le brûleur, qui susurre une flamme bleutée. Su y dépose le cezve et son contenu, tandis qu'elle retrace ses origines.

Autour du 15e siècle, l'idée vient aux Arabes de griller le grain, doucement, pour en exhaler le bouquet. Ils conçoivent aussi de le moudre et de l'infuser. Que dire, c'est la révolution ! Plus qu'un dopant, le café devient volupté. Le charme de la torréfaction opère si bien qu'elle provoque dès le 16e siècle un engouement mondial pour la boisson. Constantinople est le point de départ de l'expansion fulgurante de la fièvre pour la tasse. Lumineuse Constantinople. Le cœur battant de l'empire de Soliman, qui à cette époque s'étend d'Alger à Bagdad et jusqu'aux portes de Vienne. Du moment que le sultan et sa cour adoptent l'envoûtant breuvage, celui-ci se met à rayonner sur trois continents. Apparaît une profusion d'établissements dédiés à sa préparation et à sa consommation, « les cafés », qu'on surnomme « écoles des sages », car s'y réunissent les lettrés, s'y brassent les idées. On y enseigne autant qu'on s'y instruit, on y philosophe, on y joue de la musique, on y taquine la muse. Tout cela autour du cafetier et du délice qu'il concocte. À Constantinople, l'art d'apprêter l'arabica est transmis de génération en génération. C'est ici qu'entrent en scène les Kahveci – « cafetier », en turc. Le café préparé à l'instant est cinq fois centenaire.

Dans le bureau de Genève, Su manie d'une main le robinet du brûleur, ajuste avec une minutie d'orfèvre l'intensité du feu. L'autre main s'accroche au long manche du cezve, l'éloigne ou le rapproche de la flamme à mesure que monte la jolie mousse et que se révèle le bouquet. Surtout, prévient la barista, ne jamais laisser bouillir le café, ou ce serait tout gâcher. Il faut seulement mousser, savoir doser le feu, manipuler le cezve et le brûleur avec autant d'art que de science.

Alors que se forme la mousse, dorée à souhait, l'alchimiste la cueille à la cuillère pour la déposer dans les deux menues tasses de porcelaine, « j'aime mon café aérien ». Elle remet la cafetière sur le feu, mousse une fois de plus. Enfin, le café écumeux est entièrement versé dans les tasses, avec lenteur et délicatesse. Le rituel est exécuté avec un tel naturel qu'il semble inscrit dans ses gènes, comme ces nuances singulières dans l'iris de ses yeux.

— Mais n'êtes-vous pas nés en Allemagne ?

— Soyez patiente, Régine. Chaque chose en son temps. Il se trouve que sur l'échiquier de mon frère, mon grand-père Kahveci est le roi.

Un loukoum à la rose est déposé dans la soucoupe de l'invitée. La gourmandise provient d'une pâtisserie orientale, la meilleure adresse de Genève. La tradition veut qu'on la déguste après le café ; le verre d'eau en premier lieu, pour nettoyer les papilles, le loukoum à la fin, comme l'ultime douceur pour apaiser le palais. De quoi émoustiller ledit palais, qui n'en demandait pas tant. Régine ne se contient plus, s'empresse d'avaler une gorgée d'eau pour en venir à l'essentiel. Ses doigts enlacent la tasse, qu'elle porte à ses lèvres. Le liquide saisit d'abord la langue, lui picote le gosier. Puis c'est tout l'encéphale qui s'allume, dans un pur ravissement. Nul doute, la Kahveci est parvenue à extraire la quintessence de l'arabica. L'épicurienne frisonne, redépose sa tasse, béate.

— Vous êtes une virtuose!

— Moi? Non, ou si peu. Je vous l'ai dit, le café est un art familial.

— Vous m'avez raconté l'histoire du café, mais pas celle de votre famille.

L'hôte ne répond pas immédiatement, sirote d'abord son café dans un geste cérémoniel. Et sans redéposer sa tasse, s'enfonce dans la bergère en fixant un mur à sa droite. Régine suit son regard, lequel s'arrête sur un tableau empreint d'orientalisme, un style de peinture populaire chez les Occidentaux du 19e siècle. «Voici un joyau du patrimoine familial, signé Decamps.» L'œuvre a pour titre *Café turc*. La Québécoise détaille la toile, qui réunit des hommes enturbannés dans un décor douillet, à l'éclairage tamisé. Les teintes chaudes du tableau détonnent dans l'environnement épuré de la clinique genevoise. Sur le mur opposé, les froids clichés d'un cerveau disséqué. Le choc brutal de deux mondes. Le regard de Su reste accroché au siècle romantique comme à la flamme d'un lampion, y grappille un peu de chaleur pour replonger dans l'autrefois. Elle remonte sa lignée.

Au 19e siècle, Constantinople est la ville cosmopolite par excellence. À cheval sur deux continents, elle est l'Immortelle, capitale de trois empires successifs: romain, byzantin, ottoman. Elle peut encore se gargariser de vieilles gloires et d'illustres souverains aux noms évocateurs : Constantin le Saint, Justinien le Grand, Soliman le Magnifique. L'héritage laissé par cette succession d'illuminés est aussi riche que varié, bien que la ville ne soit plus que l'ombre d'elle-même. Sur le pont de Galata se côtoient toutes les religions, tous les dialectes, tous les peuples imaginables : des Turcs, mais aussi de nombreux Grecs et Arméniens, des Juifs séfarades, des Arabes, des Persans, des Kurdes, des Bohémiens, des Albanais, des Russes, des Serbes. La liste s'étire longuement. Dans cette mosaïque il ne faut pas oublier les Levantins, descendants d'Occidentaux venus s'implanter en Orient pour des raisons commerciales, diplomatiques ou romantiques. Ils sont Vénitiens, Génois, Français, Anglais ou Germaniques, tous profitent de la magnanimité d'un sultan alangui.

La dame Kahveci s'arrête, savoure son café, le regard toujours plongé dans ce tableau comme dans un puits d'inspiration. On y entendrait presque, en tendant l'oreille, le chant lointain du muezzin et le susurrement des conversations de café où s'emmêlent les langues du Levant, les confidences d'une Constantinople révolue. En émane aussi l'odeur du café sur le feu, enveloppée des volutes parfumées des fumeurs de narguilé. Régine ne peut faire autrement que de se laisser gagner par le charme vaporeux de l'œuvre, à mesure que se prolonge le récit.

Au 19e siècle, l'Empire ottoman a perdu de nombreux territoires et croule sous les dettes, à la merci de ses créanciers qui sont pour la plupart Européens. Dans ces conditions, un sultan n'a d'autre choix que de se montrer courtois. Les étrangers affluent vers Constantinople à la population déjà bigarrée, la ville devient un haut lieu de brassage des cultures. Quand le grand-père Kahveci voit le jour, en 1895, il est lui-même à l'image de sa ville, avec du sang turc, arabe, grec, juif, français et anglais.

Le fruit d'un métissage levantin étalé sur trois générations.

Régine intervient.

— Mais les métissages devaient être rares à l'époque, même dans une ville cosmopolite.

La dame sourit, elle trouve l'invitée perspicace.

— Vous avez raison, les ségrégations raciale et religieuse sont la norme. Les peuples se croisent en se mêlant peu, chacun vit dans un quartier qui lui est propre.

— Dans quel quartier peut bien habiter une famille métissée ?

— Ça dépend de la génération, ça dépend des mariages.

Au-dehors, les aboiements d'un chien font détaler une volée de pigeons, leurs roucoulements effrayés troublent un moment le récit. Clameurs de Genève ou clameurs de Constantinople, on ne saurait dire tant leurs échos se confondent dans cette pièce.

Les ancêtres Kahveci grandissent pour la plupart dans les ruelles tortueuses du vieux Stamboul musulman. Le café familial jouxte le bazar aux livres et fait office de salon de lecture. Les Kahveci sont les héritiers de la tradition soufie, ils sont épris de calligraphies et de poésies, maîtrisent pour cette raison le persan, l'arabe et le turc. L'arrière-arrière-grand-père, un dénommé Aydin, est le premier à faire tache dans la lignée. Non pas qu'il délaisse la poésie, surtout pas. Seulement, au moment où l'Occident se pâme devant les charmes envoûtants de l'Orient, lui-même découvre les splendeurs des lumières européennes.

— Ce n'est pas faire tache que d'admirer une autre culture, fait remarquer Régine.

— L'admirer ? Non. La marier par contre...

Au tournant des années 1870, ce trisaïeul épouse une chrétienne, grecque de surcroît. Hérésie vouée à déchaîner l'ire de tous, imams et popes confondus. Autrement dit, ça ne se fait pas. Pour se marier, le couple doit fuir, ou user d'un stratagème. Et à quel stratagème doit-on recourir pour ne pas avoir à fuir au bout du monde ?

L'auditrice n'en sait rien, attend avec curiosité la réponse. Qui arrive comme une brique.

— La maçonnerie.

— La maçonnerie ?

— La franc-maçonnerie.

Ce que Régine connaît en matière de francs-maçons se limite à ce qu'elle a pu voir dans les films. À savoir une organisation versant dans l'ésotérisme. Or Su, la dame de science, utilise le vocable avec une certaine déférence.

— C'est une sorte de secte ? hasarde la Montréalaise.

Su pouffe d'un rire aussi franc que la maçonnerie en question.

— Nous n'avons pas la même perception du maçon.

Les loges maçonniques du 19e siècle ne sont pas des lieux de culte religieux, loin de là. Issues de l'Europe des Lumières, elles s'apparentent davantage à des îlots d'avant-gardistes, partisans de réformes sociales et politiques dans un empire encore cloué à ses traditions. Malgré son caractère subversif, ou peut-être grâce à lui, la franc-maçonnerie attire la crème de Constantinople, tout ce qu'il y a de diplomates et d'intellectuels, professeurs, écrivains, poètes et journalistes, de maintes origines.

— J'en déduis que votre ancêtre est l'un de ces francs-maçons.

La dame Kahveci se tourne une fois de plus vers le tableau. Elle s'y nourrit d'une improbable nostalgie, en mal d'un siècle et d'une contrée qu'elle n'a jamais connus. «Le grand-père de mon grand-père», souffle-t-elle. On a cette impression d'un vieillard croulant. Il est pourtant jeune et débordant d'idéaux au moment où les loges maçonniques foisonnent dans tout l'Empire. Dans les écoles, la patrie de Voltaire a la cote, Aydin s'emballe pour la littérature française, découvre Rousseau, Montesquieu, Diderot, la monumentale *Encyclopédie*. Ses professeurs sont tous Français ou francophiles, pétris d'humanisme, il est donc assez tôt initié à une loge. L'Union d'Orient. S'y réunissent des ambassadeurs européens ainsi que des citadins de vieille souche, des intellectuels orientaux. On y diffuse les belles idées : la liberté, la justice sociale, la démocratie, le raisonnement logique. On y cultive la science et la cohabitation harmonieuse des peuples, qu'on veut affranchir de la tyrannie de la Bible, du Coran ou de la Torah, indifféremment. Bien sûr, les chefs religieux, et ils sont nombreux à Constantinople, voient ces loges comme des lieux de perdition, des nids d'anarchistes qu'ils assimilent aux tavernes et aux lupanars de Galata-Péra. Pas de chance pour les sermonnaires de tous poils, nous sommes à l'ère des Tanzimat et les loges sont protégées non seulement par les ambassades, mais par les proches du sultan. Les années 1860 et 1870 sont sans doute les plus libérales de l'histoire ottomane, «à point nommé pour mon jeune trisaïeul». C'est par l'entremise de l'Union d'Orient qu'il marie une chrétienne.

Obnubilée par la saga, Régine lève machinalement sa tasse, s'apprête à boire d'un trait ce qui lui reste de café. Elle est stoppée dans son élan par l'hôte. «N'en buvez pas plus ! Vous risquez d'avaler le marc, qui laisse un arrière-goût désagréable. Ce café vous enseigne l'art de n'abuser de rien. » Avec un pincement au cœur, l'invitée se rabat sur son loukoum. Tandis que Su replonge dans le passé.

Aydin provoque une véritable commotion familiale quand, en plus du mariage décrié, il décide d'ouvrir un café littéraire dans une ruelle de Péra, le quartier des Infidèles. Il a soif de calligraphier les beaux vers d'où qu'ils viennent, de marier la poésie orientale aux lumières occidentales. Il veut disposer sur les étagères du café, aux côtés des recueils de poésie perses, arabes et ottomans, des encyclopédies, des romans et des florilèges européens. Il en recevra plusieurs, les touristes de passage laissent souvent un livre ou un tableau en guise de paiement.

Une chose intrigue Régine, qui aborde le sujet ouvertement. Comment un musulman et une chrétienne arrivent-ils à se marier, concrètement, si leur union est condamnée par tous les ensoutanés susceptibles de la légitimer ?

La conteuse sourit au mot « ensoutané ». Elle aime le franc-parler de la Canadienne. En effet, admet-elle, ce n'est pas si simple. Bien que les sultans tolèrent les diverses religions, le mariage civil n'existe pas d'un point de vue juridique. Même l'amour n'est qu'un concept abstrait à l'époque. Les rares couples mixtes n'ont d'autre choix que se fixer sur une confession, ne serait-ce que pour les papiers, personne ne veut voir ses enfants souffrir de bâtardise. Ainsi, dans une union maudite, l'un doit nécessairement se convertir, couper officiellement tous liens avec son clan pour aller vivre tel un intrus dans la belle-famille, supporter les regards suspicieux, les politesses glaciales. Dans une société fortement patriarcale, ce genre de sacrifice est généralement le lot de la femme, quoique pas toujours. Lors de leurs assemblées, les maçons ont si peu de considération pour la religion qu'une conversion peut être jouée aux dés ou au tavla. Pour Aydin, la question ne se pose pas puisqu'il s'est déjà expatrié à Péra. Vingt ans plus tard, comme pour perpétuer cette tradition de transgression, son fils mariera une Levantine franco-anglaise, à demi juive. Puis le fils du fils, «mon grand-père», va s'éprendre de l'ennemi de la patrie turque au moment où éclate la Première Guerre.

— Une Arménienne?

— Une Arménienne, oui.

Régine est émue par ce gène de l'impudence amoureuse transmis d'une génération à l'autre. D'autant qu'elle y reconnaît, d'une certaine manière, sa propre famille.

«Mon grand-père, insiste Su, n'a pourtant rien du rebelle ou du fauteur de trouble. Sa sensibilité artistique le fait tomber amoureux de ma grand-mère avant même de l'apercevoir, il est subjugué par son chant. Il l'aurait mariée à n'importe quel prix, qu'importent ses allégeances. Et il l'épousera, envers et contre tous. L'époque n'est toutefois pas propice aux idylles. Tout le romantisme du 19e siècle et ses beaux discours butent contre le 20e siècle et ses guerres mondiales. La fraternité universelle en prend un coup. Imaginez mon grand-père âgé de 20 ans, conscrit, entraîné malgré lui dans la Grande Guerre. Sa généalogie complexe lui aurait permis de se battre sous n'importe quelle bannière, mais de par son nom turc, on lui transmet des ordres et un uniforme turcs. C'est ainsi qu'en plus des tranchées et des obus, on l'exhorte à tuer tous ces gens… Des gens qui, de près ou de loin, lui sont apparentés. Et comme si ce n'était pas assez, sa jeune épouse rend vite l'âme, tout juste a-t-elle le temps de laisser un héritier. Mon père.»

Une question taraude Régine, des plus délicates.

— Votre grand-mère... A-t-elle été victime de... (elle hésite) du...

— Du génocide ?

Su n'a pas peur des mots. Sans doute parce qu'elle a du sang turc autant qu'arménien, allemand autant que juif, ce qui force au réalisme.

— Pour répondre à votre question, ma grand-mère échappe aux rafles en mariant un Kahveci. C'est une autre hécatombe qui l'emporte, celle de la grippe espagnole. Mon grand-père, qui vient de sortir des tranchées, ne se remet jamais de la guerre ni de la mort prématurée de sa muse. Il s'emmure dans la folie, laissant à ses parents la garde de son fils unique. Mon père reprendra par la suite le flambeau du *business* familial, mais à une échelle, disons, plus large, plus industrielle.

— Il ouvre d'autres cafés ?

— Ah non ! Papa est un entrepreneur. Trop peu pour lui, le savoir-faire ancestral. Une perte de temps. Comme bon nombre de Turcs il immigre en Allemagne de l'Ouest au tournant des années 60. Le pays est alors en plein miracle économique, il y rencontre ma mère qui vient d'immigrer d'Italie et avec qui il partage l'amour du bon café. Surtout, il investit son argent et son intelligence dans l'appareil qui nous fera rouler sur l'or.

— La machine espresso ! présume Régine. (ça lui paraît une évidence)

— Euh... non.

Su s'interrompt. C'est qu'au bout du compte la réponse décoiffe, et gêne quelque peu.

— Alors quoi ?

Elle finit par lâcher le morceau.

— La cafetière filtre électrique.

Eh ben.

« Oui, vous avez bien compris. Ce qui place mon père parmi les instigateurs de cette révolution du café vite fait, vite avalé. Croyez-moi, ça vaut son pesant d'or. Assez pour offrir une vie de palace à la parenté bigarrée, qu'elle vienne d'Europe ou du Proche-Orient. Pensez donc ! Maman a un père germano-italien, du Haut-Adige, sa mère est franco-italienne, du Val d'Aoste. Ajoutez tout le cousinage d'Istanbul, notre palais hambourgeois a tôt fait de se tailler sa réputation babylonienne. Naturellement personne à la maison, qu'importe sa langue ou sa provenance, n'a jamais voulu ingurgiter une seule goutte de l'horrible café craché par cette cafetière. C'était pour les autres. Ceux qui faisaient couler la machine, et l'argent, à flots. »

Su lève sa petite tasse et la porte à ses lèvres, prolongeant le geste comme pour aller chercher, dans une ultime gorgée, le quintessence du nectar, mais peut-être aussi un peu d'amertume tout au fond. Revenons au grand-père Kahveci, puisqu'il est au cœur de cette histoire, bien plus en réalité que ce père toujours absent.

Depuis la mort de son épouse, il n'a cessé de chercher son fantôme, partout, chercher sa voix surtout, voire l'ombre de sa voix. À s'en rendre fou. Et on lui assène le coup de grâce dans les années 1920, à Constantinople, devenue Istanbul. Atatürk dictant sa loi, il remplace de force la calligraphie ottomane par un alphabet simple d'inspiration occidentale. Pour l'homme déjà meurtri, voilà l'ultime tragédie à sa collection. Il ne pourra reprendre son art que tardivement, et en s'éloignant d'Istanbul. Mais où qu'il soit, il n'arrivera jamais à se départir de ce sentiment de dépouillement complet, même lorsque la famille nage dans l'opulence. Il ne se relèvera jamais de la guerre non plus, peut-on réellement s'en relever ? Il reste avec cette peur permanente des bruits, des mouches, du sang. Plus que tout il redoute le sommeil, ses nuits peuplées de mauvais rêves. Il s'enferme dans sa solitude pour panser ses peines, cherchant une sorte d'indemnisation à l'horreur vécue. Des indemnités qu'il ne voit pas en argent, mais en lumières, comme ses ancêtres soufis. À Hambourg il vit en ermite dans le grenier, entouré de bougies, de peintures, de bouquins et de musique. Il dort peu, mange peu, ne boit que du café, car enfin, c'est un Kahveci. Bref il se cloître dans l'art, hanté à l'idée de manquer quelque chose d'absolument sublime, occupant chaque minute de sa vie à tenter d'enfouir ses cauchemars sous une tonne de beautés. Or des cauchemars, il ne fait que ça, huit décennies à souffrir le spectre de Gallipoli, à revivre nuit après nuit les tranchées, jusqu'à son dernier soupir. À 105 ans. Quand on y pense, il aura vécu trois siècles.

La scientifique montréalaise tripote sa cuillère à café, devinant qu'on arrive maintenant au nœud de l'intrigue, ou on y est tout près. Aydin entrera bientôt en scène, ainsi que cette machine qui n'est pas une cafetière, mais un appareil d'enregistrement aux possibilités inépuisables. Su devine la hâte de sa vis-à-vis, son regard clairvoyant lui sonde l'âme depuis un bon moment déjà.

— Nous sommes nés en 1962, lâche-t-elle pour rassasier la curiosité dévorante de Régine. Précisément pendant la crue catastrophique de l'Elbe, ce qui m'a donné mon prénom. « Su » signifie « eau », en turc.

— Et que signifie « Aydin » ?

— L'éclairé.

L'invitée triture de nouveau sa cuillère, songeuse.

— Un nom prédestiné, n'est-ce pas ? observe Su. Enfant, j'étais jalouse. Pourquoi lui et pas moi ?

— L'obsession ancestrale des lumières.

— Oh, Aydin en est plus rongé que moi. D'autant qu'il s'est accroché à notre grand-père en l'absence de papa, occupé à construire sa fortune. Tôt ou tard, ils ont fini par partager les mêmes passions, les mêmes manies.

— Et les mêmes cauchemars ?

Régine sent que la sœur occulte un pan de l'histoire. Elle ose la question délicate.

— Pourquoi vous vous êtes disputés ?

Un sujet d'évidence sensible. La narratrice se fige, ses doigts agrippent les bras du fauteuil, comme pour ne pas chavirer. Son silence est si lourd que Régine en vient à regretter d'avoir rouvert une plaie, s'en excuse. La dame Kahveci secoue doucement la tête. Cette partie de l'histoire lui pèse. Lorsqu'elle recouvre la parole, ses yeux se sont obscurcis, moins verts, comme si le gris avait pris le dessus. La cause de notre dispute, dit-elle, est ce qui vous a fait voyagé jusqu'en Afrique, et jusqu'ici.

Elle soupire.

« Aydin et moi avons toujours partagé le même enthousiasme pour la médecine, la psychologie, l'immense potentiel du cerveau. Notre grand-père y est pour beaucoup, il était pour nous le plus brillant et le plus malheureux des génies. Le côtoyer nous a poussés à vouloir cerner la complexité de sa matière grise et, surtout, à trouver une façon de le soigner. Nous avons étudié la médecine et la neurobiologie en Allemagne, avons poursuivi ensemble nos études à Londres pour explorer les mécanismes neuronaux jusqu'à l'échelle moléculaire.

Nous avions cette ambition insensée d'arriver à comprendre ce qui déclenche le génie ou la folie.»

Pour la première fois depuis son arrivée, Régine perd quelques couleurs, prise d'un indéfinissable malaise. Est-ce le café ? Le loukoum ? L'histoire des Kahveci ? Ou cette impression désagréable d'avancer vers un miroir, de ne pas en apprécier le reflet. Ce malaise, bien que vague, lui remue l'intérieur. Son rythme cardiaque s'accélère imperceptiblement, ainsi que sa respiration.

Prise dans son propre embarras, Su ne remarque rien, son regard rivé au plancher pendant qu'elle poursuit ses confidences.

— Peu à peu, nos chemins se sont séparés. Aydin voulait toucher du doigt la virtuosité de notre grand-père, je voulais pour ma part me concentrer sur ses souffrances, persuadée, et je le suis encore, que les avancées de la médecine doivent avant tout servir à soigner. Mon frère... Disons qu'il a fini par pousser trop loin ses ambitions.

— Quelles ambitions ? demande Régine avec empressement, incapable de dissimuler les trémolos de sa voix.

Su décèle sa fébrilité, perçoit aussi l'insistance, qu'elle attribue à une indomptable soif de savoir. Elle poursuit, le regard resté bas.

«Parce que notre grand-père était le survivant d'une Constantinople disparue, Aydin s'est donné pour mission de conserver par l'enregistrement "ses mémoires". Il disait veiller à la sauvegarde des arts. Je le soupçonnais d'avoir d'autres visées. Les mêmes que ces athlètes qui se dopent pour gonfler leurs performances, excepté qu'on ne parle pas ici des biceps, mais du cerveau. Ce qui reste du dopage, n'est-ce pas ? Une chimère pernicieuse qui dessert notre science, et notre humanité. Mon frère n'était pas de cet avis. Il se voyait à la fois comme un gardien de phare et un explorateur, une sorte de scaphandrier des profondeurs cérébrales. De mon côté, je doutais de son éthique. Il travaillait toujours dans l'ombre, faisait beaucoup de mystères, même avec moi. À tel point que j'en sais peu sur ses recherches, seulement que pour étudier le fonctionnement du cerveau, il a investi sa part d'héritage dans la conception d'un scanneur léger et mobile sous forme de casque, mariant les technologies de l'imagerie cérébrale et de l'optique quantique.»

L'optique quantique? s'étonne Régine, le souffle court.

L'énergie des photons. Aydin s'est mis en tête d'employer la puissance de la lumière pour optimiser la sensibilité des capteurs et améliorer la résolution des enregistrements cérébraux. Il voulait aussi débarrasser l'imagerie cérébrale de son imposant harnachement et de la contrainte de l'utilisation d'une pièce blindée pour réussir à capter les champs magnétiques du cerveau.

La Québécoise tressaute à ces mots. *Impossible!* Ce serait trop prodigieux.

Son agitation grandit, resserre son emprise sur sa respiration, qui s'emballe. *Cet appareil…* C'est plus fort qu'elle, elle évalue les éventuelles retombées sur ses propres recherches. *Ciel!* Incapable de dissimuler davantage son émoi, elle fouille dans son sac à main, sort son inhalateur.

— Vous vous sentez mal? s'inquiète Su, qui vient de relever la tête.

— Non non, répond l'asthmatique hors d'haleine, une petite crise de rien du tout.

Elle aspire vite son médicament.

L'hôte lui tend un verre d'eau, confuse, «c'est le café, il était trop fort». Régine hoche la tête, «c'est rien, ça m'arrive souvent». Elle retrouve peu à peu son calme.

— Continuez s'il vous plaît, vous parliez du scanneur.

Su hésite. Puis se lève pour clore la séance.

— Venez, allons marcher. On étouffe ici! L'air frais du lac Léman nous fera du bien.

Gare de triage de Pointe-Saint-Charles, Montréal, juillet 2016

Sarah a du mal à reprendre son souffle depuis la disparition de Django, que tous appellent maintenant Aydin, sauf elle, qui en est incapable. Et bien qu'elle soit à un jet de pierre du fleuve, l'air lui semble particulièrement étouffant, non sans raison. La voici revenue dans ce no man's land ferroviaire, entourée d'une brigade improvisée en moins de 24 heures : le gardien de gare, les agents Bousquet et Ross ainsi que Timothy, sans oublier Ángel, qui est là contre son gré, se sent aussi «cerné» que Sarah.

On a débusqué le garçon à la pupuseria familiale, où il est aux travaux forcés depuis son interrogatoire au QG. Ses parents ont accepté de le libérer pour l'après-midi, tant par dévotion pour Sarah qu'en la présence intimidante d'un psychiatre et de la police fédérale. À la sortie du resto, la travailleuse de rue a pris le jeune à l'écart, les mains sur ses épaules, l'a regardé droit dans les yeux, «Ángel, nous avons besoin de toi». Puisqu'il fallait rejoindre Aydin Kahveci, puisqu'une seule personne dans cette ville était susceptible de les mener à sa cache. Elle a insisté, «faut pas abandonner un homme qui a besoin de soins». Et de renchérir le Dr Anderson, «il souffre d'une forme grave de stress post-traumatique», avec la prestance qu'on lui connaît. Malgré sa méfiance vis-à-vis des policiers comme des psys, Ángel a obtempéré, uniquement par gratitude envers celle qui l'a un jour tiré du pétrin et qui, partant, aura toujours sa confiance absolue.

La gare de triage, j'aurais dû m'en douter, se dit Sarah alors qu'elle contourne, une seconde fois, les cordons de wagons et les tours de conteneurs. Le jeunot est en tête de troupe, tel un malheureux cicérone. Ils atteignent bientôt cette zone à l'abandon tenant lieu de cimetière ferroviaire, on reconnaît, ici et là, la signature d'Ángel. Mais du Phénix, nulle trace. Le guide avance pourtant, sûr de lui.

Lorsqu'apparaît un petit château d'eau entouré de tranchées, la chose surprend tout le monde. En particulier le gardien, étonné qu'on ait pu ériger un tel dispositif sur son territoire de surveillance. «Ne bougez plus, vous restez derrière!» ordonne Sarah en s'adressant aux hommes. L'agent Bousquet n'est pas d'accord, mais n'ose faire un autre pas, ayant déjà goûté à la médecine de l'assistante sociale. Elle lance un premier appel, discret. «Django?»

Aucune réponse.

La femme gagne la butte, la contourne, fait un deuxième appel, cette fois plus insistant. «Django?»

Toujours pas de réponse.

Elle franchit la passerelle branlante, fait maintenant face au mur de sacs de sable. Le rideau en trompe-l'œil n'est pas complètement tiré, laissant voir l'intérieur du bunker, c'est-à-dire rien du tout, les ténèbres. *Quelque chose ne va pas*. Est-ce cette porte mal fermée? Ce silence insupportable, sonnant comme un mauvais présage? Sarah craint le pire pendant qu'elle s'enfonce à tâtons dans l'obscurité, qu'un étau invisible se resserre sur son cœur, ses poumons. Sa respiration s'accélère.

«Réponds-moi Django!» lance-t-elle d'une voix chevrotante, montrant des signes d'affolement. Cherchant dans son sac un peu de lumière, elle sort son téléphone, l'échappe aussitôt. La respiration s'accélère davantage, devient sifflante. Sa main replonge dans le sac, tremblotante, cherche à présent l'inhalateur, le saisit, l'échappe aussi. «Réponds...», implore-t-elle, entre deux gémissements suffoqués. Elle est sur le point de s'effondrer, la douce Sarah, pour un diable qu'elle connaît à peine, mais qui est devenu l'étoile de ses rêves, amour inavoué dont le génie est chaque nuit sublimé, toujours plus éblouissant. Un feu indomptable.

Soudain son pied heurte une masse molle. Elle vacille, tombe de son long sur cette chair indistincte. La scène s'éclaire au même moment, Ángel a retrouvé l'unique ampoule du bunker. Dans cette lumière crue, les cinq hommes voient Sarah au sol, agrippée à un corps inerte, entièrement nu, dépouillé de tout sauf d'un vieux mauser à baïonnette.

Timothy réagit promptement, fidèle à sa réputation, il récupère l'inhalateur au sol pour le plaquer aux lèvres de l'échouée, devenue aussi pâle que la mort. Il tente de la tranquilliser avec tout le poids de ses doctorats. Seulement, les mots trop raisonnés ne font que jeter de l'huile sur le feu, l'amoureuse est asphyxiée. «Sarah, laisse-moi l'examiner», insiste le docteur, sur un ton qui n'augure rien de bon. De toute manière, les témoins de cette scène ont déjà compris, au teint de l'homme étale comme une pâte brisée, qu'on ne pourra rien pour lui. Seule la platine vinyle est encore chaude d'avoir trop tourné, des heures, des jours. Sur son plateau, un disque, le seul qui ait jamais tourné dans ce bunker.

Incapable de supporter la vue du corps, le gardien sort et appelle les secours. Le médecin tâtonne le poignet et le cou du gisant pour chercher un pouls, même faible, lui ouvre aussi la bouche dont le pourtour est maculé d'écume. La langue est gonflée, le gosier gorgé de sang. « Il s'est étouffé », conclut Timothy. Il n'ose prononcer aux côtés de l'éplorée cet autre mot, beaucoup plus sombre. Sarah hoquète, ne s'est pas relevée.

Un ange intervient alors, lui prend la main, l'aide à se remettre debout. C'est le jeune délinquant, il s'est dit qu'il était temps d'inverser les rôles. « Viens Sarah, reste pas là », il la soutient pour sortir du gourbi, refranchir la passerelle. Ils traverseront le cimetière ferroviaire à un pas d'enterrement. La travailleuse de rue est dans un état second, elle braque ses yeux rouges de fièvre sur chaque cadavre de wagon à la recherche d'un minuscule vestige, une miniature à laquelle se raccrocher. Ángel l'imite, fouille du regard les amas de ferraille. Il a dû laisser une trace, *un testamento*. Au loin, l'écho d'un concert de sirènes. Leurs hurlements se rapprochent, donnent à cette terre de désolation un air d'apocalypse.

— Là ! s'écrie Ángel.

Il pointe du doigt une figure élancée, mirage vaporeux sous le soleil d'été. Là ! s'exclame-t-il encore, un « Là » vibrant aussi bien qu'une note de gamme, ou une note d'espoir. Sarah est secouée, comme si l'ange pouvait avoir aperçu un revenant. À peu de chose près. Cette grue qui hier servait de tour de guet s'est métamorphosée. Elle est devenue ce qui s'apparente, vaguement, à un geyser dont la gerbe d'eau se serait figée, ne projetant plus que ses reflets irisés.

— Écoute ! dit Ángel.

La sculpture émet un tintement à peine perceptible à travers le flot des sirènes. À mesure que le duo avance vers l'œuvre, les notes s'éclaircissent, scintillent, autant que les coloris chatoyants de cet échafaudage de miniatures. Car il s'agit bien d'un agrégat, une nuée d'insectes.

Des papillons.

Par centaines. Ils s'élèvent tels des monarques en un essaim vertical, suspendus au tronc d'un arbre invisible. Leurs ailes frémissent lorsqu'elles sont caressées par la brise, composent ainsi leur symphonie. Sarah effleure l'une des miniatures, doucement, comme on effleure une créature fragile, un véritable monarque assoupi. *Combien ?* Combien de bouts de ferraille religieusement choisis, imbriqués et peints pour former chacun de ces bijoux de délicatesse ? Combien de temps met un phénix pour composer l'œuvre de sa vie ? Sans doute une éternité tout entière passée à égrener son génie, et sa folie, dans chaque menu détail.

— Viens !

Ángel a découvert une porte. D'une main, il écarte le voile de lépidoptères, de l'autre, entraîne Sarah à l'intérieur du mirage.

Pendant ce temps, les secours ont trouvé le bunker. Les sirènes se sont tues. Le médecin s'entretient avec l'agent Bousquet et ses confrères, tandis que les ambulanciers couvrent le corps d'un drap blanc. Timothy frissonne, *ça lui fait une mine de fantôme.* Le Phénix éteint, dévoré par son feu.

Cependant que Sarah et Ángel ont pénétré les entrailles de son testament, les voici dans un cocon, enveloppés de notes et de papillotements. Mais il y a plus encore. L'ossature de la grue, déjà rongée par la rouille, l'est maintenant par les vers. Un florilège calligraphié dans une mosaïque d'idiomes et d'alphabets, certains plus reconnaissables que d'autres, certains plus anciens que d'autres. Des lianes de mots grimpent vers l'azur dans un foisonnement lyrique, Ángel reconnaît un fragment d'espagnol, « Yo sé quién soy », *je sais qui je suis.* À deux doigts de Cervantès, Shakespeare, « I have supped full with horrors ». Là, des bribes d'allemand, d'italien, de latin, d'insaisissables caractères cyrilliques, arabes, chinois, des vers français aussi, Apollinaire, Baudelaire, Nerval.

Je suis ivre d'avoir bu tout l'univers

Pouvons-nous étouffer le vieux, le long Remords

Il est un air pour qui je donnerais
Tout Rossini, tout Mozart et tout Weber

Promenade du Lac, Genève, juillet 2016

Depuis qu'elles sont sorties du campus universitaire, Su n'a pas prononcé un seul mot.

Régine, elle, a récupéré son souffle (*respire!*), mais sa langue lui démange. Elle voudrait reprendre la conversation où elles l'ont laissée, électrisée par cette idée, même floue, de capteurs cérébraux aux capacités d'enregistrement phénoménales. L'appareil développé par le Phénix, songe-t-elle, si on le retrouve un jour, pourrait faire progresser la science comme jamais. Cela, en dépit de ses imperfections. Ainsi s'échauffent les méninges de la neuropsychologue, qui envisage les avancées pour son laboratoire. Elle n'ose cependant perturber la quiétude de la dame Kahveci, dont le regard est absorbé par le lac. La Montréalaise tente de se mettre au diapason, suit son pas, surveillant de près son mutisme.

Sans détacher les yeux du Léman, la Genevoise rompt enfin le silence. «L'eau, glisse-t-elle de sa voix feutrée. J'ai fini par l'aimer, ce prénom. Je le porte aujourd'hui avec fierté. Il n'y a rien de plus apaisant et rassurant que l'eau. Comme il n'y a rien de plus redoutable et puissant; elle est plus puissante encore que l'homme et que n'importe quelle machine de son invention. Elle nous force à l'humilité, nous fait ravaler notre civilisation. Sans elle, ou par elle, nous disparaissons dans le néant. L'eau vaut tout l'argent et le savoir du monde, il y a longtemps que les humains le savent. Genève est choyée, irriguée à la fois par le Rhône et le Léman. Montréal baigne dans son grand fleuve. Et Hambourg... »

Su s'arrête, le temps de raviver de vagues souvenirs. Puis se tourne vers sa voisine.

— Pensez à un souvenir d'enfance, Régine, votre souvenir le plus lointain. L'eau en fera partie, elle veille en arrière-plan avec son murmure, sa faune.

Ses yeux retournent au lac où nage un couple de cygnes. « L'eau, dit-elle à mi-voix, berce notre enfance aussi bien que la musique ou les bras de notre mère. Par sa nature fluide, elle a cette formidable puissance d'évocation. Elle appelle à l'absorption. J'aime venir ici pour ce que cette promenade évoque, c'est-à-dire toutes celles de mon enfance le long de l'Alster. Notre lac. Mon souvenir le plus lointain est précisément là, avec mon frère, sur les berges verdoyantes où on s'émerveille de tout, des voiliers autant que des cygnes, des insectes. J'ai cette image... Aydin et moi avons quatre ans. On veut attraper les plus beaux papillons, mais on n'y arrive pas, je veux dire *pas vraiment*. Car même en capturant l'un d'eux, même en l'emprisonnant dans le creux de nos mains pour mieux l'admirer, ce n'est plus le papillon entrevu dans les airs. Entre nos paumes la bestiole est terne. Je pense que c'est la première leçon que nous enseigne la vie. »

— Qu'on ne peut pas capturer la beauté ?

— Ou qu'elle est fugace. N'est-ce pas ce côté éphémère qui lui donne son éclat ? La beauté doit vous frapper.

Régine scrute à son tour le Léman, se laisse absorber. Elle se revoit dans son laboratoire de Montréal avec Mr Baker et un vieux disque de swing, son patient électrisé un court moment par la trompette d'Armstrong.

Puis son reflet sur le lac la fait reculer davantage, vers sa propre enfance. Jusqu'où sa mémoire peut-elle aller? Dans son plus vieux souvenir, y a-t-il de l'eau? Y a-t-il de la musique?

Elle se revoit soudain très jeune. Les images lui apparaissent en diapos, papa est au volant de la grosse Chevrolet, il chante, *oh la la la, di da da...* À ses côtés maman s'égosille autant, *di da da da dum...* Les vacances commencent, on va à la mer. *La mer?* Un concept flou pour la petite Régine qui n'a pas 5 ans et qui n'a toujours connu que la ville, ses usines, les eaux souillées d'un canal. Elle sait seulement que *la mer* est prononcée avec tendresse et que cette chose rend ses parents heureux. Or cette chose est à des heures de route, elle est là-bas, aux «States». Les diapos s'enchaînent, on s'approche d'*elle*, on la sent, quoiqu'on ne la voie pas encore. Dans la Chevrolet il y a papa, il y a maman, il y a l'enfant étalée sur la banquette arrière, et il y a le Piano Man. Maman l'adore, monte le volume et chante toutes vitres baissées, *sing us a song you're the piano man...*

Papa stationne la voiture au pied d'une grande dune, on y est presque. La mer est juste là, derrière la dune. Changement de diapo, Régine sort du véhicule, elle court, veut être la première à grimper la butte, *well we're all in the mood for a melody...* En haut la fillette s'arrête net, foudroyée. L'ultime diapositive, *cette chose!* Elle est incapable de faire un pas de plus, ses menues jambes paralysées par la commotion. Comment peut-elle être aussi énorme? Ça n'a pas de fin, c'est le ciel à l'envers! Mais un ciel de tempête, ça se déchaîne, ça se rue vers elle, petit bout de femme de rien du tout. Une telle immensité va au-delà de ce que peut inventer l'imagination, même débordante, d'une enfant qui n'a toujours eu que des immeubles et des cheminées pour horizon. La gamine est prise de vertige devant l'infini bleu, se sent avalée par le vent salin, par le cri des déferlantes, des goélands, et surtout, surtout, par cette créature immense, à la fois terrifiante et magnifique. Qu'advient-il après ? Après, rien. Les souvenirs s'effacent. Il n'en reste que le choc, l'émotion brute. Et les sons, la musique, *and you got us feeling alright.*

Tranquillement, Régine regagne les rives du lac Léman. Sans doute a-t-elle toujours un pied sur la côte du Maine lorsqu'elle demande, d'une voix lointaine :

— Vous pensez que votre frère essaie encore de capturer des papillons ?

La jumelle sent un courant froid lui traverser le corps. Ce genre de pressentiment, unique à ceux qui viennent au monde à deux, qui vous dépouille instantanément d'une partie de vous-même. Elle met du temps à répondre, ébranlée par cette fulgurance.

— Je pense, souffle-t-elle, qu'il ne capture plus rien. Ses recherches, ses voyages, ses expériences… Aydin a dû mettre fin à tout. Oui, à tout.

Régine ne saisit pas immédiatement. Mettre fin à tout ? *Un suicide ?*

Soudain l'évidence lui apparaît.

— Quelqu'un est mort, c'est ça ?

La question réfère-t-elle au passé ou au présent ? On ne saurait dire. Su frissonne de plus belle, se tourne vers sa voisine, ses yeux devenus deux fenêtres sur un ciel plombé. Son regard en dit long. On en revient ainsi, abruptement, aux recherches clandestines et à ce fabuleux scanneur, le point de rupture, la raison qui a poussé la sœur à rompre tous les ponts avec son frère. Devant le Léman, la dame Kahveci décide de lâcher prise, d'ouvrir la soupape, de décharger sa conscience depuis trop longtemps tenaillée. Ses lèvres tremblent. « Si vous saviez comme je détestais ce casque. L'idée, surtout, de son utilisation derrière des portes closes. Je ne lui ai jamais caché mes inquiétudes. Lui essayait de les apaiser, m'assurait qu'il n'y avait rien de pernicieux à ses recherches, qu'il pouvait en témoigner puisqu'il en était le principal cobaye.»

Le principal cobaye. Régine respire lentement, à fond (l'air frais aidant), veut ménager ses poumons tout en calmant son effervescence. Elle touche le but de son expédition. Et jamais, au départ, aurait-elle pu en deviner l'invraisemblable aboutissement, sur son terrain de prédilection. La scientifique se sent à la fois fébrile et troublée. En terrain glissant. «Au début, poursuit Su, mon frère exerçait son scanneur sur sa propre personne et sur notre grand-père, qui ne voyait pas d'inconvénient à se faire coller, de temps à autre, des capteurs sur la tête. Il aurait fait n'importe quoi pour son petit-fils, qu'il chérissait de toute son âme. Mais Aydin a fini par se fatiguer de tâter toujours la même matière grise. La soif le dévorait. Il a donc jeté son dévolu sur notre marraine, Florence.»

Ce nom évoque quelque chose à Régine.

«Tante Florence a subi elle aussi le calvaire de la guerre. Comme mon grand-père.» Elle a essuyé les bombardements à répétition en étant ambulancière en 1940, lors du Blitz de Londres. Son premier mari, un commandant dans la Royal Navy, a été tué dans l'Atlantique Nord. Elle était enceinte jusqu'aux yeux quand un cuirassé allemand a coulé le croiseur, l'explosion a été si violente qu'elle a fait mille veuves en trois minutes.

— Mais pourquoi Aydin se souciait de cette tante si son intérêt le poussait vers le génie?

— Elle avait la bosse des maths.

Le genre de bosse qui, en pleine guerre mondiale, vous ouvre des portes. Les services secrets britanniques ont repéré son talent pour le chiffre, on peut dire *par accident*. Puis le chiffre a réglé le sort d'Hitler. Surtout, il a façonné le destin du monde après lui. Florence était dans l'équipe d'élite de Bletchley Park, là où seront percés les secrets de la machine à crypter des Allemands, là où sera inventée l'informatique, par ricochet.

— Et quel lien avec la famille Kahveci?

— Après la guerre, Florence s'est remariée en Allemagne avec un homme de lettres. Mon oncle, incidemment. Elle est devenue à Hambourg une professeure réputée à une époque où la vaste majorité des femmes restait au foyer. Tante Florence était un véritable phénomène dans la famille. Pour cette raison, mes parents en ont fait notre marraine. Évidemment, je l'ai prise pour modèle. Jeune, je l'ai admirée comme on admire une rock star. Aydin aussi, l'a prise pour modèle.

— Je peux comprendre que le chiffre soit le nerf de la guerre, ou de l'informatique, mais je pensais que votre frère avait surtout soif d'art et de poésie.

C'est qu'il ne faut pas confondre le grand-père et le petit-fils. Aydin a toujours été un mathématicien avant tout. L'harmonie des notes et des couleurs, le rythme, la perspective, les trompe-l'œil. Pour lui, l'art n'est qu'un calcul incessant des proportions, des angles, des courbes, même la musique n'est qu'une question de bonne répartition des sons. Il est un scientifique plus qu'un artiste. Un chercheur obstiné, «comme vous et moi». Lorsque le grand-père et la marraine n'ont plus suffi à son avidité cérébrale, il s'est mis à voyager à la recherche de jeunes virtuoses en manque de financement. Il payait les études, les instruments et le nécessaire pour vivre de leur art s'ils acceptaient, en retour, de servir anonymement sa science.

Encore, le regard de la sœur se tourne vers le lac. «À partir de ce moment, nos relations se sont détériorées. C'était insupportable de le voir chercher le génie à tout prix, le voir devenir, peu à peu, une sorte de docteur Faust. Je l'imaginais graver et regraver son cerveau à partir d'enregistrements composites, comme on pirate des disques.»

Silence.

La Montréalaise attend la suite, Su hésite, n'ose pas poursuivre.

— Quelqu'un est mort, répète Régine.

— Je ne sais pas, je ne suis sûre de rien.

Elle baisse les yeux, hoche la tête, voudrait rentrer sous terre plutôt que de prononcer ces mots qui sonneront comme une sentence. Régine insiste.

— Qui est mort, Su?

— …

— Florence?

Florence est morte, oui. À 85 ans. Un âge où l'on s'attend naturellement à mourir, non? Or, elle a été emportée par une crise d'épilepsie, subitement, sans qu'elle ait jamais souffert de cette maladie auparavant. L'épilepsie peut frapper à n'importe quel âge, c'est vrai. Mais difficile de ne pas faire certains rapprochements. «Mon frère, dans son fol entêtement, refusait d'y voir un lien avec ses expériences, disait qu'un AVC pouvait avoir provoqué la crise, que ce n'était pas rare chez les personnes âgées. Sans doute préférait-il l'aveuglement à l'horrible perspective de…»

Su ne finit pas sa phrase.

— Nos relations étaient déjà tendues, j'ai fini par couper tous les liens.

Régine est étourdie, *de l'épilepsie par induction?* Et par induction, elle se livre à des conjectures, se remémore la façon dont est mort le vieux San. *La foudre a frappé mon papa.* Y a-t-il corrélation?

— Votre grand-père, comment il est mort? Est-ce qu'il pourrait avoir souffert de ce type d'attaque?

Su répond sans relever les yeux, sa voix toujours plus ténue.

— Il est décédé quelques années avant Florence, pendant son sommeil. Quelle ironie, lui qui dormait si peu. Personne ne s'est embarrassé des causes du décès. Lorsqu'on trouve un centenaire sans vie au petit matin, on fait rarement d'autopsie. Mon grand-père était si vieux, il attendait la mort depuis si longtemps. Les gens disaient «le chanceux, il est mort pendant son sommeil» ou encore «c'est la mort la plus paisible qui soit». Paisible? Il détestait dormir, son sommeil n'était jamais paisible. Chaque fois qu'il s'endormait, il replongeait dans le cauchemar, et parce qu'il rêvait sans cesse aux tranchées, on peut dire qu'il est mort à la guerre. Mais je m'éloigne du sujet, n'est-ce pas? Cet appareil... Ma méfiance à son égard s'est exacerbée avec le décès de notre marraine. Vous connaissez la suite, j'ai perdu de vue Aydin.

Su remue doucement la tête, puis reste un moment coite. Lorsqu'elle reprend la parole, sa voix paraît brisée par une grande fatigue.

— Sa vie durant, il a cherché le génie. Il ne lui est jamais venu à l'esprit que ce génie, il l'avait déjà. Il lui manquait seulement l'art, oui, dans son obsession, il a oublié l'art, l'éthique. Je pense qu'il a fini par en payer le prix. J'ai tout fait pour ne pas m'empoisonner l'existence avec ce qu'il pouvait advenir de mon frère, ou de ses cobayes. J'ai fait l'autruche. Et vous voici aujourd'hui à aviver mes pires craintes, à mettre en lumière l'immensité de ma naïveté.

Régine rumine. Il manque une pièce à ce gigantesque puzzle. Que faisait Aydin à Montréal? *Sa vie durant, il a cherché le génie.* Quel prodige était-il venu chercher sur les berges du fleuve? Une chose est sûre, il n'était affilié à aucune université montréalaise, elle l'aurait su. Dans son milieu, un nouveau chercheur ne passe pas inaperçu. Non, il est venu en électron libre. Pourquoi? Pour qui? Et que s'est-il passé pour qu'il perde complètement la carte? *Quelqu'un est mort... à Montréal.*

Su se creuse aussi les méninges, en parallèle, finit par se poser les mêmes questions. Avait-il encore tous ses esprits en arrivant au Québec? Quelque chose, ou quelqu'un là-bas, l'a rendu fou. Quoi? Qui? Et s'il avait perdu la tête le jour où il s'est découvert assassin? Lui, d'un naturel si doux et sans malice, lui qui n'aurait jamais fait de mal à une mouche. Un assassin accidentel. N'importe qui déraillerait à moins. Si, en plus, ceux à qui vous donnez inconsciemment la mort sont des êtres que vous chérissez, ça vous enfonce à coup sûr une lame dans le cœur.

Le cœur.

Ça lui revient maintenant. Su en devient pâle. Il y a deux ans à peine, alors qu'elle était à Milan, une conversation avec un cousin. Que lui a-t-il dit au sujet d'Aydin? Des propos qui, aujourd'hui, prennent tout leur sens.

— Un cousin italien m'a raconté qu'Aydin avait retrouvé au Canada la branche arménienne de notre famille. Par l'intermédiaire d'une parente éloignée, une spécialiste de chants anciens. Perouze.

Pérouse? Ça lui évoque encore quelque chose.

— Vous étiez à Pérouse, en Italie ?

— Perouze est une femme.

— C'est un prénom ?

— Un prénom arménien. Je l'ai retenu parce que c'était aussi celui de ma grand-mère paternelle. C'est le nom d'une gemme, la turquoise, dans la langue caucasienne.

Mais le cousin n'a pas approfondi le sujet, sans doute a-t-il deviné qu'un froid sibérien s'était installé entre les jumeaux. « Ce sont les dernières nouvelles qu'on m'a données de mon frère, avant votre coup de fil. » Sa voix frêle est devenue une loque. Tandis que Régine poursuit ses ruminations obsessives. Se pourrait-il que l'esprit d'Aydin se soit égaré dans les méandres de ses intelligences cumulées ? Se pourrait-il que la rencontre de cette lointaine parente ait provoqué un *crash* ? Le voilà soudain son grand-père, et elle… Su termine la réflexion.

— Il l'a retrouvée après l'avoir cherchée pendant un siècle. Il en a fait sa muse.

— Il en a fait son cobaye.

— Non, mon frère n'aurait pas employé ce mot, pas avec elle.

N'empêche, elle s'est intéressée à ses recherches, sans doute a-t-elle voulu y participer. Aydin a dû s'attacher à elle, comme à aucun autre volontaire avant elle. Assez pour la revoir régulièrement, assez pour être témoin de... *Ce qui est arrivé à Perouze.* L'indicible. Il s'est vu comme un monstre.

Silence.

Dans son sac, le portable de Régine vibre. *Sarah ? Ou Timothy ?* « À Montréal, ils se sont mis à la recherche de votre frère. » Elle se précipite sur le téléphone.

C'est Timothy.

— Il est mort, annonce-t-il sans préambule.

Le visage de Régine se décompose sur le coup. Elle se détourne, s'éloigne de Su. Le médecin ne voit pas le visage défait de sa femme, continue de sa voix de thanatologue, s'avance sur les causes du décès.

— On ne peut encore rien certifier, mais il a dû souffrir d'une crise subite d'épilepsie ou d'un épisode psychotique plus grave que les précédents. Il s'est étouffé avec sa langue.

Régine est exsangue, ce trépas arrive trop vite, trop tôt, tuant dans l'œuf l'espoir d'une avancée thérapeutique phénoménale. Elle n'arrive à formuler qu'une question, courte, d'une voix quasi inaudible.

— Où l'avez-vous trouvé ?

— Dans une sorte d'abri nucléaire, au fond de la gare de triage. Apparemment, il y vit depuis des mois.

Régine s'éloigne encore de Su, baisse davantage la voix.

— Dans cet abri, avez-vous vu un appareil ? Un scanneur cérébral ?

Hein ? Timothy ne comprend pas la question, qu'il juge impertinente dans les circonstances.

— Le Phénix est mort, répète-t-il.

Il parle à un mur.

— Cherche Tim, il faut que tu mettes la main sur cette machine !

Décontenancé, son mari cherche plutôt une façon de la raisonner.

— Voyons ma chérie ! Les policiers ont déjà fouillé de fond en comble sa tanière. Le seul appareil qu'ils ont vu est un vieux tourne-disque.

Sa chérie est catastrophée. Elle voudrait être à Montréal, là, tout de suite, scruter ce bunker sous toutes ses coutures, excaver le sol s'il le faut. Et si elle avait su que le scanneur avait été balancé dans une benne à ordures, elle se serait empressée de ratisser tous les dépotoirs du Grand Montréal pour le retrouver, oui, elle, l'esthète puriste, doctorante westmountaise qui a gravi tous les échelons de la pyramide sociale, elle aurait aussi escaladé des montagnes d'immondices pour mettre la main sur l'objet de sa convoitise. La voix de son époux lui parvient de loin.

— Régine, bon sang, le Phénix est mort ! Pour une fois, Sarah a besoin de toi.

La phrase a l'effet d'une gifle.

Alors seulement la scientifique réalise l'odieuse étendue de son obstination. Elle se tourne vers Su dont le visage est traversé par une nuée de papillons noirs. Bien sûr, la jumelle a compris ce qu'elle avait déjà pressenti. Par cette dérobade peu subtile de Régine, par ces chuchotements à peine audibles, occultés par les cris des goélands et le flap-flap d'une bande de pigeons. *Quelle heure est-il ?* Il n'y a plus d'heure.

Le temps s'est soudain figé.

Journal d'un savant babylonien

octobre 2015

C'est ainsi.

À voler trop près du Soleil, on ne récolte rien.

Que des cendres.

Boulevard Saint-Laurent, Montréal, juin 2018

Elles se sont donné rendez-vous dans un café sur la *Main*, loin de leurs troquets habituels.

La travailleuse de rue est déjà attablée, attend tranquillement la neuropsychologue en fredonnant l'air qui résonne dans l'estaminet. Ses doigts accompagnent la mélodie, pianotent une chorégraphie sur sa tasse jaune canari. L'amie tarde, à son habitude. Or qui s'en formaliserait, en présence du plus onctueux latté ?

Puis battement de porte et claquement de talons, la scientifique arrive en pompe.

— Trafic de merde ! Des bouchons un dimanche, on aura tout vu !

Mais l'impétueuse s'arrête sec, pétrifiée par la musique que diffusent les haut-parleurs du café. *La la la, di da da...* Enivrante comme les effluves du grain fraîchement torréfié. Une bouffée de chaleur lui monte des tripes jusqu'à la tête, ses oreilles en rougissent, ses yeux s'embuent. *Well we're all in the mood for a melody...*

La scène amuse sa copine.

— Ça te fait toujours le même effet, hein ?

Voici une mélomane avertie, férue de classique, qui fond instantanément devant une icône pop des années 1970. La neurospécialiste se ressaisit, piquée.

— Que veux-tu que je te dise, c'est l'emprise monstrueuse de la nostalgie ! J'étais une enfant, et l'enfant n'a aucun contrôle sur la musique qu'on lui inflige. Certaines chansons nous infectent comme la varicelle ! Toi aussi t'as tes faiblesses, Sarah Dutoit.

Sarah, qui n'a ni l'orgueil ni la prétention de Régine, l'admet sans réserve. Elle aussi se liquéfie quand elle entend des airs sortis de sa prime jeunesse. *A Love Supreme* tournait sans fin sur la platine du salon, sa mère en avait fait une religion. À ce point que la petite était convaincue d'avoir Coltrane pour père. Qui d'autre ? Cette vieille certitude ajoute une couche d'émotivité supplémentaire lorsque, quatre décennies plus tard, elle vient à entendre un riff du saxophoniste.

— Sauf que le beau Coltrane est mort au moins deux ans avant ta conception, pouffe Régine.

Sarah hausse les épaules.

— Un détail insignifiant, pour une enfant de quatre ou cinq ans.

Elle n'a pas tort, l'imagination est plus forte que tout. Au fond, Régine est jalouse.

— Ta corde sensible a plus de classe que la mienne.

— Attention ! Ne tire pas sur le pianiste...

Toutes deux le savent bien, rien ni personne ne peut détrôner le pianiste dans leur cœur respectif. Sarah en profite pour aborder le sujet délicat.

— Parlant du *Piano Man*, comment va mon filleul ?

Lucas.

Un sujet sensible pour la mère, certes, mais pour la marraine aussi. Son filleul s'est éloigné d'elle, parti faire son conservatoire en Suisse. Dans les faits, le jeune mélomane a déployé tous les moyens pour échapper à ses parents, dont l'ombre trop imposante lui empoisonnait l'existence. Qu'il ait choisi Genève comme échappatoire n'est pas un hasard.

— Lui et sa deuxième marraine s'entendent comme larrons en foire, précise Régine, ne le prends pas personnel.

Il a coulé de l'eau sous les ponts.

En liant connaissance avec Régine, deux ans auparavant, Su Kahveci n'a pas tardé à rencontrer Sarah et le reste de la famille. Aux obsèques d'Aydin, elle a senti d'emblée l'extrême tension entre le garçon et ses parents. Elle a surtout vu, à travers l'adolescent, son défunt frère ; ce côté à la fois sombre et lumineux, génial et tourmenté. Au même moment, Lucas voyait dans le regard brumeux de Su celui de l'homme qui l'avait marqué à jamais en cet après-midi symphonique, dans une cuisine de Saint-Henri. De sorte qu'un déclic s'est opéré devant l'urne. Un coup de foudre platonique. Au fil des mois, leurs liens se sont noués, d'abord à distance, puis est venue cette proposition. La Genevoise offrait d'héberger le jeune virtuose pour lui permettre de parfaire ses techniques minimalistes dans l'un des plus prestigieux conservatoires d'Europe. Elle s'accordait de cette façon une sorte de réconciliation posthume, par transposition. Cela, en désamorçant des tensions devenues intenables à Montréal, sur l'avenue Mount Pleasant.

Au bout du compte, tout le monde est soulagé, sauf peut-être Sarah, qu'un océan sépare de son cher filleul. Mais comme les autres, elle comprend qu'il s'agit d'un mal pour un bien. Et elle peut, pourquoi pas, pérégriner avec Régine pour lui rendre visite en Suisse. Mentionnons que le couple Lagacé-Anderson a mis sur pied, avec Su Kahveci, une cellule de veille chargée de dépister les cobayes de feu le Phénix. Ils sont tombés sur une poignée d'actes de décès, dont celui de la Montréalaise Perouze Dorian, emportée en 2015 par une foudroyante attaque cérébrale. On venait de trouver, du même coup, l'arrêt de mort du Phénix. Mais d'anciens acolytes sont encore vivants, fort heureusement. Régine et Timothy reviennent de Genève avec un crochet en Espagne où ils ont visité le pâtissier Hugo Sola. Ce dernier se plie de bonne grâce à l'exercice de veille médicale, ainsi qu'à la prise d'anti-épileptiques. Sans doute est-ce l'unique moyen de conjurer quelque malheur.

Dans le troquet du boulevard Saint-Laurent, la scientifique commande un café corsé.

— Et toi, qu'en est-il de tes amours ?

Elle appuie toujours sur le pluriel, allusion à la composante la plus instable de la vie de Sarah. Il lui aura pourtant fallu près d'un an d'abstinence pour se remettre de sa dernière *flamme*. Elle en est bel et bien réchappée, fée de la résilience. Elle répond même en souriant aux sarcasmes de l'amie.

— Je suis avec Kim, au singulier. Et me demande pas dans quelle ruelle je suis tombée dessus.

Pour la bonne raison que Kim ne vient pas d'une ruelle, mais du conservatoire. Kim est violoncelliste.

— Le conservatoire ? s'étonne Régine.

Pour la seconde fois en quelque quarante ans d'amitié, elle est impressionnée par l'oiseau déniché.

— Et Kim, au singulier, a aussi un genre ?

Sarah lève le menton, arborant son sourire énigmatique.

— Ah ! (elle adore faire languir la chercheuse)

— Ah ? répète Régine, tandis qu'on dépose une tasse devant elle.

— Ça veut dire que c'est pas important, espèce de fouine.

La fouine sourit à son tour.

— T'as raison, l'important c'est l'amour.

— Et l'art.

— Et ce qui t'a motivée à me donner rendez-vous sur le boulevard Saint-Laurent, l'enfer sur terre pour l'automobiliste que je suis. Pourquoi donc ?

Sarah se penche au-dessus de la table, baisse le ton.

— Parce que je dois te parler d'un « cas ». Je te préviens, ça va t'en boucher un coin.

La phrase résonne douloureusement aux oreilles de Régine. Elle en blêmit de malaise, avale difficilement sa gorgée de café. Elle aussi a mis du temps à se remettre, pas tant de la mort du Phénix que de la disparition de son invention. Car on n'a jamais retrouvé cette machine. Son créateur a dû en faire un autodafé, c'est la conclusion de tous. Régine en éprouve encore un horrible vertige, à la simple mention du « cas ».

Sarah la rassure, « rien pour t'empêcher de dormir ». C'est même plutôt réjouissant. Elle pointe la vitrine du café et la foule sur la *Main*.

— T'as remarqué qu'on a fermé le boulevard ? Pas de voitures.

— J'ai surtout remarqué l'embouteillage que ça crée autour.

— C'est à cause du festival MURAL, on a bloqué le secteur. Avale vite ton café, j'ai quelque chose à te montrer.

En sortant de l'estaminet, l'assistante sociale traîne l'universitaire à travers la cohue. L'art urbain est ici élevé aux nues, des artistes de tous horizons se sont emparés de la moindre parcelle de béton. Bien sûr, les larges pans de mur vont aux têtes d'affiche, ceux qui ont déjà laissé des traces à Londres, New York et Paris. Les deux femmes marchent jusqu'à l'angle de la rue Prince-Arthur et s'engagent dans un parc de stationnement, naguère morne et gris, que les couleurs ont métamorphosé en musée à ciel ouvert. Au milieu d'un public en joie, Sarah lève la tête et désigne du doigt le muraliste, invité d'honneur du festival. Il est juché sur les plus hautes planches de son échafaudage, qui fait office de scène.

— C'est Kim ? s'enquiert Régine.

— Mais non ! Kim préfère les fosses d'orchestre aux échafauds. Là-haut, c'est Ángel.

C'est dit avec une tendresse toute maternelle.

— Il a abandonné son silo ?

— Pour cause !

La Pointe-du-Moulin est devenue une attraction touristique, on peut maintenant faire du camping de luxe au pied du silo, à 120 $ la nuit. Bref, la zone est revitalisée, adieu la quiétude.

De son piédestal, Ángel aperçoit Sarah et la salue d'un geste de la main. Il n'y a qu'elle pour arriver à l'extirper de sa toile, ne serait-ce qu'un instant. Depuis deux ans, le jeune artiste a fait du chemin. Un philanthrope de Los Angeles qui sillonnait le Vieux-Port en yacht est tombé en pâmoison devant les tags du graffeur. Le richissime a sorti le garçon de l'ombre, lui a fait déployer son talent dans la mégalopole du Golden State, où il est devenu une star.

Roulant sa bosse en Amérique et au-delà, le voyou travaille à présent au grand jour et peut vivre de sa plume, pour ainsi dire. Sa signature a gagné en maturité, l'artiste poussant plus loin l'ambivalence de son œuvre. L'ange a encore ses ailes et son auréole, mais le reste du corps se consume en braises, on ne sait trop s'il s'apprête à s'éteindre ou à s'enflammer, s'il vient du ciel ou de l'enfer. Tout le monde adore.

De sorte que les anges bâtards se sont multipliés sur les cinq continents. Ils ne sont pas toujours manifestes, ils se font même d'ordinaire miniatures. Il faut les chercher, au Caire, à Delhi ou à Mexico, scruter les ruelles des bidonvilles, battre les terrains vagues, les lieux désaffectés. Le plus souvent, il faut les dénicher.

Épilogue

Reste une question fondamentale. Qu'est-il advenu de cette valise pullman trimbalée d'une université à l'autre et de ville en bled ? Qu'est-il advenu de cette valise balancée par les éboueurs dans la gueule béante d'une benne à ordures, un lundi gris de novembre ?

Écrasée, déchiquetée et expédiée au dépotoir, ses restes avalés par une montagne d'immondices. Un détritus parmi tant d'autres, certes, mais pas tout à fait, pas complètement.

Un ouvrier a découvert le bagage lors de son quart de travail, un Mexicain nommé Luis Fernando Rivera. Professeur d'anthropologie dans son pays d'origine, il est ici journalier au dépotoir de Lachenaie et brocanteur à temps perdu. En apercevant la valise parmi les ordures fraîches, il flaira la perle, la tira de son bourbier, mettant ainsi la main sur le joyau le plus précieux de sa collection. Non pas ce casque pieuvre, déjà en partie broyé. Il lui inspira plus d'horreur que de fascination, fut rejeté dans la mer d'ordures, qui l'absorba.

Exit la machine.

Le vrai trésor, l'objet de collection, sera ce vieux carnet aux pages roussies et au texte à demi effacé. Le journal d'un savant babylonien. Luis Fernando Rivera le transporta dans une couverture, le soigna comme on soigne un oiseau blessé. Puis en fit cadeau à sa fille Alejandra, tout juste 8 ans, diagnostiquée Asperger.

Pour la petite marginale ce journal est une fable, son livre de chevet. Ou une sorte de codex maya, miraculeusement extirpé de son cloaque de boue, et qui apaise son anxiété mieux que n'importe quel médicament. Un condensé d'ombre et de lumière, scintillant plus que tout l'or du monde dans le cœur et l'âme d'une enfant surdouée.

Remerciements

Merci à ma gentille cousine Cynthia Roy d'avoir bien voulu poser sur ce roman son regard de neuropsychologue. Merci à Jacques Fortin et à Caroline Fortin pour leur confiance et l'empressement à me lire. Merci à ma lumineuse éditrice, Marie-Noëlle Gagnon, pour ses conseils judicieux. Merci à Sabrina Raymond, Nathalie Caron, Audrey Chapdelaine, Myriam Groulx, Nicolas Ménard, Nathalie Ranger et à toute l'équipe de Québec Amérique pour le parachèvement de cette œuvre en plein chaos pandémique. Enfin, merci à Mélanie, ma première lectrice (toujours), pour son soutien indéfectible et sa patience d'ange.

Le Phénix a été achevé d'imprimer en mai 2023 sur
les presses de l'imprimerie Laballery, en France,
pour le compte des Éditions Québec Amérique.